随口说故事

刘昌刚 麻明进 编著

民主与建设出版社
·北京·

©民主与建设出版社，2019

图书在版编目(CIP)数据

随口说故事 / 刘昌刚, 麻明进编著. — 北京：民主与建设出版社，2019.9
ISBN 978-7-5139-2638-6

Ⅰ.①随… Ⅱ.①刘… ②麻… Ⅲ.①民间故事–作品集–中国 Ⅳ.①I277.3

中国版本图书馆CIP数据核字（2019）第191070号

随口说故事
SUIKOU SHUO GUSHI

出 版 人	李声笑
编 著	刘昌刚　麻明进
责任编辑	刘树民
封面设计	亿德隆文化
出版发行	民主与建设出版社有限责任公司
电 话	（010）59417747　59419778
社 址	北京市海淀区西三环中路10号望海楼E座7层
邮 编	100142
印 刷	三河市天润建兴印务有限公司
版 次	2020年1月第1版
印 次	2020年1月第1次印刷
开 本	710mm×1000mm　1/16
印 张	18
字 数	260千字
书 号	ISBN 978-7-5139-2638-6
定 价	39.80元

注：如有印、装质量问题，请与出版社联系。

序言

苗族是一个古老的民族。在遥遥几千年的历史长河中,尽管聚居崇山峻岭,生活边陲地域,苗族人民并没有因为生产生活条件差而甘受屈服,总是勇于与各种恶劣环境及邪恶势力抗挣,自强不息地追求自己的美好生活。众多奇妙辛酸的经历所萌生的脍炙人口的故事,历史悠久,内容浩瀚,使人们树立了克服愚昧的信念,鼓起了斗争邪恶的勇气,启迪了向往快乐的憧憬,培植了高尚的思想情操和丰富的生活技能,教育和影响了本民族的发展进步。

开启人们智慧之门的苗族故事大多散播民间,《随口说故事》正是在广泛搜集苗族民间精彩故事的基础上,形成的对两个典型平民人物故事系统真情的记录。读罢这本书,有如往常聆听老人娓娓道来那样,乡情十足,倍感亲切,深受感染和启发。觉得苗区一辈辈广泛流传下来的这些平民故事,对于关注和探求苗民人文教育的情感人士来说,当是非常解渴的!

在以湖南省湘西为中心的湘、渝、黔、鄂边区,传奇机智人物谎江山、幽默诙谐人物纪跷甲的故事广为流传,有如外界推介的阿凡提和憨豆一样,一导一诚,将广泛地给予人们莫大的欣赏和教育。该书内容丰富、总体关联又相对独立的故事,反映谎江山施展才智、事济于民的各种善举,令人拥戴;告知纪跷甲为人诙谐、心善志诚而往往弄巧成拙的农家生活,引以为戒。

书中隐约展现了明清到民国年间,那峻秀奇特的苗区风物,艰辛悠然的农耕生活,雅俗自在的风俗习惯,朴素浓郁的人情事故等等,与这传奇幽默故事浑然一体,折射出崇山苗乡神秘厚重的文化底蕴。特别是主人翁及故事内容的平民特质,让人似乎有探究苗民丰富情感意识的萌动,别具一番趣味。其雅俗共赏,老少皆宜，特色鲜明，意义深远。

  为弘扬苗族文化，保护非物质文化遗产，我们向来注重有关方面的研究，掌握较多基础材料。各位搜集整理人员辛勤耕耘和口述者涌跃参与，特别是大家乐于奉献、治学严谨的精神，为编纂好该书起到重要作用。希望能成为读者喜爱的一本好书，让大家读起来上口，听起来入耳，看起来注目，想起来开窍。

  是为序。

刘昌刚

2019年4月

目 录

第一辑　谎江山与财主大户

谎江山闹年 / 002

死人换活人 / 006

老谎上天摘月亮 / 008

无常鬼鞋印 / 010

起生棍 / 012

黄牯生崽 / 014

如法领奖气店主 / 017

装驼教训驼财主 / 020

挑秧追财主 / 029

三犁两耙 / 030

捉弄寨主 / 032

砍树拆墙 / 035

计换美食开粮仓 / 037

救命致命的火龙衣 / 040

捅瓦砸罐称脑壳 / 042

老谎请白工 / 045

第二辑　谎江山与官僚才子

一根火棍讨得吃 / 048

量山称水丈天空 / 051

两戏驸马 / 052

谎江山与守备老爷 / 055

龙王赏羊 / 058

老爷坐缸我坐桶 / 060

谎大如山 / 063

妙语佳饮胜秀才 / 065

急换衣帽整举人 / 069

争　牛 / 071

"外甥"公子充壮丁 / 074

模范公民光荣保 / 077

狗咬狗 / 080

棺材公案 / 082

神仙粑 / 084

第三辑　谎江山与恶棍骗术

谎江山与蛊公 / 087

老谎巧戏偷羊贼 / 089

偷和尚 / 091

鞭牛上树治恶魔 / 095

巧对吝啬鬼 / 098

百年之后给赏钱 / 101

五代荣禧再付金 / 103

不哼不哈破先生 / 104

对辨生世退神相 / 106

第四辑　谎江山与魔鬼蛇神

粘套戳劣鬼换装治阎王 / 110

打鬼抽筋编草鞋 / 114

巴三赎儿终投谎 / 117

鬼王钻瓶 / 121

老谎背魔鬼 / 124

老谎斩蟒蛇 / 126

三难土地公 / 127

第五辑　谎江山与恶虎野兽

小谎躲虎精 / 131

整老虎 / 133

谎经陷群虎 / 138

九十九坡杀恶狼 / 143

立凭斗虎 / 146

悬崖种芋葬虎身 / 149

登仙柜套老虎 / 151

冻塘擒狐狸 / 153

孔柜捉猴 / 160

聪明自误弄野猫 / 162

以毒攻毒驱人熊 / 165

第六辑　谎江山与亲友乡邻

大嫂"舂"儿谎端粑 / 170

月亮打架 / 171

苗河放闹 / 172

谎江山与江湖客 / 173

老谎走岳丈 / 175

红马换宝衣 / 177

巧取睡裤 / 179

躲进柴篓弄后娘 / 181

猫瓢案 / 183

一升麦子和两枚鸡蛋 / 187

拜年礼物知孝心 / 190

醉汉闹事救乡女 / 193

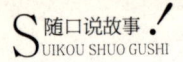

第七辑　纪跷甲的传说·引子
　　这个纪跷甲 / 197

第八辑　纪跷甲的传说·求知篇
　　读书的悟性 / 201
　　做生意要多才换 / 203
　　种地讲子息 / 205
　　着、着着……多了 / 207
　　做菜豆腐要轻巧 / 209
　　喂食饿狗取香肠 / 211
　　按胡子认公母 / 213

第九辑　纪跷甲的传说·婚趣篇
　　情浓吐真言 / 216
　　按叮嘱相亲 / 218
　　回门新衣裳 / 220
　　倒泼汤了 / 222
　　按踩脚挟菜 / 223
　　看眼神上坐 / 225
　　黑夜找糍粑 / 226
　　到茅坑里避难 / 228

第十辑　纪跷甲的传说·被打篇
　　丧葬去唱圆亲歌 / 230
　　对花轿哭丧 / 232
　　情歌唱给吊颈女 / 234
　　占赢头 / 236
　　善心救火还招打 / 238
　　好意劝架又遭殃 / 240

第十一辑　纪跷甲的传说·学乖篇

不吃她那碗 / 243

水开了再放米 / 245

岩头压蛋才保险 / 247

鸡是陪饭的 / 249

王木匠做得粗糙 / 250

抓小偷 / 251

梦话退小偷 / 253

学乖接妻归 / 255

臭锄头还想整我 / 258

头戴鼎罐防蚊子 / 260

大门立碑耀门楣 / 262

风光祖坟竖旗杆 / 263

第十二辑　纪跷甲的传说·见识篇

闭眼守梨 / 266

亲嘴是爱 / 267

煮草烧被灭虱子 / 268

为骡子减负 / 269

套牛不能占便宜 / 270

黄豆？红豆？ / 271

山里的瓜变味了 / 272

蒙耳的爆竹不响 / 273

鬼拿去了 / 274

第一辑 谎江山与财主大户

谎江山闹年

大年三十夜，财主巴共略闯进龙老良家里讨账，敲诈勒索，都捞不上油水，就把龙老良过年的腊肉糍粑抢走了。

这事被谎江山知道了，晓得这个巴共略是棺材老板，平日贩卖棺材，牙齿长，喉咙深，原是一个捞钱出名的贪财鬼。大年夜里，抢夺穷人的口中食，做事太绝情啦！

为了这事，谎江山想出怪主意，硬把巴共略戏耍了一回。

天刚麻黑，谎江山独自躲进山神庙，穿上神衣，戴上神帽，装扮一尊山神菩萨，高高坐在神台上面。

这时候巴共略背上一背笼的祭品敬神来了，用盘端出猪头、鸡、鱼三牲，摆上神台，点香化纸，打躬作揖，最后跪在地上祷告："神灵菩萨在上，弟子巴共略叩头求拜，望求明年瘟疫流行，多多死人，棺材生意兴隆，财源旺盛……"

此时，谎江山乘机将祭品偷到神台背后去了。

巴共略祷告完毕，抬头发现祭品不见，猜疑猫儿老鼠偷走了。后来一想：恐怕是山神菩萨显灵，当场享用祭品，明年准定得保佑，财喜临门。想到这里，思想活泛起来，高兴转家去了。

接着，一个仙娘又走进庙来，照样摆出猪头、鸡、鱼三牲祭品，拜倒在神台下面，求神祷告："神灵菩萨在上，弟子仙姑磕头叩拜，惟愿世人多病多灾，多多请我扛仙照水碗……"

此时，谎江山又将仙娘祭品搬到神台背后，仙娘抬头不见祭品，晓得是菩萨享用了祭礼，满意转家去了。

当夜，谎江山提着好多猪头、雄鸡、鲤鱼，送到龙老良家里，陪着龙老良全家过了闹热年。

大年初一，谎江山从龙老良家里走出来，装扮成了一个老年婆，要去巴共略家里拜早年，刚到他家门前，就把门框敲得砰砰作响："新年到来，恭喜发财，菩萨保佑，添福添寿！巴共略老板，快开门，我来你家拜年报喜！"

巴共略推开门，看见一个老年婆，忙问："老人家，你来报什么喜呀？"

"昨夜，西寨仙娘丈夫死啦！叫我来你家买棺材，财喜上门，新年新事好兆头！"

"要买棺材，不晓得要大还是要小呢？"

"只要棺材好，要大不要小，喊价多少，还价多少！你晓得他家人手单薄，还得请你帮忙把棺材送去！"

"好吧，我一定帮忙！"

这时，谎江山知道巴共略上勾了，马上告辞出门，拄着拐杖，走到西寨仙娘门前，拍门高喊："新年到来，恭喜发财，仙姑呃，开门啊，我来你家拜年报喜呀！"

仙娘开门一看，门口站着一个老年婆，忙问："老人家，你来报什么喜呀？"

"你的财喜来啦！昨晚巴共略老婆中邪害了瘟病，叫我请你去扛仙解邪，越快越好！"

"好，我就去！"

谎江山知道仙娘上勾了，转身就走。

仙娘带上扛仙的蒙头帕，出门急忙向东寨巴共略家里走去。半路上碰上巴共略带一帮后生扛一副棺材走来，上前忙问："巴共略老表，我有罪，来迟一步，想不到你家婆娘就死啦！"

"混帐！新年大吉，你咒骂我家婆娘死啦！我是听说你家丈夫死了，才给你家送棺材来的。"

"混帐！新年大吉，你给我送棺材，咒骂我家丈夫死啦！你这个贪财鬼，你看我敢不敢打你的臭嘴！"

仙娘冒火，冲上前去，打了巴共略三个响嘴巴。

巴共略挨打，也冒火了，几脚就把仙娘踢倒在地。这样一来，场合就闹大了。巴共略婆娘听到仙娘打了巴共略的嘴巴，赶忙跑来帮忙；仙娘丈夫听到巴共略把仙娘踢倒在地，也赶忙跑来帮忙。四人抓成一堆，拼命扭打，巴共略眼睛被打肿了，仙娘鼻子被打流血了，双方还不解恨，最后四人拉拉扯扯去到衙门告状，谎江山也跟着跑去看热闹。

谁能料到呢？四人拉拉扯扯到了总爷衙门，衙门双扇紧闭，任凭你擂门叫喊，高低不开。老半天，一个班头从门缝里探出头来回答："大年初一，总爷要睡朝天大觉，不理案件，改日再告吧！"

谁知这个班头跟谎江山相识，谎江山乘机走上去，同他耳语一阵，即跟同他进入衙门去了。

稍过一阵，衙门大开，总爷朝衣朝冠坐在堂上，四人慌忙进入衙门，跪在堂前，争着诉苦告状。

总爷拍响惊堂木，破口大骂："大年初一，总爷大堂，吵吵闹闹，成何体统！"

堂上严肃，鸦雀无声。

总爷继续说："昨夜你们进入山神庙敬菩萨，许了什么愿，山神菩萨都对我讲了。巴共略是个卖棺材的老板，只求自家生意好，惟愿世人都死光，良心坏透啦！"

仙娘听了，忙插嘴说："总爷说得很对，巴共略咒骂我家丈夫死了，大年初一来给我家送棺材。"

总爷拍响惊堂木骂道："你这个仙娘也不是好东西！昨夜你在山神庙许的什么愿，山神菩萨也对我讲了，为了扛仙生意好，惟愿世人多病多灾，良心也坏透啦！"

巴共略听了，忙插嘴说："是的，大年初一，仙娘咒骂我家婆娘害瘟病，来给我家扛仙解邪，还动手打我！"

总爷喝骂道："住嘴，你们都是狗打架！大年初一不安本分，一律惩罚！巴共略和仙娘是主犯，该打五十大板。巴共略婆娘和仙娘丈夫是协从闹事，该打二十大板。拖下堂去，用刑。"

几个差役将四人拖下堂去，按照总爷所说的数字重重猛打，最后将四人拖上堂来，双双跪在堂前。

总爷问道："巴共略，打你五十板，服不服？"

巴共略答道："服！以后惟愿世人长寿不死！"

总爷再问道："仙娘，打你五十板，服不服？"

仙娘答道："服！日后惟愿世人健康无病！"

总爷最后骂道:"四人统统滚出公堂!"

四人得到释放,跌跌撞撞跑出公堂去了。

这时候,总爷当堂脱下朝衣朝冠,仰脸呵呵大笑。众人细看总爷,谁料这个总爷原来就是谎江山装扮。

(石成鉴讲述 江南岸整理)

死人换活人

老谎穿着千总衣服,骑着白马,串乡走寨,四处逍遥玩耍。半路上,碰上一帮送丧的人,正为龙富山守备埋葬死去的独生闺女。老谎见到此情此景,心里想出一个怪主意。

天黑,老谎摸上坟山去盗墓,撬开棺材,将死闺女抠出来,绑在马上,向腊尔山走去了。

谁知路过自家寨子,偶被财主发现,看到老谎穿上千总的官服,惊奇地问道:"老谎官运不小,发财转身啦,请到家里喝茶。"

老谎也不客气,跳下马,进入财主家里去喝茶。

"老谎呃!"财主又问了:"人不出门身不贵,这次出门很顺当吧,想必升了大官。"

"不瞒你说,承蒙龙富山守备看重,赐我千总官位,还将独生闺女许配我,这次回乡是探亲来的。"

"外面骑在马上的闺女是何人?"财主忙问:

"正是我的贤妻!"

财主听了,忙到外面去恭请老谎的妻子,谁知刚刚摇动马上的女人,这个女人却直挺挺地倒在地上,突然断气死了。

老谎马上抓住财主,高低要他抵命,还拉他要去见龙富山守备。财主晓得龙富山很恶,又当守备,是个不好惹的角色,死也不敢去。

最后经乡邻出面调解,财主愿意拿出两个亲生女儿,赔偿老谎的老婆。谁料财主的两个亲生闺女,老谎都不中意,最后财主又将两房媳妇叫出来,听凭老谎挑选,老谎看来瞧去,最后选中财主的二媳妇妹乖。此女生得眉清目秀,身材苗条,可算姿色出众的美人,方才称了老谎的心。老谎除了带走妹乖外,还要财主隆重地重新安葬龙富山守备的死闺女，方才了结这桩惊人的奇案。

（麻国富讲述　龙炳文整理）

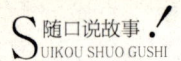

老谎上天摘月亮

财主请老谎做长工，晓得老谎是个调皮鬼，不服管教，常拿克扣工钱的手段对付他，妄图使他服贴。

有一天，财主对老谎出个难题，要他一人一天打一千担谷子，才付工钱，否则，一文不给。老谎二话不说，扛一根长竹竿，走到稻田边，扬起竹篙，满田乱打，谷粒撒满田坝。打满一千担面积，跑回来向财主交票。

财主跑到稻田一看，怄得眉毛眼睛都冒气，硬要老谎把这一千担谷粒捡起来，颗粒不漏，方肯罢休。

"老爷，你只喊我打，没喊我捡呀？"

"我只喊你打，没喊你糟蹋粮食呀？"

"老爷，一人一天能打一千担谷子吗？你出难题为难我，我只能用这个办法给你做，不然你说怎么办？！"

财主辩不赢老谎，赌气硬不给老谎工钱。

恰巧这天是中秋节，月亮升上天空，财主的满崽见了，高低硬要天空的月亮玩。财主婆一听，忙对老谎说："老谎，你能把天空月亮摘下来，送给我的满崽玩玩，将功折罪，我喊老爷给你工钱。"

老谎听了，计上心来，马上端出一盆清水，盆中映出一个团团的月亮，忙叫满崽去玩。谁知满崽是个傻宝，双手伸进盆中去捞月亮，月亮没捞着，却把衣袖打湿了，撒赖哭起来。财主看了，蹬脚大骂："老谎，你又在造孽！我叫你去摘天上的真月亮，谁叫你拿出盆中的假月亮哄孩子呀？"

"你要天上的真月亮，明天我搭天梯去摘吧！"

第二天，老谎将一把斧头磨得锋快的，爬上财主的后山去砍标直的杉木树，准备制造登天的天梯。财主晓得了，马上跑来制止："老谎，你砍杉树做哪样？"

"搭天梯上天去摘月亮呀?"

"摘月亮免了吧!快莫砍树!"

"不行,我要砍树搭天梯,摘不下月亮,你是不肯发我工钱的!"老谎说罢,砍树越砍越起劲了。

财主越看越慌神,讨好地说:"老谎呃,我给你工钱吧,千万别再砍树呀!"

(麻国富讲述　龙炳文整理)

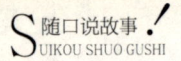

无常鬼鞋印

富翁巴六,吝而信鬼。

一次小儿丢魂致病,需要赎魂。巴六炒了两碗虾子,蒸了四个荞粑,四碗包谷饭,请巫师祭鬼给儿子赎魂。巫师在进肴酬鬼时念道:"包谷杂粮,荞麦荞粑,清汤寡水,虫虫虾虾。我的我不要,你要你吃它。哈嗬其哟,退不退魂我不管它!"儿病不愈,巫师说:"舍不得羊羔套不得狼,舍不得荤腥赎不回魂。六爷拿一头牛犊,一只小羊羔来,保险少爷的病一祭就好。"巴六无奈用牛羊设祭酬鬼,才治好小儿。

又一回为长男还求子愿,巴六用小猪顶愿猪,小羊顶愿羊。上疏时,巫师写道:"某年某月某日,东胜神州信士巴六,谨以不敬之礼,不文之珍,不全之牲,不信之举,致祭于五岳之神,五方之尊,五皇之妃,酬劳赐子之恩,全宗之德。愿保佑的请您保佑,不愿保佑也不打紧。他舍不得花钱,我只有顺他意。谨此上呈!"孙子以此致病,巴六不得以吃了一堂猪,花去制钱五百余贯。为这,巴六的心口足足疼了六个月零九天,对鬼神也更加笃信志诚了!

年边无日,大雪封山,崖脚檐下凌挂盈丈,平地雪深尺余,野无飞鸟,山无行人。老谎闷坐家中正愁年边盘缠没有着落,偶然看见巴六家的鸽子飞来自家房檐上,怦然心动,计上心来,急忙动手编了双底板一尺六寸的大草鞋,第二天凌晨携去大松林阎王崖下穿好迳往巴六家大院走去,房前屋后绕了一圈,在楼门前脱下倒穿往回走。巴六家早起开门,只见两双大脚板朝自家走来绕房打转,几乎吓昏了。就请几个巫师先生来问,不知是什么鬼魅,如何禳解。请老谎看了,他变色言道:"危险,危险!这是无常老鬼作祟,主伤亡人口,雷打火烧,大祸缠身,必须赶快禳解祭祀,拖延恐怕过不成年了!"主人请问如何禳解?老谎说:"这也不难,只需精肉30斤,糯米粑粑40斤,红绸一丈六尺,香三把,纸钱三斤六两，黄酒三瓶，谢师制钱三千文，破日子时三刻在离家三里正北方十字路口祭之大吉。"恰好后天是破日，就请老谎祭鬼禳灾避祸。

这天子时，东方未明，寒风呼啸，雪上加霜，路无行人，撵狗不出门。巴六叫家人挑了糍粑精肉等祭品福物，亲送老谎到北方三里牌十字路口。老谎身披大红法衣，头戴三叉道冠，手执师刀绺巾，步罡踏斗，唱法歌祭鬼云：

"无常鬼，鬼无常，飘飘荡荡没处走，

本师送你走他乡，走呀走哎嗨嗨走他乡。

云路短，水路长，亲戚六眷你莫走，

去到仇家找廊场。找呀找哎嗨嗨找廊场！

雾漫漫，雪茫茫，天寒地冻冷怆怆，

速去速离莫久藏，莫呀莫哎嗨嗨莫久藏！"

主人听了，十分惬意。暗想："都说老谎靠不住，谁知是个有情有义的志诚君子，这次多亏了他！法事就交给他了，我们回家去吧。"从人巴不得，谁愿意天寒地冻在风口路上挨着呢！

主东已去，老谎收拾祭品，用红布包了谢师香纸等物，高声唱道：

"这家的菩萨有菩萨，他不理我我理它，

送走无常归西去，收拾包裹转回家。

主人欢喜我欢喜，主人倒楣我起发。

主人倒楣哎我呀我哎起嗨嗨发！

恭喜主东贺喜主东，脱抬扁担大吉大利！"

扛着大红包裹回家过闹热年去了。

（田彬搜集整理）

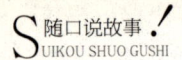

起生棍

这年干旱,稻田都开坼完了,禾苗都干枯死了。穷人们颗粒无收,李财主不但不减租,反而要佃户们提前上交租粮。

乡亲们个个愁眉不展,都跑去要谎江山想办法。谎江山见了这般情景,一边安慰乡亲们,一边想出了一个办法。

一天,谎江山把在李财主家做长工的隔房哥哥找来,对他说:"大哥,今年粮食颗粒无收,可李财主还要同样收租,眼看大家只有饿死了。我给你讲,你来到我屋里帮他收租时,请你将我准备的这个装猪血的猪尿泡藏在右身。那时,我装发气,拿一根梭标刺你,等猪尿泡破了猪血流出来,你就装死倒在地上,到那时我自有办法。"谎江山大哥听了,连连点头。于是,谎江山就把装猪血的猪尿泡送给了他那大哥。

没几天,李财主果然逼租来了。他是个利欲熏心又非常愚蠢的家伙。他一路人马,有打手的,有长工挑着箩筐的,浩浩荡荡地向谎江山的村子走来。

一进村,李财主就带着人马向谎江山家走去。谎江山在门边,见隔房哥哥也在人群中,右边身子鼓鼓的。等人群一到院坝,谎江山就拿起梭标向他们吼道:"今年干旱颗粒无收,还要交租,我跟你们拼了。"说完,一梭标向他那大哥的右身刺去,猪尿泡被刺破了,猪血立即从衣内流了出来,他那大哥就趁势往地上一倒,像真死了一般。

这下可不得了了,人群顿时大乱起来。李财主见了,忙叫打手们将谎江山捆起来。谎江山却胸有成竹地说:"不要紧的,我叫他活起来。"于是,谎江山折转屋里,取出一根约三尺长,涂有几种色道的木棍,对他那大哥的手打一下,说一句"动!"那大哥的手就动一下。接着,他的木棍在那大哥的脸上晃了晃,在身上打了打,说声:"起来。"果然,奇迹出现了,那人站起来了。

在场的人都看呆了，李财主走了过来，拿过谎江山手中的木棍。心想，这木棍有如此神力，要是得到它，人死了能把他救活，要多少钱他就给多少钱。

李财主对谎江山说："好了，今年的租我就免收了，但有一个条件，必须把你这棍子给我。"于是，谎江山就答应了。

李财主回家后，天天拿着这根棍子转悠起来。一天，他见有一帮人头戴白帕子，抬着一副棺材要去埋人，就急忙和人家走上前，要那帮人开棺让他救救这死人。这家死了人的也是个财主，不过产业要比李财主大得多，势力也比李财主强。这些人根本不理李财主，往直走着，于是李财主就动手去拉抬棺材的人。主人见了，叫抬棺材的人停了下来，说："开棺，让他救吧，他救不活就打他五十大板。"于是这帮人停了下来，把棺材的盖子打开了，把死人搬到地上，让李财主治。只见李财主学着谎江山的样子，打了一下脚，喊一声，打一下手，喊一声。不管他怎么打，怎么喊，这死人硬是不动。那帮人见了，觉得他是在故意戏弄人，于是按的按脚，按的按手，把李财主按在地下，打了五十大板。李财主无法，只得在家人的搀扶下，"哎哟，哎哟"地回去了。

（吴仕贵讲述　石生智整理）

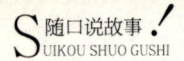

黄牯生崽

万大户,生性贪婪,好占便宜,人家的东西总想捞到手,自家的从不旁借别人。

有一次,他嫡亲兄弟万三跟他借粮度荒,他回说"没有。"万三指着身边满箩的包谷说:"就借两斗包谷吧。"他说:"鸡会挨饿的。"又指着梁上的谷子说:"借几把小米也行!"他说:"老鼠要咬仓了!"万三说:"那就借三升米糠吧!"他说:"不行,不行,母猪会骂娘的!"活活把兄弟打发走了。其悭吝如此,村里谁也没跟他打交道,他也发誓今生不求他人。

他家里养得一头好黄牯,膘肥体胖,滚瓜流油,每天空着晒太阳。谎江山见了,不觉心里一动,一个主意浮上脑际。

大清早,大户赶着黄牯出门踏青,老谎迎上去拉着他的手说:"大舅,请借您老黄牯说句话。""跟它?有什么话好说的!""是这样的!"老谎挨过去就着大户的耳朵咕隆了几句,大户惊奇地说:"有这种事?!""千真万确。""它跟你说的?""九死九绝!"老谎发着恶誓道:"不信你看看怎么样?""好吧。"大户怀着好奇心让他把牛牵走,悄悄跟在后边看他怎么跟牛说话。只见老谎把黄牯牵出五步以外,抱着牛头,亲着它的耳朵咕噜了一阵,黄牯登时泪眼双流,摇头摆耳,露出不胜凄苦的神情来。老谎亲切地抚摸着它,说了许多劝慰的话,就把牛牵回,交还大户,激动地说:"多谢大舅成全了他母子二人,好心必有好报,日后大舅必定早生贵子,福寿双全,四季发财!"

这是怎么回事?原来是刚死不久的李二昨夜托梦给老谎,说他的老母亲因前生冤孽转世为大户家黄牯。请老谎跟大户求个情,让他跟变成牛的老母说几句话,尽一尽人子之情。还说是真是假,来日以黄牯掉不掉眼泪为准。大户初时不信,见了母子相会情状,就相信起来,对自家的黄牯也就产生了许多奇异的想法，居为奇货了。

十几天后，老谎又来大户家借牛，大户以为又要让牛跟鬼儿子说话，就答应了他，临走前对他说："老谎，你要嘱咐李二千万要跟他老母想法赎罪，来世早日超升，重新做人啊！"老谎满口应承道："他母子二人决不会忘记您老人家的恩情的！"退牛的时候，老谎怀里抱着只小羊羔欢天喜地地跑进门，一见面就朝大户深深作了个揖，连称"恭喜贺喜〞"大户不解地问："喜从何来？"老谎双手递过羊羔，乐滋滋地说："您老人家的黄牯跟它的儿子见面之后，就产下了这只羊羔，岂不是亘古未闻的天大喜事！怎得不贺。"

说话间众乡邻等都围过来看稀罕。有的说："黄牯生羊羔，千古奇闻；万大户精诚感动天地，皇天赐福，可喜可贺！"有的说："公牛生崽，非妖即怪，恐怕不是什么吉兆呢！"还有的说："也许是李二为他妈早日超升，送羊羔赎罪呢！"沸沸扬扬，议论纷纷，祸福兼半，似是而非。老谎说："心存善念，天眼常开。大户助人全孝，感动上苍，自然百灵呵护，天地乐成，何止黄牯生崽崽，只怕日后更有大福大喜呢！"大户乐呵呵地说："是啊，是啊，我家的黄牯生来与众不同，做出了许多稀奇古怪的好事喜事，只是大家不晓得就是了，这次生出崽崽来何足为奇呢！"

打这以后，但凡老谎借牛大户无不乐从，而每次退牛又都有喜相随，或为牲畜幼崽，或为五谷杂粮，或为毛羽鳞介，言称俱是黄牯产下的。家里人颇有疑惧，不敢收受，只有大户自恃福大命大，上天垂佑，神牛与众不同，闻报辄喜，有送必收，心里还盼有朝一日，黄牯会生下龙驹虎犊，黄金白银来呢！

一日，老谎又来借牛。大户笑嘻嘻地赶着大黄牯对老谎说："江山，你看我家黄牯这回会生出个什么呀？"老谎说："大舅呀，您老福如东海，寿比南山，我看这回不是玉龙，必是金凤。心诚天地动，功到自然成嘛。哈哈！"两人同时大笑起来。送走黄牯之后，大户眼巴巴盼着，盼星星，盼月亮，只盼奇迹出现，平步青云，举室飞升。盼呀盼呀，日头落下又升起，升起又落下，一连几天不见音信，家里人不免心急起来："老谎是不是做了手脚，把黄牯拐走了？"大户心里信疑兼半，存着侥幸，为了安定家人心绪，强作镇定地说："老谎小子，敢骗我么！你们耐心等着吧，这回产下来的，绝对不是一般东西！"

五天以后,老谎慌慌张张地走来,悲悲戚戚地,一进门就放声大号:"哎呀呀,我的天,不好了,不好了!"大户急问:"为啥悲啼,黄牯?""黄牯它,它它,昨天夜里,生不下石蛋,难产亡故,李二把它拉,拉进地府,拜见阎王爷,请求超升去了!"

"岂有此理!"大户捶胸大骂,"谎江山贼子,你把我的黄牯弄到哪里去了?我非宰了你不可!"

"不信大舅去看,石蛋现在那里,牛尾巴还有一截没钻进去,再迟恐怕就见不到了!"

大户一家跟着老谎飞步上山,隔壁邻舍三三五五都跟着前去看古怪,山上山下挤满了人。现场内,巨大的石卵,血迹斑斑;草坪石卵之中半截子牛尾巴在那里随风摆动。已是黄牯不见,空存石蛋;牛尾摇动,李二无踪了!

大户夫妇揪住老谎大骂:"贼子、强盗,竟敢骗到老子头上来,古往今来,世上哪有黄牯下崽,活牛入地的?还我黄牯来!我跟你拼了!"老谎笑嘻嘻地说:"大舅,你家神牛,不是生下了许多东西了,怎说人间少有,世上从无呢!有生必有死,有得必有失。它既然会生崽,谁又能保它不会难产死亡呢!"四周观众附合着说:"是呀,是呀,这回生下的石头蛋说不定是个大金蛋呢!哈哈——"

(田彬搜集整理)

如法领奖气店主

老谎进城打工，店主拿一张契约文稿给他看，文稿里写着：

立据人×××自愿在××店务工，议定年薪制钱一十五贯，包吃包住，外加冬夏衣服各一套，保证所有工种，任凭店主交待，都能按要求如质如量完成，决不推诿延误。倘有一件完不成或不肯做者，情愿扣工钱五贯；两件完不成扣十贯，三件完不成，扣全年工钱一十五贯外，付给店主食宿衣服费用。无力偿付者，另跟店主打白工一年抵清。空口无凭，立此为据。

立据人×××

××××年×月×日

老谎看罢笑着问道："店主，你那三件事不是杀人放火当反叛贼子吧？"店主说："大哥真会开玩笑，黄某乃是本镇正正经经的生意人，一向奉公守法，怎能干那种坐牢打板砍脑壳的事情！""莫不是上天摘星星，砍月亮里头的娑罗树，下海找龙肝龙胆？""不不不，那些不是人做的工夫，岂能用来刁难下人！""那么店主乃是一番好意了？但不知贵店还有哪些人们做不来的难工夫，需要立约保证的？"

店主笑着说："不瞒大哥你讲，生意行里，百客选百货，百人有百心，难保每个人都满足得了干得出来的。恐怕到时候有个闪失，需是坏了本店名声，塌了台，故此先提出来，让人家心里有个底。无非两不相欺罢了，别无他意。"老谎把文稿交还店主说："原来如此，工夫倒也没什么，只是你这契约立的不公平，我不能做，东家还是另请愿者吧！"说着就要走。店主一把拉住他说："大哥何必那么急，生意是讲拢来的嘛，你说我这文本有哪里不公平，咱们可以慢慢商量嘛！""萝卜白菜，各有所爱。东家有钱何愁请不到乐意干的人，我又何必苛刻于你？咱们还是两便吧！"老谎说。店主说："你这个人就是心急，岂不闻古语云：'路遥知马力，日久见人心'。干得久了，你自然会知道本店一心向善，宽厚待人的，何必他求？把你心里想的讲出来，纵然要走本店也决不强求，生意不成仁义在嘛！"老谎说："店主既然以诚相待，我就照直讲吧。你这文约，只罚不奖，坦护东家，到你家做工，就像卖身给你家为奴，哪个肯做！"店主笑道："依你看来，要怎样才算公平？""这还要说，"老谎说，"这合同文书，立约双方，地位平等，两不相欺。务工条件，有奖有罚，奖勤罚懒，褒优惩劣，才是正理。岂有一方认罚，一方不奖的！""那——该怎么奖罚呢？""罚约，就依你的吧，那奖约嘛——"老谎稍停片刻，接着说："就该倒过来，完成你的特殊任务一件，奖钱五贯，两件十贯，三件一十五贯，外加衣食住宿费用一年！"老板听了不语，沉思片刻，说："就依你吧。"老谎说："你愿意！""君子一言，快马一鞭；一言既出岂有不愿意的。"于是两人在文契上加了奖项拍板成交。双方各自签字画押，即日上工。

岁月如流，转眼几个月过去了，一切顺当。

一日，店主对老谎说："江山，今天有位江西客人来本店定购灰绳三条，店里没有存货，你就给搓三根灰绳吧！""好咧。"老谎应声而去，当即搓了三条草绳挂在货架上，用火点燃烧了，请店主验收。店主站在货架面前，睁眼看着高挂的灰绳说不出话来。

逝光如水，夏去冬来，飞雪如絮，滴水成冰，年关将至，碗碟畅销。店主叫老谎用水做几套碟子赶卖好价钱，老谎喜滋滋地答应着挑水洗碟忙乎起来。第二天一早，几套晶莹光洁、花样新奇的冰碟，整整齐齐地摆在货架上，店主见了，张口结舌，半天说不出话来。

腊月二十四，灶王菩萨上天，一年合同期将满，店主笑嘻嘻地对老谎说："江山呀，你干得好，我一定要按合同重重地奖赏你。今天麻烦再给我做最后一件事，完事一并计赏如何？"老谎说："多谢东家照顾，但凡工夫我一定如约做好，决不辜负东家一片好心，只不知东家要做何事？"店主说："年边无日，你又要回家过年了，我实在忙不过来，你去给我买一头没毛猪来吧！""不知东家要大猪,还是小猪?""不大不小,就买头架子猪吧!""是"。老谎二话没说,拔腿就去。不消半日,扛着一头磨得油光水滑、胖乎乎的滑石猪回来,交给店主。店主看了,火冒三丈,喝道:"你怎么给我买这条死猪回来?"老谎说:"你并没有交待我买活猪或买死猪呀,我就给你买这头不死不活的没毛猪来了,不是吗?""你买的是一块石头,它也叫猪吗?"老谎说:"它明明是一头没毛的猪,怎么能说它是一块石头?请问东家,您家祖坟上的石人石马是什么?乐山大佛是什么?还有你神龛上供的玉石观音又是什么?你敢说它们都是一块石头!"店主气得脸色煞白,半句话也说不出来,好半天才憋出"我算你狠!"四个字。

过年的爆竹响起来了,老谎欢欢喜喜地挑着两年的工钱和一年吃穿住宿费回家过团圆年去了。

(田彬搜集整理)

装驼教训驼财主

汪一万,是个大财主,家里婆娘儿女一大堆。他自认财发人旺,事事如意。但有一点最使他伤心,就是小时候滚下田坎,摔断了腰杆。从那以后,他走起路来像个大虾。再加上他为人极端刻薄,对长工、佃户及所有穷苦人,尽想些敲骨吸髓的坏主意,拿来坑害人家。所以,背后人们叫他汪驼子,汪愈坏……

谎江山就要想法子整汪驼子,一为四周村寨穷人出气,二为解决穷人眼下青黄不接的困难。

装驼背,谎出大米救穷人

有一天,汪一万到田边去盯穷人们帮他插秧。谎江山看见了,故意挑着一担柴迎面走来,到一个路窄拐弯的地方,装着看不见路的样子,前面的那头柴撞着后坎,连人带柴滚到路坎下去了。谎江山故意大喊:"救命哟!救命哟!呜呜呜……我的腰杆跌断了!呜—呜—呜呜……我的腰杆跌断了……"声音凄惨,叫喊不断!

插秧的穷人听见了,都上田坎跑来援救!汪一万却大为不快,吹胡子瞪眼睛,辱骂威胁插秧的人们,说:"伤一个穷小子,有什么值得大惊小怪的,就是死了也没什么了不起。快去插秧,谁不去是要扣工钱的!"

汪一万家里的大长工,和谎江山是好朋友,用恳求的语气说:"东家!谎江山的腰杆跌断了,自己不能走,让我背他回去吧?"

"你背他回去,不插秧,我是不给工钱的?"

"我背他回去,年底结账时,你就扣一天的工钱嘛。"大长工把谎江山背到没人见的地方,谎江山轻轻对他说:"大哥!放我下来。我并没有受伤,更没断腰杆，我是故意做的。"

大长工把谎江山放下，说："老弟！你真的没伤吗？"谎江山一蹦两跳，说："看！这不是很好吗。"他舒展一下手脚，接着说："你回去，须逢人便说我断腰杆。"

过了四五天，谎江山腰弯背驼，在驼背上稳稳的放了个钱褡裢，挂着拐棍到汪一万家里来。汪一万惊疑地问："谎江山，你来做什么！"

"老爷，无事不登三宝殿——"

汪一万有些不耐烦，说："有什么事，你快说嘛！"

"老爷这不是明摆着的吗，就是为我这腰杆——治驼背来的。"

汪一万有点发气了，说："这么说，你是穷疯了，到我这里乞讨药钱的！"

"不！不！老爷就是要送，我也不会拿呀！怎能说到'乞讨'呢？"谎江山有意活动一下'驼'了的腰杆，"叮……"褡裢从背上掉到地上，从褡裢内发出银钱相撞的响声。汪一万先眨了几下眼睛，后眯眼沉思：他为什么说送他也不要！又背一褡裢银钱？好！等我问个明白！汪一万转换语气问道："谎江山，你到底是搞什么鬼？"

谎江山很稳重地说："老爷，实不相瞒，我碰到一个药师，他教我一些秘方，整治我这驼了的腰杆。我来——不过是同病相怜——"

汪一万知道话中有因，眨了眨眼睛，心动了，沉思：好，等我套他说来，我也好治这背时的腰杆——驼背。他马上改变态度，温和地对谎江山说："谎江山，你说说看？我这背上也能治吗？"

谎江山听出汪一万这吝啬鬼上套了，但他像漫不经心地说："我的能治好，当然老爷的也能治好，不过——"

"不过什么？你快说！"

"不过——老爷不要急，你先卖二十担米给我。"

"你要买二十担米，要那么多米做什么？"

"药师说，先要修点阴功，就是买米施舍给穷人。这样，药和方法才能起效。"

"用什么药和方法呢？"

"药师说了，在未做以前不能对人讲，若先对别人讲了，就不灵。等我治好了，那时才能给老爷讲。这也是为了老爷好，请老爷原谅。"

汪一万听了，心里暗暗骂那药师和谎江山。但是，他仍自己得意：大米我有的是，我偏不卖给你这穷鬼，我看你修什么阴德阳德来。现在我放信出去，从明天起，舍得四担米来发放。那时，我套得他治驼背的方法，我的背自然可治了。汪一万想到这里，他得意"嘻嘻"笑了，转而阴毒地说："谎江山，很对不起，眼下我没那么多米，以后有了，再卖给你不迟！"

谎江山晓得汪一万已经上钩，必须再激他一下，令他清除疑虑，说："老爷，救人之急，也是一种阴德。还是请老爷卖点给我，因为我已放信出去，明天发放，没米怎么办？唉！"

汪一万下逐客令了，说："我说没米就是没米，还说什么？不要啰嗦……"

谎江山故意做出无可奈何而又带有恐吓的样子，他把褡裢子甩到背上，说："皇帝家也会少银扫寻——难道你就不求人了吗！"说完，"咚！咚！"拄着拐棍走了。

第二天，汪一万要长工们搬几个庠桶到大门口，把仓里的大米挑去倒满庠桶，嘱咐长工们说："早饭后，你们到大门口去发放大米给穷人。凡是来的，不论男女大小，每人两升，照发三天。"

第一天，从早到晚，没一个穷人来乞讨米。汪一万心里有些叽咕？晚饭后，他要大长工下去暗暗了解是什么原因！

晚上，大长工回来向汪一万回报说："老爷，有些话不晓得要说不说？"

"把你晓得的照实说嘛！"

大长工说："今天，穷人不到这里乞讨大米，都说老爷平时过于吝啬，不会施舍大米给穷人，现在施舍是假的；再说老爷每人只发两升，谎江山那里每人却给四升，所以没人来了！"这些话都是谎江山和大长工商量好说的。

汪一万有点疑惑，心中志忑，自言自语的说："谎江山这个穷鬼，也想和我斗，哼哼！这不行！"第二天早晨，汪一万就悄悄到谎江山门外偷看，是不是像大长工所说的那样。他不看犹可，一看吓了一跳！原来谎江山的门口外面，一字儿摆了八个大庠桶，桶里垒尖垒尖堆满了米——这是谎江山的主意，桶底垫的是稻草，草上盖了糠，糠上轻轻的糊了一层米在上面——马屎皮面光。汪一万不敢出头露面，更不敢见谎江山。回到家里，叫长工们扎扎实实装满了八庠桶大米。

吃过早饭，断断续续的只有个把人前来乞讨大米。汪一万看在眼里，喜在心里，他想：我不要很多大米就可以施舍三天，即可图名，又可治病……汪一万正乐不可支的时候，忽听哄哄的人声由门外传来。他正想出去查看，可是那管家和长工们惊惊慌慌的闯进来了！汪一万慌忙问道："外面哄哄的人声是怎么的？唉！你们怎么都回来了！"

"东家！人太多了，米施舍完了。还有好多人没领得米，发生了争吵，所以小的们才回来请示东家！看怎样处理？"

汪一万还来不及表示什么，只见他老婆气凶凶地闯进来，拿着木棒朝他背上的驼峰辟辟啪啪打了几棒。原来是他的老婆知道白施舍那么多米给穷人，气愤了，便大发淫威。大家见状忙拉拉扯扯他们回房去了，就此了事。

汪一万是个惧内的人，当着长工们的面，挨了老婆的打，觉得脸面无光。可是他又不敢发作，更不敢叫长工们再挑大米去施舍，一气之下，昏厥倒地，卷做一砣。汪家眼下救人在急，再没人提施舍的事了。

出奇吊发，汪一万效颦受惩

汪一万驼背未治好却"施舍"了十来担大米，为了这件事，老婆和他大吵大闹。他挨了老婆的棍子，头上的包几天还未消肿。他认倒霉，上了谎江山的当，哑巴吃黄莲——有苦难言。因而，他在伺机寻找谎江山的岔子，想从中趁机报复，天不亮他就到谎江山屋外的草蓬里伏下监视。

汪一万的鬼计伎俩，早在谎江山的意料之中。谎江山明知汪一万在暗中注视，他却有意视而不见，像旁若无人，不知道似的，公然挂着拐杖，走出门到屋后僻静无人的银杏树脚，故意顺绕三圈，反绕三圈，然后他大声念道：

"□万偷看心坏透，
四方神灵不保佑。
阴功不修德损尽，
跌破驼背还不够。"

汪一万听了，吓得要死，心想，这个谎江山确实了不起。于是他硬着头皮，从草窝里爬出来。哼哈！哼哈！拱着腰爬到谎江山面前，奸笑着说："嘿嘿！谎江山老弟，你就包涵这一次吧！下次决不——"

"我是明人不做暗事，是关心你。你是有家有业的人，讨个婆娘，她也不愿和你同吃同坐。背后是有人叫你"汪驼子"，料想你亦有所闻。"谎江山乘机数落着汪一万的短，说完，叫声"回去"。

第二天天不亮，汪一万就先潜伏在银杏树边不远处——专想偷看谎江山是怎么治驼背的。当他看见谎江山不知什么时候已直挺挺的吊在银杏树杈横枝下，他吓死了。大概有一袋烟工夫，谎江山拱腰弹腿，做起动作来了；再一袋烟工夫，又拱腰弹腿……汪一万细看，谎江山头上戴着破烂帕子，那些筋筋条条垂蕤脖间；身上穿着破烂的青衣长衫，腰间捆草绳，赤着脚。他偷看了一段时间，又见谎江山拱腰弹腿，前后摆动如荡秋千，手舞足蹈，悠然自得……

汪一万不会想到：谎江山先用破布缝成一个坐垫，后用两根绷线的四个头穿过内衣从脖子旁引出，经耳朵后与头发混杂组成发束。所以，绷线有头巾筋条遮住，垂吊力重点在绷线，头发包在线外不受力。汪一万不知道这一内窍……当他正看得出神时，忽听见谎江山唱到：

汪汪叫什么？

一家要变驼。

万万治不好！

坏在心肝窝。

汪一万听到了吓得要死，他心想：谎江山骂我做狗，这倒是可以的；说我的一家人都要成驼子！那太可怕了；说我驼子治不好了，是由于我的心太坏！他已不能自己控制了，小心地从草窝里爬出来，在银杏树下求饶："我该死！我该死！"磕头如捣葱，又要求说："谎江山老弟！你就教我治这驼背的方法吧！俗话说：同病相怜，你就发点慈悲嘛！"

谎江山在树上说："汪一万听着，既然你知道我的方法了，三天后，你也可到这树上来照样吊。但是，不能给家里任何人讲，包括你的妻室儿女，讲了就不灵，治不好。特别不要怕痛，不要怕危险。现在我做的方法你看到了，你快回去准备。"说完又拱腰弹腿，前后摆动如荡秋。

汪一万喜出望外，心里乐滋滋的！他认为自己不费分文，谎江山这个自我标榜的聪明人，就把治驼背的方法给讲出来了，其实老谎也是个大傻瓜。

第四天，正是谎江山说让他治驼背的大日子。按谎江山说的，汪一万在天不亮就悄悄出门了。他走到银杏树脚，做爬树的准备，抬头望树顶，可是怎么也望不到。俗话说：驼子望天——要把腰杆打断。他想望不到也不要紧，爬上去自然可以到树顶。我们知道，凡是爬树都要肚腹部贴树干，不然手脚不好使力换力。对一般人来说，这是不成问题的，对驼子就难上加难了。汪一万弯腰驼背，走路头往前拱，背负青天面看地，俗话说：驼子上树——须拜猫儿为师。汪一万确有点小聪明，他学猫儿爬树法，试爬几次，由于手脚劲力不足，都脱手摔下来撞在驼峰上！按谎江山交代的他不敢叫痛，没有漫骂。弄到日上三竿，他看没办法爬上去了，就慢慢的回家来了。

汪一万吸取昨天的教训，过一天大清早，他带着绳子和竹竿，急急忙忙赶到银杏树下，把绳子的一头捆一砣岩石，放到竹竿叉上，举起竹竿，对着横生的树枝手一抖，岩石带绳子飞过树枝的一侧。在竹叉处加捆了一跟小木勾，他重举竹竿，对着石头一勾，把绳子带下来了。然后他双手攀住绳子，双脚交替蹬树干，直爬到树顶。

汪一万爬到树顶，在谎江山吊过的那树枝上也吊起来。但他不知道谎江山的秘密。所以，当他悬空吊下，觉得头皮好像要撕裂一样，头发要断，脖子好像吊长了，驼背也象吊直了。虽然剧痛难忍，他想到"长痛不如短痛"，还是忍耐点。有了思想上的自我安慰，像好受一点了！

没有多久，汪一万觉得无法忍受了，头像是往上扯的，身子像往下拉的，脖子像断了似的。他想到五马分尸的酷刑，他哭了，由于面上的肌肉绷得过紧，哭不出声。想喊人援救，也喊不出声。

汪一万觉得身子已经不属于自己的了。他几次用手去抓头上的树枝，因驼背，腰无卷缩上升的力，这时又筋疲力尽，没法抓到；脚更不消说，当然是没有地方踩了！吊啊！吊啊！他失去了知觉……

家里婆娘儿女等大半天了，还未见汪一万回家来吃饭，一家人坐立不安了。

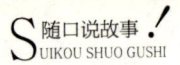

他老婆想,这一个月来,他像着了魔一样,行动诡秘,必然有不测!于是派人四处觅寻……

衙堂斗官,汪驼子受罚挨打

汪一万被家人抬回家,经过抢救,稍许能动弹,就由长工抬着,到县衙告谎江山的状。他自认有理,在堂上擂鼓喊冤。县官听到鼓响,升堂开审,先问原告:"汪一万,你说谎江山谋财害命,你说清楚点,他是怎么谋财,怎样害命的!"汪一万听了,认为县官是向他的,就故意哭丧着脸说:"禀大老爷,谎江山妄说他学得治驼背的秘法。治前先要施舍,治法才有效,不然不灵验。我如法施舍了八屌桶大米,统统分给那些穷鬼去了。后来我偷偷去看他是怎么治驼背的,原来他是把头发高高的吊在银杏树上,连续吊了三个早晨。之后他说第四天早晨由我来吊。可是,我一个早晨都未吊到,就晕死了。他用心好毒!我好苦啊!请大老爷给小人作主!""拍!"县官把惊堂木一拍:"谎江山,汪一万说的这些都是你做的吗?快如实招来!"谎江山诙谐的说:"禀大老爷,汪一万刚才没有说完,应说他为富不仁,坑害百姓,他逼债胜过公款,催租急过发粮,都是我帮大老爷做的——""拍!"惊堂木响,打断了谎江山的说话,堂上皂吏吆喝!县官威声夺人:"富户汪一万,田土占了半个县,就是说半县钱粮都为他私有,大老爷也不能沾边。"谎江山听后忙说:"正是正是"。眼前正值青黄不接,汪一万不仅颗粮不出,相反还屯积粮食。穷人粮不裹腹,有的离乡背井,有的饥饿难忍,要造反了。若一造反,上级追查,是在大老爷管辖下出的乱子,不丢官了职那才怪呐,请大老爷明察!"

"拍"的惊堂木又响,县官忙说:"本官判汪一万犯诬告罪,罚银三百两,散堂。"

谎江山、汪一万相继一前一后走出来。谎江山边走边念:"一万坏心肠,县衙来告状;被判诬告罪,罚银三百两。"汪一万听了,觉得面如死灰,无地自容,四周的人好像都对他指手划脚地讥笑。

汪一万不服输,借送罚款的机会,托人悄悄加送县官三百两银子。县官得了贿赂，果然传谎江山到案。当然，谎江山早已想到汪一万会买通官府来报复的。他来到正堂，县官就问："谎江山，你坏透了，上次审问，你为何欺骗本官？该当何罪？从实招来，以免受刑！""禀大老爷，坏透的不是我，欺骗大老爷的也不是我，都是汪一万做的。若没有汪一万再做坏事，我谎江山就不会再到这堂上受审了！"

县官心里一震，心想：难道他晓得我私拿了汪一万的三百两银子？管他的，俗话说：吃了人家的饭，要帮人家挑担。县官把脸一沉："谎江山，你用鬼蜮伎俩坑害别人，破坏别人财产，该当何罪！"谎江山若无其事的回答："禀大老爷，用鬼蜮伎俩坑人，破坏别人财产的不是我——""不是你，那是谁？"县官逼问。谎江山用要讲又不讲的语气说："禀大老爷，堂上挂的'明镜高悬'自可照明清楚，那又何必待言……""无赖狡民，按反诬法，罚银三百！"

"大老爷，为了一只狗，罚银三三九。"

"本官就罚他三百，你三百，才六百。怎说是'罚银三三九'，那还有三百？"

"问你大老爷！"

县官老爷又是一震，虽然以官势夺人，气壮如牛，内心都是色厉内荏，胆虚如鼠了。把惊堂木一拍道："你认为你穷，出不起可以耍赖。哼！瘦狗也要榨出三斤油！"

谎江山讥讽唱道：

"老爷说得对：

明镜高悬狗坐堂，

汪汪狺吠民遭殃。

一一都是犬作怪！

万万银钱入私囊。"

"拍"地惊堂木又响："住嘴！在公堂上竟敢辱骂本官，该打！""喳！"皂吏喊了堂威！

谎江山却不慌不忙的说："禀大老爷，这不是骂人的话，更不是骂大老爷。因汪一万号十（瘦）狗，这场官司是他挑起的，我说的是实情，对汪一万也不算是骂。若我的话是骂人,那瘦狗榨出三斤油又是骂谁?除了汪一万谁也不是。所以,该受打的是汪一万,该受罚的也是汪一万。"

县官明明知道谎江山是借汪一万来挖苦他,但又不能发火,发火就等于承认。而且在不露声色的情况下要照办。照办也好,对我有利。他眨了几下眼睛,板起面孔,又把惊堂木一拍,判道:"本官已调查清楚,汪一万犯诬告罪,打五十大板,罚银三百。"

汪一万被打得皮开肉绽,长工把他扶起来,还哼哼的呻吟!谎江山假装未见,故意唱:

"一万是个大傻瓜,
告状不知把钱拿。
老爷打你五十板,
看你屁股辣不辣。"

汪一万听了,当即昏厥,抬到半路伤愤交加,死了。

(石仕贞　石兴文搜集整理)

挑秧追财主

有个大财主，他请人帮做工夫，很怕人拖沓误工。每次做苦工的穷人挑担，他都是空着双手跑在前头，要帮工的穷人挑着担儿在后面追赶他。帮工的穷人常常被他拖得筋疲力尽，所以，都怕到他家里做工夫。谎江山听说后，决心去教训那个财主一番。

那一年的春末夏初，正是农村插秧的繁忙季节，财主请来了谎江山帮他挑秧。财主空着两手跑在前面，并嘱咐谎江山要挑着秧追赶上他，不许停歇。谎江山点头应承，挑着秧跟在财主后面跑了一段路，然后乘财主不防备，边跑边轻轻把秧甩掉一些，直到前后竹篮每篮只剩一个秧为止。这里他紧追财主，并边跑边喊："快！快……"前头的财主头也不回拼命往前跑，边跑边想，"这人骨头硬，挑着秧追赶我，我还跑不赢他，一个可以抵两个……"一会儿，跑到一个山坳口上，财主已跑得上气不接下气了，回头一看，见谎江山挑秧篮子里只有两个秧苗，气得火冒三丈！大声责问："你为什么不挑秧追赶上来？"谎江山不慌不忙说："东家，这不是秧苗吗？"谎江山提着两个秧苗反问着，财主更气了，说："我是要你挑一担秧苗追上我！"谎江山拍起胸脯对答："对不起，如果你能挑着担子跑，我一定也能挑着担子追赶上。"财主瞠目结舌，无言以对，从此再不敢叫人追赶了。

（石仕贞　石兴文搜集整理）

三犁两耙

从前，有家财主，除了有长工外，每年春耕大忙时节，还要另请短工或零工犁田。那财主为人极端刻薄，工夫要做得好，做得快；午饭不给吃，工钱要少给。所以，凡是知道他底细的人都不愿到他家来做工。

有一年，那财主照例向外招人包耕，说他家有一丘水田，面积不过半亩，只需一头牛犁一天。谁愿意包犁，送大米三斤，二百文钱作工钱。几天后，众人都不愿意去做，谎江山却上门来对那财主说，他愿包犁这丘田，只要先送一半工钱就行，但要管三餐好饭菜。那财主认为有便宜可占，便满口答应，连说："好办！好办！"但财主有点不放心！交代了一句："那丘田今天你必须犁完。并且要三犁两耙，做不到要扣工钱的。"谎江山满口答应："今天，我定把田犁完，并且要做到三犁两耙。"那财主听了很是满意。

谎江山肩捎犁耙，赶着一头大水牛到了田边。一看那丘水田何止半亩！足有七八亩，要十头牛犁一天可能才犁得完，现我是一人一牛怎能做到三犁两耙呢？他看着想着，忽然他"嗯"了声，笑笑着说："有了，必须这样！"于是他把牛放着吃草，自己却爬到桐子树上唱起山歌来了。

中午时，那财主的管家送饭来了，他看看水田，水平如镜；看看水牛，水牛安闲地在吃草；看看老谎，却坐在树叉上悠闲地摇荡着树子玩。他有些生气地说："喂！你下来，吃了午饭好做工夫！"谎江山懒洋洋的说起俏皮话，说："喝！你来得正好，我正饿着肚子呢。"

财主管家看谎江山狼吞虎咽的吃着饭，他不解地问："我看你吃饭如狼似虎！可大半天了你还不动手犁田？"老谎告诉他说："吃了午饭立马就做。"管家语带威胁地说："我家老爷晓得你误工，是要扣工钱的！"谎江山告诉他，保证做到三犁两耙就是。等谎江山吃饱饭，财主管家就收拾碗筷走回去了。

夕阳西下,晚风吹来,尚有点寒意。谎江山才牵牛套犁,在田中,横向犁了三犁,解下犁,又套上耙,纵向耙了两耙,就把牛放了,赶着牛回家来了。他回到家里,财主急忙问道:"田犁完了没有?"谎江山诙谐地回答:"老爷放心,我按你说的,犁了三犁,耙了两耙,不放心,明天你去看嘛!"财主听了大笑,谎江山也大笑不止。吃饱饭后,领着工钱走了。

财主听谎江山说了,当夜始终疑虑,放心不下。第二天,他就亲自去看。不看还好,一看,只见在七八亩田内,不多不少横的犁了三犁,纵的耙了两耙的痕迹。那财主嗷嗷叫着,怄气昏倒了。

(石仕贞　石兴文搜集整理)

捉弄寨主

从前,苗山有一个长工叫老谎,在他八岁的时候,爹妈就被寨主逼债逼死了。无亲无戚,到处流浪,靠给各个寨主放牛羊过日子,尝尽了各种鞭子的滋味,吃尽了人间的各种苦楚。老谎也曾找到县官老爷告过状,但官家和寨主的心长在一起,不但不为老谎主持公道,还说老谎命该如此,要是不守规矩的话,还要抓起来杀头呢。所以,仇恨寨主和官家的种子,从小就深深埋在老谎的心里头。老谎长大以后又聪明,又能干,专门与寨主、官家过不去。那些压榨穷人的寨主和官家,有的被他捉弄得丑态百出,有的甚至丧了狗命。远近的穷人对老谎十分爱戴,受到大家的保护。只有寨主和官家对他又恨又怕,但是又拿他无办法。

有一个寨主,每年都要用三天时间隆重庆祝他的生日,事前还派亲信挨家挨户去逼取债务和贡品,借以显示权势和富有。闹得穷苦人家倾家荡产,叫苦连天。那时老谎正在他家做长工,对这件事很气愤,想出一个办法要捉弄这个寨主。第二年,寨主为了把生日过得更加排场,更加壮观一些,派了自己认为最得力的大儿子去搜括穷人。尤其是临近生日的最后一天,是他儿子勒索穷人最凶狠的时候。当他正在一穷人家翻箱倒柜时,老谎突然出现在大门口,用手势把寨主的儿子招出来,故作惊慌失措的样子告诉他:"不好啦,你爹昨天跌马下山摔死了,你妈叫你赶快进城买香纸、孝布、牲口等祭品,务必要在明晚赶到家,眼下家里已经来了许多客人,我得赶先回去听使唤。"老谎一口气轻轻说完就走了。不过,老谎并不回到那个寨主家去,而是另到别的地方找工做去了。第二天半夜,寨主的大儿子才失魂落魄地赶到家,那时只有几个佣人在走动,其余的人都睡觉了。为了表示孝心,他一进门便不分青红皂白地跪在地上放声大哭起来:"爹爹呀,你死得好苦啊……"这一下,所有睡着的人都给吵醒了,又见大挑大挑的祭品往屋里担,大伙莫名其妙,一窝蜂地围上去,七嘴八舌,拉拉扯扯,以为他发疯了。闹了半天才明白,原来是受了老谎的捉弄。寨主气得脸色发黑,坐在虎皮大椅上说不出话来。他的贵客们也认为彩头不好,连夜悄悄走光了。

老谎去另外一个很远很远的苗寨,给一个寨主当长工。真是天下乌鸦一样黑,世间王八一般丑,这个寨主也是一个大坏蛋。他除了残忍和贪财之外,还有一个特点就是好色,他已经有了十二个老婆,但还是不满足,见了漂亮一点的女人,就像猫儿见鱼一样馋。他的儿子也不示弱,不到三十岁就讨了八个老婆,还有一个刚抢来的姑娘关在新房里,在等候吉日成亲呢,加上她就九个了。这个姑娘已经有了人家,只因家里欠了这个寨主的大笔阎王债还不起,被抢来顶债。她一天到晚水不喝,饭不吃,哭哭啼啼,老谎很同情她,拿定主意要将她打救出火海。临近吉日那几天,寨主的儿子一直在外面忙于购买东西,老谎悄悄给那个姑娘通了气,夜里在新房的墙脚下挖了一个洞,并用柴草把洞口遮挡起来,还叫那姑娘端一个大木箱将里面的洞口挡住,以免暴露。老谎把寨主儿子的行踪打听清楚之后,便急急忙忙假意去告密:"哎呀呀,太不像话啰,在你的新房墙脚下,不知被谁挖了一个洞,这几天晚上都有人从那里钻进房去……""真的?"寨主的儿子像挨了一瓢冷水淋头,吃惊地问。"谁哄你?不信你今晚回去悄悄钻进新房等着瞧吧。"寨主的儿子一跳三尺高,咬牙切齿地说:"妈的,看老子今晚剐了他!""对,对!这才像有骨气的人。"老谎连声附和,还给他出了主意,要如此如此,这般这般……寨主的儿子连连点头称赞:"高,高!"那晚三更天的时候,老谎一阵风似地钻进寨主的房间,轻巧而又急促地拍他的枕头:"快起,快起……"寨主哦地一声止住了猪一般的鼾声,坐起来用拳头揉着眼睛心噓地问:"什么事,什么事?"老谎把嘴凑近寨主的耳朵故作焦急地说:"你的新媳妇有鬼啦,刚才我起来喂马,看见一个人影从墙脚钻进新房去了。"寨主立即翻身下床取了马刀,轻轻开了门,猫下腰,踮起脚跟直往新房摸过去……果然不假,在新房墙脚下发现了一个洞。于是,他屏住呼吸,像条笨熊一样钻了进去。寨主的儿子,在二更天就钻到新娘的床底下藏着了,这时听到墙外有响声,就抓着一根木棍从床下爬了出来,在洞口拉开架势等着。当他看见一个粗笨的大汉将要从地上站起来的时候,大喊一声手起棍落,抢上去狠狠一脚,轮起棍子又是一番猛打。这时老谎提起预先准备好的烂铜盆又敲又喊:"抓贼呀,抓贼呀……"

把个寨主家弄得像捅了马蜂窝一样热闹。大伙提的提灯笼，点的点火把，直往新房里面涌去。寨主的儿子把打翻在地的人掀起来一看，唉呀，不是别人，而是他的爹……头被打破了一条口子，手被打断了一只，腿被打断了一条，嘴巴也给打歪了。但是好像还没死，心脏还有点跳动，于是昐咐家人赶快请医抢救。不过，寨主的儿子已经怀疑新娘被爹爹爬了灰，第二天就把姑娘放走了。过了几十天，寨主才开始讲得话，当他和儿子明白是受了捉弄的时候，老谎已经走得无影无踪了。那姑娘也和自己的心上人结了婚，而且还搬到不知名的远方去了。

（摘自《苗族民间故事》1987年出版　龙怡凡搜集整理）

砍树拆墙

从前有个谎江山，人们都叫他老谎，出生贫寒，聪明伶俐，能说会道，足智多谋，威武不屈，贫贱不移，爱憎分明，关心群众疾苦，与群众关系很好，得到群众的拥护和爱戴。他敢与财主、强权、官僚斗勇。有个财主有些文化，财大气粗好炫耀，动不动就拿拆字来逞强自己，诬蔑他人，谎江山知道后，就以牙还牙来破他：

木生口院藏祸根，荣华富贵不长存。
砍除桂树无忧虑，幸福儿孙万代春。

老谎到财主家打工，看到大院子内有一株桂花树，长的十分茂盛，绿油油的，像一把大绿伞撑到那里。尤其到金秋八月，桂花飘香扑鼻，馨人欲醉。四合大院配上这株大桂花树，风景特别美观，财主非常珍爱这株桂花树，经常到桂花树下东瞧西看，欣赏欣赏，心旷神怡，留恋难舍离去。老谎看此情景，心想要捉弄那个财主。有一天他对财主说，依我看你这株桂花树不好。你看这院子四周围墙像个口字，口字里面一个木字，就是一个"困"字，常言道："木字外面一个口，困得富贵不长久，待有一日贫困来，儿孙幸福哪里有？"你若要想长久荣华富贵，子孙万代幸福，必须把桂花树砍掉。财主听后想：对呀！有道理，有道理。于是就忍痛割爱，请人把桂花树砍了。

人住围院是个囚，生非惹事进牢狱。
须将院子围墙拆，乐业安居得自由。

过了一段时间，老谎又对财主说：依我看你这院子不能住人。你看这院子四周围墙就是个口字，口字里面加个人字，正是一个"囚"字。"口字里面一个人，惹事生非进牢门，受刑挨打皮肉苦，一屋大小不安宁"。你暂时安居乐业，以后你家里总要有人坐牢房，成为囚犯。财主听后，默想一阵：是呀，有理有理。为了确保安居乐业，平安无事，于是又请人把四周围墙拆掉了。

（田应喜搜集　麻明进整理）

计换美食开粮仓

热饭不如现饭香,长工有力本高强。
背时财主贪馋狠,争吃长工现饭粮。

财主刻薄长工,天天给长工吃现饭,财主天天吃热饭。有一天财主把饭篓放到桌上,被馋嘴的猫把饭篓攀倒,饭泼的满地都是,被狗吃得精光。老谎收工回来,看这天财主送的是热饭,而不是现饭,就动了不想吃的主意。接着一双眼泪滚滚地大哭起来,哭的很伤心。财主看此情景,就来问老谎:为什么要哭,家里死人了吗?还是出了什么事啊?老谎含着泪水对财主说:我排天都是吃现菜现饭,吃现饭又香又好吃,营养丰富,又经饿有力气。露出双臂,你看我浑身劲鼓鼓的,到坡上做工夫又不饿,今天没有现饭吃,我最不喜欢吃热饭。财主听了恍然大悟,像发现新大陆似的:原来吃现饭有那么多好处,我四肢无力,吃东西也无味,身子又瘦,正需要吃现饭。从此以后财主天天吃现饭,让长工天天吃热饭。

惩罚长工吃肥肉,财主不仁头脑昏。
老谎施计现机灵,智谋良策得开荤。

财主为富不仁,亏待长工,天天送长工吃瓜菜酸汤,自己吃鸡鸭鱼肉。有一天,财主家来了客人,称了些肉,财主和客人把瘦肉都吃完了,只剩些肥肉。到中午时,老谎收工回来吃早饭,看没有什么菜,只是一碗肥肉,老谎思索了一阵,饭也不想吃,又长哭起来。财主心想,排天吃瓜菜酸汤他没哭,今天给他肉吃他倒哭起来了,是何道理?就来问老谎,今天我关心你,给你肉吃你不吃,你还倒哭起来,你那么不识好歹。老谎边哭边对财主讲,今天没有菜,光是一碗肥肉,我最恨吃肥肉。肥肉好难吃,像吃药的,我一吃肥肉就肚子痛得难受。财主心想拿住了老谎的痛处,这下有了办法。有一天老谎收工收早了,财主毫不客气,硬是要罚老谎吃肥肉,逼着老谎吃得不许剩,从此老谎经常受罚吃肥肉。

要赖工钱施鬼计,财主害人自伤神。
上好冬瓜溢稀屎,财主难言闷在心。

到了冬天,农活比较少些,财主就想把老谎撵走,还找借口赖工钱。财主眉头一皱计上心来,就用桐油炒黄豆子做菜给老谎吃,晚上老谎上楼睡觉后财主把梯子抽了。老谎睡到半夜,肚子叽咕叽咕的叫,胀屎挨不住了,心慌的很,又没有梯子下楼。老谎摸着摸着,发现楼上有个大冬瓜,便想起了买西瓜要打签,就照着用小刀把大冬瓜打了孔,把稀屎屙到大冬瓜里,然后抹点石灰塞好莫留痕迹。第二天老谎下楼后,财主爬上楼到处检查,把铺盖翻去翻来看,都未发现什么。财主乖乖的付了工钱,把老谎打发回去了。

快到过年时,财主取下大冬瓜,放到灶上砍做两截,里面的稀屎都漏在灶上锅里,臭的不得了。怎么搞的,冬瓜烂了也不会那么臭,又不像烂的样子——财主摸不到所以然。

天灾百姓受熬煎,病死饥寒实可怜。
"宝马"换粮鱼得水,贪婪财主亡银山。

有一年天大旱,粮食颗粒无收,老百姓都打野菜挖蕨根糊口,有的吃"神仙粑"屙不出屎,有的患水肿病不能劳动,有的拖儿带崽外出逃荒,有的饿死路旁,凄惨景象,不堪目睹。可是财主粮食大仓小仓吃不完用不了,就是不肯借给老百姓度荒年。正是"朱门酒肉臭,路有冻死骨"。

为了拯救老百姓,老谎找了几个村民商量,要打财主的主意,怎么不强抢恶要而又让财主乖乖的开仓放粮呢?老谎深思熟虑以后,在村民中搜集些碎银子,又找来一匹瘦马,将碎银子塞进马屁股里面,然后把马牵往财主院坝过。财主看到老谎牵一匹十分肮脏的马,把他院坝搞脏了,就怒发冲冠,大发雷霆,大吵大闹骂老谎。老谎胸有成竹,毫不畏惧,慢条斯理的对财主说:"你不要大吵大闹,你莫小看我这匹马脏,我这匹马不是一般的马,它是一匹宝马,能屙出银子,你全部财产都值不得我这匹马。"

财主听了老谎这么一说,就用棍子翻院子上的马屎,果见些碎银,就见财起意,贪涎欲滴,硬要买老谎这匹马,老谎哪舍得卖啰。财主就仗势欺人,威吓老谎:今天你这匹马我买定了,你卖也得卖,不卖也得卖。老谎拗不过财主,只好答应卖给他。二人商定价钱,财主以一大仓谷子成交,财主又怕老谎反悔,并立了字据,然后一手交谷,一手交马。财主乖乖把仓打开,老谎就喊全村老百姓,挑的挑背的背,一下子把大仓谷子挑走,有了大米饭吃,安度荒年。

老谎把马交给财主,并讲清楚:到半夜时,你把马牵到堂屋,摆张大桌子,并摆上利食香米,焚香烧纸,三拜九叩,然后你拿个盘子跪在马屁股后面,看马一抬尾巴你就接好。交待清楚后,老谎就回家去了。

财主买得这匹宝马,十分高兴,如获至宝,得意洋洋。到了晚上半夜时,财主把马牵到堂屋,遵照老谎的交待做,果然那马屙了些碎银子。财主心欢雀跃,这下我要发大财了,一夜就屙这么多银子,一年不知要屙多少银子,以后可以堆成银山。

第二天半夜时,财主又把马牵到堂屋,照着原来的做法,看到马抬尾巴,财主赶忙接好,稀里哗啦屙了好些稀屎,洒的财主满脸满身都是,财主恼羞成怒,如梦初醒,才知上了老谎的当。

(田应喜搜集 麻明进整理)

救命致命的火龙衣

油乎汗渍火龙衣,财主进城显示兮。
烧死恶人该报应,人心大快喜心脾。

财主上了老谎的当,气愤已极,决心报仇,不整死老谎不平心愤,便派人把老谎捉来,又想不能杀死,也不能打死,杀死打死有伤迹,官府要问罪,便想了个两全其美的好办法:把老谎关到磨房,然后把门锁上,想不显任何伤刑冷死他。老谎只穿一件汗衣油乎乎的,到半夜时,实在挨不起冷了,随机应变想了个主意。他就搬一扇磨子打转转,由于用了力气,不仅不冷,还全身发热。第二天清早,财主认为老谎冷死了,叫人打开门拖出去。门一打开,老谎不光没冷死,还热气腾腾,满头大汗,老谎喊财主:"快帮我拿把扇子来,我热得很。"这下财主都痴呆了,为什么老谎冷了一夜,还那么热,是何原故?财主总想不通,便细问了老谎,老谎对财主说:你莫看我这件汗衣油乎乎的,这是一件宝衣,叫火龙衣,天气越冷,它就越发热。财主听他这么一说,贪得无厌,见财起意,硬要老谎那件宝衣。老谎不肯,给了你我穿什么?我怎么过冬?结果财主把自己的皮袍脱给老谎穿,财主穿老谎那件宝衣。

财主得了老谎那件宝衣,非常高兴,就穿进城去会老庚,显示显示。财主神气十足,急急忙忙出了门,他越走越冷,硬是咬紧牙关挨着。他相信会要发热的,坚持走了一阵后,实在挨不起冷了,走不动了,便到路旁一株大古树脚蹲着,结果冷死在大古树脚。原来树边放有些柴草,放牛娃白天在一边烧火还存有炭灰,半夜经风一吹,点燃了柴草,把冷死的财主烧成灰烬。得知财主死后,村民们都纷纷来看,大家异口同声说:火烧恶人,罪有应得,死得好!死得好!

县官怕死想长寿，富贵荣华福子孙。

老谎计谋施妙策，祸成幸福寿长存。

　　财主被冷死烧尽后，其家属将老谎告到县府，县官派差人把老谎捉拿归案，经审理硬是判老谎抵命。老谎再三辩驳：我一不杀他，又不是我放火烧死他，他的死与我何干？由于县官受了财主家贿赂，硬把死罪强加于老谎。老谎毫不畏惧，不仅不怕死，还特别高兴，哈哈大笑，对县官说：我早就晓得我要死，我早就算定了，我不光是算我哪天死，我还能算出你哪天死。县官听了老谎这么一讲，就要老谎给他算，看是哪天死。老谎先看了县官手相，又仔细端详了县官五官相貌，然后要县官报出时辰八字。老谎默算了一阵，不肯开口，怕得罪了县官。县官再三催促：你只管照直讲，不要紧的，我不会责怪你。老谎沉思片刻，那我就照直讲了：我死后的第二天，就是你死的日子，因为你的手相，你的时辰八字，与我的有裙带关系。县官为了确保自己寿命长久，再说又不是老谎把财主烧死的，只好不杀老谎，并把老谎接到县府来住，天天安排好酒好肉给他吃，若老谎身体有点毛病，就赶快请医生来诊治，确保老谎和自己健康长寿。

（田应喜搜集　麻明进整理）

捅瓦砸罐称脑壳

　　老谎的大哥叫老沉，比老谎大两岁，为人忠厚老实，话语又少，一天到晚只是埋头干活。因家中贫寒，老沉未满十岁就去当财主老怪家的守牛娃。长到十岁时，财主老怪家一千多挑阳春繁重的农活，都是老沉一人为主承担。老怪平时对老沉非常刻薄，给老沉吃的是残羹剩饭。每年到腊月十五日后，财主为了要骗老沉的工钱，总想些歪主意蒙骗他，老沉摆不开地主的刁难，一个工钱也不得，几年如此。

　　老沉看到弟弟还年小，父母都年老多病，家中生活十分困难，本想另换一家做工，以挣工钱供给家中开销。可是财主老怪硬不答应，说要是老沉不继续给他家干活，给老沉家种的两亩佃田就要取回。要是继续干的话，佃田不取，每年还给五斗大米作苦工钱。老沉想呀想，还是决定帮老怪家继续干。就这样又干了三年，但在每年腊月二十八九，老沉要取辛苦工钱时，财主老怪总提出种种难题作借口，把辛苦工钱扣完了，老沉只能泪水洗面，空手回家过年。

　　当老谎长到了十五六岁，眼看哥哥年年辛辛苦苦给财主干活却空手回家，感到十分悲愤。他问明白事情原委，决定为哥哥取回财主老怪所欠的辛苦钱。

　　大年初一，财主管家就来老沉家催着老沉上工，老沉半天没有吱声，老谎站在一旁，对管家说，"你先走一步，我们随后就来。"把管家支走后，老沉拉着小弟的手说："财主吃人，给他们做工多年，一颗粮食都不给，才开年一天就催去，不知如何是好？"老谎对老沉说："我已长大了，早作出去做工的准备了，这次你就在家里干活和照料老人，我就顶你的，替财主干活去。"哥哥不肯让老谎去吃那份苦，父母也怕老谎年纪还小干不下，但大家都说服不了老谎，只好同意老谎前去顶哥哥一年。

　　老谎开始去时，大小管家和财主都不肯收他，主要是嫌他年小体差干不下农活，老谎拍拍胸脯，保证把所有农活干好。经过十来天考验，老谎样样都干得很漂亮，财主家里也就放心落肠了。但家里人却一直放心不下，经常背着财主及管家，帮老谎做些重活。快到年边，老谎要向财主取工钱，财主及管家认为原来老沉都拿他们没办法，现在你老谎这么年少，更会拿我们没办法。于是同样照搬往年毒招刁难老谎。财主就说，还有三件事情没做完，休想要工钱！老谎说："还有什么事情没做完，你尽管讲，若完不成一件，我一分工钱不要，乖乖地空手回家。"财主听老谎这么一说，心里特别高兴，就讲："一年的收成把堂屋都搞湿了，你就把堂屋晒干。"老谎说这事情好办得很，随手拿着一根竹篙往瓦上乱捅，瓦片噼哩叭啦地落到地上，太阳光直射进了堂屋。那财主大声责骂老谎道："你怎么这么搞，"老谎答道："要晒堂屋就是这么着，要不然你说怎么晒法？"老谎提着嗓子理直气壮地分辩说，弄得财主吱吱唔唔答不出话。

　　老谎接着催问财主的第二件事是什么？财主醒悟说道："你看大小罐子、缸子那么多，好占地方，你把十个大罐装进三个小缸内。"

　　老谎不由分说："照办，照办！"就随手拿一根洗衣槌，把大罐子砸成碎片，捡来放进小缸子内。财主气急了，就对老谎大骂道："你怎么能打破我的大罐子？快住手！"老谎说："大罐装进小罐内，不把大罐打破怎么装？要不然你试装一个让我看看！你若不会装就别多嘴？"说着又继续砸罐子，弄得财主无话可说，只得认错了事。

　　但是财主还不服气，再提一件事为难老谎。这时，财主趾高气扬地说："你能猜我的脑袋有多重吗？猜着了，工钱一文不少，猜不着呢？一个子也莫想。"老谎当着大家的面讲"好罗，我也有个条件：我如果猜着了，不仅我一年工钱照数拿，连我哥三年前的工钱你也要照数偿还。如果猜不着的话，工钱一概不要，你敢和我签字画押吗？"财主不信老谎能猜得对，就和他签字画押。随后老谎不加思索地说："不就是十斤六两吗？有什么猜的。"接着老谎找来一把钩钩刀，威武雄壮地站立在财主面前，厉声地说："你相信不相信？要是你不相信，我就把它砍下来过秤让大家看看！"这时，财主及管家们都一齐傻了眼，深知老谎是说到做到的硬汉子，真是"秀才遇到兵，有理讲不清"，耍点小聪明，到头终害己。财主怕真的被砍脑壳，只好将扣老沉和老谎的工钱如数奉送。

小老谎智斗财主的消息很快在周边寨子传开了。俗话说"好事不出门,坏事传千里"、"水能载舟,亦能覆舟",附近群众凡是被财主老怪欺骗的,都纷纷团结起来,与财主进行清算,一致要求将以往所受骗的财物一齐清算,闹得财主一家鸡犬不宁。从此以后,这个财主再也不敢欺压贫民百姓了。

(石宗琳 龙昌美搜集 麻明进整理)

老谎请白工

夏至时节到了,财主有一千多亩包谷要薅头道草。天天打发老谎同四个伙计去除草。为了不错过天色,忙得他们没早没晚,喘不过气来。

工夫辛苦倒不要紧,最可恨的是财主对待长工太刻薄,天天中午,只给长工吃些发臭的酸菜,苦涩的酸汤,没有一星半点油水,叫人吃了,刮肠刮肚,更加使人饿得发慌,馋得流涎,多想吃上一顿酒肉,擦洗一下生锈的肠子。

这时,聪明的老谎想出一个好主意,叫四个伙计在包谷地里扎出好多草人,穿上纸做的白褂白裤,戴上黄草帽。远远望去,包谷地里好像有好多锄草的农人。

当晚收工回家,老谎向财主出主意:"老爷,你家包谷地太宽,三天不把野草薅完锄尽,要减产一半。"

"你说怎么办呀!"

"为了抓季节,抢火口,最好请一百多个农民打白工,三天保证将草薅完。"

"要请一百多个农民,不要钱开销吗?"

"老爷啊,不要舍不得一粒芝麻,丢掉一个西瓜呀!请人打白工,不开工钱,只要些酒肉招待,你只要拿白米四斗,糍粑一挑,肥猪一头,烧酒一坛,就可对付啦。"

"要得,你们照着办吧!"当夜,财主吩咐老谎几个杀猪煮饭,第二天清早,将酒肉全部挑上山,招待打白工的伙计。

太阳当顶的时候,财主站在门口打望,果然望见对面挂塝土里有好多白衣白裤的农民,正在起劲地薅着包谷地里的草,财主很满意,感到酒肉没有白给,确实花在点子上了。

此时,老谎四个伙计,悄悄躲在包谷地里,饱餐美味的酒肉,胃口上劲得很。第一天,酒肉剩下一大半,第二天又吃,还是吃不完,天气太热,担心猪肉

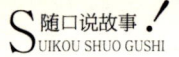

发酸变臭,人人发愁。此刻,老谎又想出一个好主意,马上叫人摘下好多桐子叶,将白饭和猪肉包成很多小包,收藏在山下大路边的刺蓬里,明天他要下山戏弄骑马过路的千总。

(麻国富讲述 龙炳文整理)

第二辑 | 谎江山与官僚才子

一根光棍讨得吃

这一天，谎江山晓得总爷夫妇骑着白马要从寨前路过，心里想出一个怪主意，将摘下的桐子叶，与红布做成一个个小红包，每包包个糍粑或糯米饭，里面放着一勺肉；削了一根光棍，两端扎着红布，独自走到大路上，把布包分藏在路边的荆棘杂草丛中。之后在路旁等到总爷骑马走来了，就操起光棍走近放了红布包的杂草丛前边，高唱道：

"一根光棍讨得吃，左打金来右找银。

东打酒肉西打饭，乱草窠里找财喜。

不种田土不耕地，不吃皇粮不当兵。

逍遥自在游四海，打到哪里吃哪里！"

唱着唱着，朝草丛里一棍打去，蹲下去拨开乱草掏出一个红布包儿来，回到岩包上坐定，拆开包，取出糍粑和肉，有滋有味地吃起来。

总爷夫妇骑马过路，看见这件怪事，将马勒住，偏着脑壳看得入迷。只见谎江山吃完第一包肉饭，又用光棍朝路边第二堆草蓬一打，念念有辞之后，翻开草蓬，取出第二包肉饭，有味地吃起来。这样连续用光棍打得三包肉饭，越吃越有味。

总爷好奇问道："老谎，这是什么棍，这样灵啊？"

"这是菩萨赐我家的宝棍，走遍天下，都能讨吃！"

总爷笑着说："可否尝尝，看看是真是假？"老谎咂咂嘴，调皮地说："是真是假你问肚皮！"说着掰开一块精肉，放进嘴里，咯咯吱吱嚼起来，连说："好香好香！"妇人动了心，说："咱们也试试！"老谎递过红包，总爷夫妇接过各掰了一小块，尝了尝，又香又软，热乎乎的冒着气儿呢。两人你看看我，我看看你，掐了掐手，感觉正常；相互掐了掐，清醒明白，不是障眼法；揉了揉手头的食物，不是树叶、稻草、泥巴、牛粪化的，一切真真切切！跳下马来问道："可以试试光棍吗?"老谎点点头,"当然可以,可要记着词儿!"总爷如法试了,果然灵验,失口赞道:"好宝贝,有了这件东西,万户候算什么呢!"因问:

"好宝贝,把棍卖给我吧!"

"这是家祖传的宝贝,是我的命根子,能卖吗?"说着就要走开。总爷上前拉住说道:

"我给你高价钱行吗?"

"不行,钱是死宝,这棍是活宝,我不上当。"

"舍得宝来宝换宝,我愿用白马换光棍,行吗?"

老谎笑道:"扯淡!要你一匹马,白丢一担粮。不干,不干!""你要哪样?""天上北斗星,地下人中王!""好大的口气!"总爷说,"光棍一条,一条光棍,是草没四两,是金没半斤。漫天要价,莫不是穷的发昏!"老谎大笑道:"好好好,你拿你的金,我拿我的棍;你当你的差,我做我的民。咱们井水不犯河水,黄雀不犯鲤鱼。再见吧!"说了就走。

总爷又一把拉住他说:"别忙,别忙,婆娘是唱拢来的,生意是讲拢来的。你要什么?咱们慢慢商量嘛!"老谎说:"金山,银山,总有完的一天;县官朝官,也有丢的一天。我这宝棍千代万代,千年万年,吃不了,用不完。死宝换活宝,不干,不干!"总爷说:"那就用活宝来换怎么样?""什么活宝?""她!"总爷指着身边的小老婆说。"不行!"老谎说,"我独人一个,独草一根,田无一丘,地无一角,一个人饱了全家饿不着。俗话说'一张嘴,养不起;两张嘴,啃断骨头累断腿。'只要光棍,不要婆娘!"

总爷笑道:"你这呆子,白老一张皮,岂不闻人要种,树要根,家里要人守火坑。做人无种火坑冷,好比树子断了根,家财万贯落他人,何况一条棍?娶个婆娘育儿孙,千秋万代传香火,清明有人去上坟,强似一条独光棍!"

老谎摆摆脑壳还是不答应。总爷说:"怕吃亏,再加马一匹,当作陪嫁可称心?""唉!"老谎一声长叹,"蚀本生意!罢、罢、罢,便宜你了,算找倒楣,换给你吧!"两人成交前,老谎还说:

"你想用好光棍宝贝,要依我一个条件。"

"什么条件,我都依你!"总爷拍着胸脯保证。

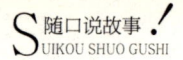

"我骑马跑上对面山坳上,打一声喔呼,你才能使用宝棍,不这样,宝棍就会失灵的。"

"好,我照办,你将人领去,把马牵去吧!"

于是双方当场作了交换,都是如愿。

谎江山带着嫩婆娘骑上白马,跑上对面山坳上,高呼一声喔呼,就不见踪影了。

这时,总爷用光棍去打路边的草蓬,翻开草蓬一看,得了一包狗屎;再打第二蓬草蓬,还是一包狗屎,晓得上了谎江山的大当了。

(龙宁英 江南岸 田彬稿件 麻明进整理)

量山称水丈天空

话说朝廷内外的大小官吏，大肆贪污，行贿受贿，四处搜刮民脂民膏，残害黎民百姓。特别是老谎惩罚奸商，收得一批牛马羊都分给了广大苗民百众后，而官府老爷竟想以派粮纳捐，陷害老谎全家。

一天，官府的几个丁兵耀武扬威地前来老谎家里，跟老谎父母下派过份的派粮苛捐："派粮数要堆积像对门山那样高，交出的油要像对门那条河水那么多，要出布匹应有门前天空那么宽。"这使得老谎的父母无计可施，整天发愁，饭不吃水不喝。

老谎听后十分愤怒，思量一时便计上心来，劝说父母全家放心。他说到官府再来催交的那天，全家外出避难，家中只要他一人对付就足够了。

催粮的日子说到就到。上午早饭时分，三个款丁骑马直奔老谎家，一进院子就大声喝道"有人在家吗？小孩，你家大人到什么地方去了？"老谎不慌不忙地回答说："你们要找我家大人做什么！"款丁们说："我们有要事要找你家大人，你快说呀！"老谎说："你们不讲我就不告诉你们。"款丁们说："告诉你，小孩做得什么？"老谎说："你们说我小孩做不得什么，那你们还要问我干什么！"款丁们感到恼火了，不得已才讲要催交粮款来。老谎高亢地说："你们要我家出的这些粮油布匹是好办，不过你们今天回去告诉官老爷，要他派人量一量我家对门山有多少石多少斗多少升？称一称我家门口的那条河水有多少斤多少两？派人丈一丈我家门前天空有多少丈多少尺多少寸？将具体数字告诉于我们，以便逐一兑清……"

款丁们听到这么一说，首先是高兴，想想以后就不知如何是好？只得回到官府向老爷照直禀告。老爷听后吓了一跳，感到自己当了多年的官，还辩不过一个几岁小孩。

（石宗琳　龙昌美搜集　麻绍微整理）

两戏驸马

谎江山是苗山有名的人物。

为了保护苗寨的安宁,他自告奋勇去求见驸马:挑了一担生蜂糖,背了一背笼灵芝菌,跑到官兵营盘,对守卫的士兵说:"请通报驸马一声,说谎江山求见!"驸马在京城就早闻谎江山的名字,晓得他是苗家中最有学问的人,聪明才智超人,现在听说在营外求见,忙传令带进来。谎江山大摇大摆走进营帐,放下背篓和箩筐,打个拱手说:"驸马将军,谎江山进见!"驸马原以为谎江山一定相貌堂堂,哪知人才并不出类拔萃,就说:"谎江山,你来见本驸马,有何贵干?"谎江山回答说:"听说驸马从京城到苗疆来征剿叛乱,沿途辛苦,没有哪样表示犒劳,只有点灵芝菌和蜂糖进献给驸马,聊表苗家一点心意!"驸马见了灵芝菌和蜂糖,高兴得不得了,又是喊赐座,又是叫献茶。谎江山也就毫不客气地坐下,与驸马攀谈起来,话题很自然转到贵州松桃和湖南永绥等苗民造反上。谎江山说:"禀驸马,湘黔苗民造反,我是亲眼看见,十县苗民,砍死守备一万人,占了八十个山坡,杀死无数官兵,势力大得很!"驸马问道:"依你所见,该怎么征剿,才得平息?"谎江山说:"依愚民所见,'千古之胜在于理,一时之胜在于力',动武征剿,不如好言安抚,使他们诚服,永无动乱,才是上策!"驸马本是个贪生怕死的家伙,听说好言安抚,能够平乱,又可报功捞官,立即采用了谎江山的计策,问谎江山说:"谁能当使者去安抚叛苗呢?"谎江山说:"愚民不才,愿去走一趟!"驸马封他为朝廷使者,马上动身去永绥、松桃安抚叛乱苗民。

半个月后,谎江山回来了,向驸马禀告说:"蒙驸马福威,湘黔叛乱的苗民愿意诚服,不过要请驸马赏赐他们金银马匹,让他们安居乐业。"驸马一听说叛苗诚服了,高兴得手舞足蹈,连说:"好!好!爱卿辛苦!等我回京奏请皇上,加封官爵,现牵马五十匹,银两十担,送给叛苗,叫他们好好守已安分,岁岁朝贡。"谎江山牵了马,领了银,连连不断地说:"遵命!遵命!"告辞而去!

驸马正在盘算如何向皇帝报偿这一大功,探子慌慌忙忙跑来报告说:"不,不好了!谎江山说的全是谎话,永绥、松桃并无叛乱,只有靠凤凰厅边境的石悬村,有三个苗民,无以为生,杀了守备老爷余万仁,抢了几担粮食,逃上了寨后的小山八十坡。谎江山骗得了马匹银两,送给了那三个叛苗。那三个叛苗现在把全寨人都发动起来了,骑马练武,大反起来!"驸马听后,怒道:"哼!区区愚民蟊贼,安敢戏弄朝臣?"决定杀上苗山,扫荡石悬村,惩办谎江山,立即拔营起程,昼夜赶路进山。

俗说话:"将怒兵急,鞭扬马飞。"几天几夜,官兵就过了乾州城,进入凤凰厅境内。

谎江山晓得驸马会驱兵前来,与石悬村三个为首反抗官府的苗家兄弟,如此这般地商量了一阵,便骑着黄牛,砍着木叶,堂堂皇皇地去迎接驸马。驸马怒气冲冲,一见谎江山,揪着衣襟,喝斥道:"蠢苗子!看你往哪里走?"谎江山哈哈大笑,说:"我要是逃走,还骑着牛来迎接你吗?"驸马被反问得莫名其妙了,说:"你,你打算又要耍什么花招?"

谎江山见驸马怒气消了大半,从荷包里抓出一大把板栗,挤眉弄眼地说:"驸马将军,我们是老交情,吃把苗山特有的土板栗再讲吧!"驸马警惕地说:"别来那一套了,你不老实说,我今天就要拿你开刀祭旗!"谎江山不慌不忙,有板有眼地说:"唉!苗民见到驸马带兵到来,吓得魂飞魄散,逃得无踪无影,唯有我谎江山一个人,投靠驸马。你要是把我杀了,只怕驸马'人地生疏,两眼一抹黑',连个问路人都没有了!"这一句话,说到了驸马心上,顿时,面色苍白起来。谎江山接着说道:"驸马对叛苗恨之入骨,我也是恨之入骨。口上讲得好,翻脸不认人,得了银两马匹,造起反来。我今天拦路迎接驸马,为的是给驸马带路,去征剿他们!"驸马觉得谎江山的话,句句在理,字字通情,也就消除了顾忌,和好如初。

驸马把谎江山留在军营里当"通司",就是带路和翻译,经常向他询问进军路线。

驸马问谎江山，攻打石悬村，有哪些路可通？谎江山回答道："有三条路可通！"驸马问："哪三条？"谎江山答："一条是木心冲。"驸马回："好走吗？"谎江山答："走不得！木心冲，拦路一蔸空心大妖树，人要从树心里钻过，妖树把心一缩，人就卡死在里面了！"驸马问："第二条路呢？"谎江山说："名叫梯子坎！"驸马问："好走吗？"谎江山说："也危险，岩坎子像梯子那样陡，人爬上去，妖风一吹，就被卷到无底深渊里面去了！"驸马又问："第三条呢？"谎江山答："名叫狗拉岩！土话意思是狗啃咬岩头。那里有神狗，箭射不进，火烧不死，人若碰见，一口一个，不吐骨头！"驸马惊问："那无路可走了吗？"谎江山说："要走只有走狗拉岩，因神狗出来是有时候的，只要不碰着出来的时候，就过去了！"驸马说："我不相信有那样神狗？这些是编造吓人的鬼话，我偏要走走看！"谎江山无可奈何，只得带路往狗拉岩走去！

刚走到狗拉岩脚下，谎江山喊声不好，"神狗来啦！"只见对面飞陡的白岩壁上，上上下下，几百条狗在那里汪汪乱叫，啃咬岩头。谎江山赶忙把驸马拖下马来，躲在黄荆刺苋里，长有倒钩刺的黄荆，把驸马脸和手挂得鲜血淋淋。驸马正要发作，谎江山忙用手捂住他的嘴巴，附着他耳朵，轻轻地说："莫作声，神狗听到人声，飞奔过来，我们就没命了！"驸马说不能说，动不敢动，鼻子朝上皱着，眼睛眯成一条缝，因为谎江山蹲下时，抓了一手臭狗屎，糊在驸马嘴上，臭得驸马翻肠倒胃，恶心呕吐不止。

突然那群狗，虎地往岩下冲来，吓得驸马从山脚滚进沟里，撕烂裤子，扯破了袖筒，上气不接下气，连声下令："撤……撤……快……快撤！……撤兵！"

驸马夹着尾巴逃跑了。谎江山回到苗寨，把戏弄驸马的事一说，苗家兄弟们笑痛了肚子，"哈哈哈！十几斤猪油涂到岩壁上，一群饿狗放出来，爬到岩壁上舔猪油，把驸马吓得屁滚尿又流啊……"

（原载1980年《湘西民间文学资料》 龙文玉搜集 龙文玉 杨昌鑫整理）

谎江山与守备老爷

有个守屯仓的守备老爷,平常逼我们苗家缴屯谷时候,凶恶得很,开口闭口说:"无粮不成国,我是忠心耿耿为国家、报皇恩。"把苗家辛辛苦苦打得的粮食都逼进仓以后,他却暗地偷着卖,捞进腰包。

守备老爷是越吃越胖,我们是越榨越瘦了。

有一年,清朝皇帝要打仗,缺少军粮,就倒旨调屯谷。省里的臬台着急了,要来清查屯仓。那个守备老爷更加慌张,因为他冤枉吃得太多了,一时想不出办法来弥补亏欠的屯谷。

怎么办呢?守备老爷想来想去,只有去找谎江山。一来因为他不能把这件事对同僚讲,怕那些没分到骨头吃的狗官会告他;二来他早就听说谎江山是个最聪明、大胆的后生,别人有什么为难的事情,他都有办法解脱。

守备老爷低声下气走到谎江山家里,做出一副可怜相,把亏欠屯谷的事对谎江山讲明之后,末了添上:"老兄,务必请献良策,否则事关军机,若不能归还屯谷,必有斩首之罪!"

谎江山说:"办法倒有一个,只怕你不肯。"

守备老爷要他讲讲,看是否可行,他就说:"龙员外家里有的是钱,你去偷点来就是。"

守备老爷脸孔一板,冷冷地说:"我乃堂堂一守备,头戴五品翎顶,身穿蟒缎,岂能如此下贱,作鸡鸣狗盗之辈!?"

谎江山心里想起好笑,却说:"我早晓得你不肯的,莫谈了,我没得别的办法!"守备老爷听到这话,又着了急,软了半截,低声说:"个个都说你最聪明,为何只知盗窃二字?"

谎江山反问:"个个都以为你守备老爷为官清正,为什么亏欠屯谷?"

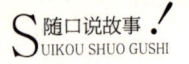

这句话问得守备老爷的面色像猴子屁股一样红，答不出话来。

谎江山这时才补上一句："横直偷惯了，再偷一下有哪样要紧！"

这句话真像针一样钻得守备老爷心坎上出血！守备老爷想发火，想把谎江山抓起来，可是他又不敢发火，更不敢动手。他也是个乖巧不过的人，他晓得若是当真把谎江山抓到衙门里去，事情就会闹得人人皆知了。那时候，谎江山顶多是坐几天牢，而自己就有丢官与杀身之祸！

谎江山也明白这一点，所以他敢戳穿守备老爷的脸壳子，不怕他发火。

守备老爷再也不敢在谎江山面前打官腔了，他要靠谎江山想办法救命，只得细声细气说："偷一偷不要紧，只要莫让外人晓得。"

谎江山说："就是晓得也不要紧嘛，做官的偷点把点东西，老百姓哪个还敢作声！"

守备老爷说："龙员外是我的舅父，有所不便，你看还有什么种田人家里有钱可偷吗？"

谎江山说："你还想偷种田人的？泥巴都没得偷了！你要偷，只有到龙员外家里去偷，横直他的钱也是偷来的。"

守备老爷为了救自己的命，也就顾不得亲戚了，只得说："另无良计，看来只有出此下策了。不过，我从来未走过夜路，实在有些胆虚，又怕路上遇见闲人，你看如何是好？"

"这，我有办法。"谎江山说："我拿个袋子把你装起，把你背进去好不好？如果有人碰见，我只说是背米，好吗？"

守备老爷想了又想，只得答应。

到了晚上，谎江山照计行事：把大口袋打开，请守备老爷进去，然后用索子把袋口捆紧，背起就走。

一路上，守备老爷问道："到了没有？"谎江山说："还早。"

又走了好久，守备老爷憋得出气都出不赢了，又问："到……到了没？"谎江山说："快了！"守备老爷又说："你……你千万要……要记得，到了门口就放我……放我出来！"谎江山说："晓得！"

转到半夜，谎江山才慢慢把守备老爷背到龙员外门前。本来说好了到门口就解袋,让守备老爷出来,好一起挖洞进去。这时,谎江山把口袋放在门口却不解开,坐下来歇气。

守备老爷缩在口袋里,早已腰酸头昏。他问:"是不……是到……到了?"

谎江山说:"是到了……"

谎江山却说:"慢点,我问你,若是你死了,下一世还偷不偷东西?"

守备老爷不懂谎江山的话是什么意思,只喊他快解开口袋。

谎江山说:"莫喊!若是吵醒了员外,你就跑不脱了!"

守备老爷只得不作声。谎江山再问:"守备老爷,若是我们偷了官府的东西,那是什么罪?"

守备老爷说:"这还要问,当然是死罪!"

谎江山再问:"若是做官的偷了我们的东西呢?"

守备老爷答不出来了。他着急,恐怕谎江山的话中有话,会有……,他正在猜想,忽听得谎江山说:"我就来判你的死罪!"

哎呀!守备老爷急得浑身出冷汗,他还没有喊出口,谎江山已经把他举起,丢进员外家的围墙里去了。"扑通"一声,惊醒了龙员外。龙员外跳起身喊捉贼。

守备老爷在口袋里力挣,可惜索子捆得太紧,再用力也挣不脱,来捉贼的人却已经围拢来了。

守备老爷急得乱滚乱叫:"救命,救命,我不是贼,我是守备!"

龙员外恼火了:"娘的!你这狗贼还冒充守备老爷!打!打!"

全家人朝那个口袋乱打。

守备老爷痛得大叫:"哎哟!哎哟!害死我啰!害死我啰!我是你的外甥!"

龙员外越发气得恼火:"娘的,你还骂我是贼的舅爷,打!重重地打!"

全家用力打,重重打,打得口袋里的守备老爷头破血流,打得口袋里的贼再不敢讲自己是守备老爷。

打,打,打死守备强盗。打,打,打,把贼打死了。

(选自《湖南民间故事》 汤炜搜集整理)

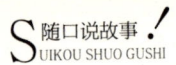

龙王赏羊

一守备老爷被谎江山戏耍了以后，大发怒火，马上叫人将谎江山捆绑，装进麻袋，派人抬去，丢进大清河沉潭。

两个衙役把谎江山锁进麻袋，向大河边抬去，走到路边山坳上，恰好那里有一户人家办喜酒，谎江山默神一想，计上心来，忙向两个衙役说："当差大哥，你们都是傻宝，路边有现成的喜酒都不晓得去喝呀！"

"我俩喝喜酒去，你好逃走吗？"

"我被你们捆了脚手，生翅膀也飞不了啊！"

两个衙役听了一想，确实飞不了，便把麻袋丢在路边，放心喝喜酒去了。

恰在这时，一个偷羊贼赶着羊子走来了。谎江山从麻袋里望见，忙问："赶羊大哥，怎么你的眼角流血呢？"

偷羊贼往麻袋里一看，原来是谎江山被捆在内面："老谎，不瞒你说，我去偷羊，遭人将眼角打伤啦！"

"伤口还痛吗？"

"痛得很啊！"

"伙计，我也是为了偷牛，遭人打断腰骨，倒在路边。碰上一个神仙由这里过路，送我一根捆仙绳，叫我自己捆绑自己的脚手，钻进麻袋反省，悔过自新，断了的腰骨就能接上来。"

"那办法能给我治眼伤吗？"

"照样能治，只要你帮我解开绳子放出麻袋。"

偷羊贼帮谎江山解开绳子，放出麻袋。谎江山赶紧捆了偷羊贼的脚手，将他装入麻袋以后，慌忙赶羊走了。两个衙役喝酒回来，扛着麻袋，却把偷羊贼丢入大清河沉潭了。

这时候，谎江山赶羊向守备衙门走来，老爷一见，慌了神，忙问："老谎，你怎么回来啦！"

"下河沉潭见龙王，龙王送我一帮羊。"

"老谎，你的福分真不浅啊！"

"老爷，还是搭帮你享福，你将我丢入大清河，沉入潭底，送我进入龙王水晶宫。龙王请我饮酒，我不要，龙王赠我珠宝，我想那是死宝，我也不收！"

"蠢脑壳，有福不会享！"

"总爷，我是放羊的苦孩子，龙王上回将龙女嫁了我，这回就向龙王要了一群羊子，重回人间发展发展，照样干我的本行吧！"

（石双龙讲述 龙宁英 江南岸整理）

老爷坐缸我坐桶

  可恶的守备老爷早听说老谎得了婆娘，心里就很是不平和不解，如今将老谎沉潭，老谎不仅没有死，反而得到龙王赏羊，老爷看着真真切切，怎么也想不通，疑虑顿生。加上老谎得的那些羊确实膘壮，很是羡慕，守备顿时心想："让老子亲自去看看究竟！"

  到了老谎家里，屁股还没落地，守备劈头就问："老谎，听说你娶媳妇了，老爷我公务缠身，今天才特来跟你贺喜，叫她跟我舀一碗凉水吧！"老谎闻言拉长嗓子喊道："帕云——快给守备老爷倒水——""哎，来了！"娇滴滴一声过后，一个鸭蛋脸、水蛇腰、葱根般手、满面桃花的青年妇人一手提着个瓦罐，一手端着个土碗，扭着屁股来到跟前。守备两眼一花，灵魂不知什么时候早飞出窍了！妇人略一弯腰把手里的土碗递过去，喊了声"老爷请用水！"守备猛吃一惊，就像梦里从万丈悬崖顶上跌下阿鼻地狱一般，两手剧烈震颤。"哐啷"一声，土碗跌得粉碎，凉水泼了一身。

  老谎笑道："老爷稳着！"守备略显尴尬地说："没事，没事，昨天夜里打牌没得睡觉偶然迷了一下。"妇人笑道："老爷白天做梦，想必是梦见青娥了！"那声音就像银铃儿一般叮叮当当，又清脆又甜美叫人格外动情。守备身上就像给千百只蜂子螫了似地火烧火燎，站也不是，坐也不是，走过去拉着老谎说："你是哪辈子修的福，用什么法儿抢呢骗呢，生生地把一朵活鲜鲜、香甜甜的水莲花弄到手里来了！"

  老谎趴在他的肩上就着耳朵根说了几句话，守备满是皱纹的脸上顿时绽开了花，喜孜孜地说："我出五百吊，你跟我去弄一个来如何？"老谎说："老爷，你纵然是只骚蝴蝶，这满园的鲜花也够采的了，何苦花那么多不知痛痒的银钱喂狗呢！"守备抓着他哈哈大笑说："好小子，你懂个球！好花宜折直当折，莫待无花空折枝。人生能有几回少，忍为钱米卖光阴！你就给我弄去，事成重重有赏。老爷我决不会亏待你的！就这样定了。"

原来老谎跟守备说，婆娘是以前花三百吊钱从大清河龙王手里买来的，龙王殿里花俏的姑娘还多着呢！守备当即愿出五百吊，叫老谎带他下龙宫给买一个来。守备老爷问：

"老谎，你能带我下龙宫吗？"

"能呀！请老爷准备木棒一根，铁棒一根，水桶一个，瓦缸一口。"

"这些家伙，我全部照办。"

第二天，守备将木桶和瓦缸放下清水河边，浮在水面，里边还放着棹板。谎江山拿着木捧坐在瓦缸，守备拿着铁棒坐入木桶，两人齐向河心划去。

举目望去，远山幽幽，近山摇曳，清水碧波，流光倒影，如诗如画，悦目娱神。守备心花怒放，捋须自诩；老谎手之舞之，足之蹈之，挥棹放桶，轻轻敲着缸缘，忘情地唱起山歌来：

"呃呃——咿唔咿——嗨呀嗨，嗬嗨——
大清河里好风光呀，琉璃殿上坐龙王呀。
帐下少女千千万咿，粉面桃花美姣娘呀，
美姣娘，咿哟喂——
良辰吉日好福气呀，守备老爷精神爽呀。
为谋升迁来卖货咿，清水潭内开市场呀，
开市场，哟喂。
龙君爱钱爷爱妹哟，痴情只为凤求凰呀，
老爷只为凤求凰咿，凤呀凤求凰咿哟喂！"
咿哟喂哟喂——

守备听了，捋须大笑道："唱得好，唱得妙，真把本官的满腔心事都唱出来了。乐哉，妙哉！"说着他也敞开公鸭嗓，老牛喊崽地唱道：

"凤求凰呀凤求凰，龙女应配守备郎。
一分情义钱一吊，十分情义钱一缸。
咦儿哎嗨哟，好呀好风光！"

两个敲敲唱唱，唱唱敲敲，志得意扬，忘乎所以，似乎满天下的美事好事如意之事尽在怀中，划着缸桶，飘飘荡荡，摇摇晃晃，越唱越美，越敲越响。到那得意之处更是发狂起来，老谎挥棹击缸放声唱道：

"咚——当——，咚——当——，

老爷打桶我打缸，下河下海见龙王。

龙王赏我美娇娘，美呀美娇娘。哦嗬——"

守备得意忘形，连连敲着木桶：

"当——咚——，当——咚——，

老谎打缸我打桶，不为金碗和银盅。

只求龙王发善心，早把姣娘放我胸。

咿儿呀儿嗨，放呀放进我胸中，我胸中！

呜喂——"

唱呀敲呀，敲呀唱呀，两人快划到河潭中了，谎江山对守备老爷说："老爷，我们将木桶和瓦缸敲响，龙王听到了，才会出来迎接呀！"谎江山边敲瓦缸边高唱："当当当，当当当，老爷坐桶我坐缸，要进龙王水晶宫，要会龙宫水龙王。"两人敲缸敲桶高唱一阵，谎江山又对守备老爷说："老爷，快到龙宫啦！你是老爷，该坐高贵的瓦缸，我是穷孩子，只配坐木桶，最好换一下座位吧！"

守备老爷答应了，坐进谎江山的瓦缸，谎江山坐入老爷的木桶。谎江山敲桶高唱："冬冬冬，冬冬冬！老爷坐缸我坐桶，要下海底去寻宝，钻进龙王水晶宫！"老爷看见谎江山边敲边唱，起劲得很，也用铁棒敲着瓦缸，高唱起来，谁个料到呢？铁棒太重太硬，只敲三下，却把瓦缸敲破了，守备老爷沉入河底，进入龙宫寻宝去啦！

（田彬　龙宁英稿件　麻明进整理）

谎大如山

从前有一个老伯，胡髭有一巴掌长，也不晓得是哪个朝代的人。他很聪明，很会神计妙算，他想办啥子事情，只要脑瓜子一转，扯个谎，事情就办得了。

他是个孤老人，家里很穷，他就经常去谎那些有钱有米的富贵人家，也经常把谎来的钱和米分给穷人。穷人们都很喜欢他，而那些富贵人家都恨他，又很怕他。他的主意好像用不完一样，一张嘴就是一个，就像一座大山的石头那么多，不知不觉，人们就给他取了些外号："老谎"、"谎江山"。

当地的县大老爷是一个阴险狡猾的家伙，人们都背到起骂他是"狐狸精"。他也自以为自己聪明得很，没得哪个比得上他，他不信老谎有这么凶，就打主意想整老谎一回，在全县人的跟前显示一下自己的能干。

一天，他把全县的文武百官、富贵人家和附近老百姓都叫到县衙门来，又传命把老谎带来。他又得意又凶恶地对老谎说："你平时到处扯谎，作恶不可胜数，搞得全县不得安宁，按王法，早该治你的罪。今天，你就当着众人的面，扯个谎来谎我，要是把我谎到了呢，我就放了你，要是谎不到我，我就当着众人的面，把你打个半死，关到死牢里头！"

这下，可把那些平时又恨又怕老谎的文武百官、富贵人家高兴死了。他们睁大眼睛，大声喊："老谎，你谎！咋个谎不出来了？"都想等着看好戏。

这个时候，老谎根本不心慌。他用手摸了两下下巴的胡髭，心想：狐狸精，你小子今天安了坏心想来整我，哼！既然你个人送上门来了，你就看我咋个来收拾你！他脑瓜子一转，主意就来了。

他故意装起有点惊慌的样子说："回报大人，我谎别人很容易，要谎你，就得要一个东西。""啥子东西？""别个不是又喊我'谎架山么？'就是这个东西，叫'谎架山'。""啥子鬼架山，尽管拿来，我看你咋个谎法。""回报大人，那个东西大得很，'谎架山'大嘛，有一座山那么大，要拿得来，得把衙门的大门和城墙拆了。""这么大的东西，你咋个拿得来？""你莫管嘛，我要谎人，我各人就拿得来。只要你把大门和城墙都拆了，我保证明天正午拿来，要是拿不来，要是超过了时间，你就一刀把我斩了！"

那县大老爷一听这话，赶紧说："好！就这样一言为定！"他心中暗暗高兴："一座山那么大的东西，他咋个拿得来？这下，生杀之权操在我手头，到明天正午，我要好好地整他一下，再把他杀了。"于是，赶紧下令：全县官兵连更连夜把县衙门的大门和城墙拆了。

第二天正午还没到，县大老爷、文武百官、富贵人家早就在县衙门那里等得不耐烦了。他们都幸灾乐祸，等到起看杀老谎的头，穷人们都为老谎捏了一大把汗。

正午一到，就只见老谎一个人甩脚甩手走进来了。县大老爷一望，心中高兴得不得了，硬是像他想的那样，老谎啥子东西都没拿来。就大喊一声："把老谎先给我抓起来！"周围的士兵一窝蜂就扑上来了。

"慢点！"老谎不慌不忙，慢腾腾地讲："咋个的？县官大人，莫非你说了话不算数？昨天，你当众人的面红口白牙齿亲口说，我把你谎了，你就放了我。咋个现在又要抓我了呢？你不怕在众人面前出丑哇？""你没把啥子鬼架山拿来，我就是可以杀你的头！""哈！哈！哈！——你着我谎了还不晓得，哪里有个啥子'谎架山'，你不是要我谎你么？那'谎架山'是我利用人们给我取的外号来谎你的。"

这下，县大老爷才晓得自己也着谎了，气得直跺脚。老谎看到他那个样子，高兴得大笑起来："哈、哈、哈，大门城墙拆得真快，真干净呀，这下走路也省力了，没得啥子挡道了。哈！哈！哈！……"

老谎一边大笑，一边甩脚甩手个人走了。

隔了半天，众人才回过神来。全县的官兵连更连夜把大门和城墙拆了，想杀老谎的头，想不到，到头来，偷鸡不来倒蚀一把米。气得县大老爷浑身发抖，怪叫了一声瘫倒在地，断气了。那些文武百官、富贵人家吓得爬起就跑。老百姓心里痛快得很，大声叫好！

从此以后，再也没得哪个当官的和富贵人家敢惹老谎，老百姓更喜欢老谎了。

(摘自《苗族民间故事》 石邦兴讲述 张平整理)

妙语佳饮胜秀才

秀才相公跨马而来，看着面朝黄土背朝天的老谎一锄接着一锄地挖土，觉得十分无聊而可笑，有心嘲他一番取乐，朗声问道："挖土郎，挖土郎，日夜挖土忙又忙，你的锄头落地几百双？"老谎反口问道："骑马郎，骑马郎，跨马急急走何方，你的马蹄落地几百双？"秀才觉得有趣，勒马答道："骑马闯天下，肚里想文章，求得姓名标金榜，焉把马蹄放心上。挖土何所事，肚里空荡荡，天宽地阔胸无志，不计锄落太荒唐！"

老谎笑着随口便答："你想想，我想想，你想文章我想粮，各人想的不一样，一日无粮千兵散，看他怎么舞之弄墨作文章。一锄落地粮一把，三把七两九钱粮。挖地十八天，七担八斗九升六合零二两。不读诗书不习算，奉请高才来帮忙，锄头落地几百双？几百双！"

"匹夫怎敢戏弄于我！"秀才停下马来，用鞭梢指着老谎道："土巴佬，利口贫舌，敢跟我赌一赌吗？赌赢了，这匹马就是你的；输了，你脚下的地就是我的，敢吗？""只要相公乐意，情愿奉陪。不知相公怎么赌法？"老谎说。"好，好，你听着：小事而已，就赌三局，三打三胜。第一局对答，第二局吃食，第三局饮茶。随机命题，题目到时揭晓。如果不敢赌现在你就认输，我也不要你的臭地，你就跟我磕几个头，喊三声爷爷，我便饶了你。"老谎响当当地回答说："一诺千金，焉有不赌即输之理？我正想看看相公肚子里面装的是茅草还是酒肉呢！""放肆！"秀才喝道，"你敢侮辱斯文，开罪圣人，不怕掉进割舌地狱么？及早回头还可赦，执迷到底悔何及！"

"请吧，相公！"

"现在咱们就赌第一局，对答。每人出三题，我先来问你，你可愿意？"

"请秀才相公出题。"老谎依理接招。

"小子，你听着！"秀才高叫道，"人生天地之间，头顶着天，脚踩着地。请问，天有多高，地有多厚？人有几种，鬼分几色？"老谎冲口答道："天高高不过肚脐眼，地厚厚不过脚板心。人有九种，鬼分五色。""有何凭据？""天高不算高，人心才算高。天居人心之下，岂非高不过肚脐眼么？地厚厚不过脚板，难道不是居脚板心下？咒人九死九绝，岂不是说人有九种，九死则绝；常言五鬼，鬼分五色，五色居五方，还不分明么！""算你对了，"秀才接着出题说，"请问，世上什么最轻？什么最重？""情义最重，礼为最轻。""错了，错了！"秀才说，"这世上烟子最轻，金银最重；烟轻则上浮，金银重而下沉，你答错了！"老谎说，"不，世人都说礼轻情义重，所以圣人重义而轻礼。相公读孔孟之书，习周公之礼，怎么连这一点都不晓得！"秀才脸红羞愧，无言对答。第三题，秀才指着自己的脑袋说："你猜，我的脑壳有多重？"老谎不假思索地说："三斤七两五钱！真是小儿科。"秀才争辩说："不对，是三斤六两。"老谎厉声道："我说三斤七两五就分毫不差，不信我们割下来当面过秤！"说着捡起镰刀，往秀才脑袋上晃着。秀才忙说："别动手，别动手！是三斤七两五钱，算你猜对了！"

三答三对，轮到老谎出题。第一题："我手里的锄头把是何树削成？出在何处何山？朝南朝北？长有几尺，围有几寸？年有几岁，重有几斤？"秀才不能答。

第二题："我脚下的地是酸是甜，是苦是咸？石有几分，土有几分？种包谷好，还是种小米好？种棉花能收几斤？种高粱能产几斛？"秀才又答不出。

第三题："天生万物，有种有群，黑白分明。白羊产白羔，白鹅育白仔，理之自然。请问相公，为何白云不下白雨，白花不结白果？黄口反生白牙，黑发生于白皮？"秀才无言可对，输了第一局。

第二局：比吃食。

秀才说："吃食不比食量多少，咱们比的是饭菜的品、色、香、味，品种多样，色香味俱佳者为优。准备时间以三日为限，到时将请全国著名的美食家评定优劣，你看是我先办还是你先办？"老谎说："相公出题，还是相公先办的好。"秀才笑着说："当仁不让，先办就先办，我不怕你拣便宜。"

秀才回家，请了名厨师，各处采买。煮了上等精细的兰香贡米饭，炒了包括海参、鱼翅、燕窝、熊掌、云南白木耳等名贵鲜肴十五种。请来苏杭京蜀著名美食家七名当评委，三位地方长老为监督。开席之日，细细品味评议，一致评为上品。秀才相公得意地说："怎么样？这一回你该服了吧？老谎淡然一笑说："我的席还没开，怎么就服？"秀才相公白了他一眼，轻蔑地说："不服就比吧，谅你草莽农家，穷苗伏鼠，菜不过酸汤煮豆腐，狗肉炖冬瓜；饭不过荞麦、玉米、马豆粥，能有什么美味佳肴？你就等着输吧！"

三天之后，老谎的比席开始，前来看热闹的里三层外三层，满坪满垅，挨肩搭背，比正月十五看龙灯还热闹。大家都想看稀罕呢——土巴佬拿什么跟官家比？

监视人宣布"开席"，老谎上前揭开围布，"啄！"人们一时都傻了眼，什么美味佳肴，原来都是些苗家家常饭菜，看他怎么收场！

先比饭。评委就位之后，帮忙的端上饭来，每位评委面前上了一小碟。老谎站起来介绍："这是我们苗家的七色九味八宝粥，请各位品尝评议。"评委们舀了一汤匙细细品尝起来：初入口时但觉醇香满口，清芬四溢；入肚之后，余味无穷，脾开胃爽。禁不住一齐赞扬道："妙，妙，妙极了！玉帝盘中饭，王母桌上餐也不过如此！此粥贵在珍而不稀，美而易得，本地风光，清香甜淡，不腻不油，强身健体，益精补肾，老少咸宜，贫富共享，与天同乐，堪为民食之母！"评罢就问配料及烹调方法。老谎说："这是咱们苗家世代相传的通用食谱，由大米、玉米（糯玉米特好）、绿豆、马豆、板栗、黑芝麻、红薯（切成颗粒，后下）、苏子八种主食品，配上生姜（切细）、大蒜瓣、八角茴香（捣细）、花椒粉、干辣粉、油盐适量，放进鼎罐里用柳木柴火熬制而成。合白、黑、红、黄、青、紫、蓝七色，兼麻、辣、酸、甜、咸、淡、香、醇、软九味。今日公开，敬请各位记清并向大众推广，以利共享！"

接着品评菜肴。老谎说明道："敝席的主菜包含了水、陆、家、野四个方面的三百一十三种荤、蔬菜味……""啊"听说有三百一十三味名菜，评委和观众都不由得惊奇地"啊！"了一声，注目凝视餐桌上的罩布，心里暗暗想着："如此多的菜蔬，看他如何配制安排？"菜揭开来，原来是一盘豆腐白菜心，一盘酸辣田螺，一盘香酥柏子仁，一盘韭菜炒鸡蛋清炖鲤鱼百合和一大碗花汤。

秀才见菜失笑道："这等山野粗菜竟敢来比，你也太张狂无知了，赶快认输吧！"老谎大笑道，"相公可知其中奥妙？"因指着盘子里的白菜、百合花、柏子仁说："此非三百而何？"又指着韭菜、鸡蛋、豆腐、田螺、鲤鱼问题："这一十三味还缺少什么？三百一十三味一味不少，何谓张狂？你自无知无识，不知自责，反责别人无知，就不怕浅陋，贻笑大方么！"秀才惶然不知所对。观众拍手齐喊："对，对，对！三百一十三味，一味不少。秀才输了，秀才输了！"老谎笑着挥手道"众位高邻且住，请候专家们品评！"评委们一一品尝之后，个个赞不绝口，特别对那道"酸辣田螺汤"更是推崇备至，赞尝有加。都说此物香中带辣，清爽可口，健脾益肾，醒脑提神，生津开胃，于平凡中见新奇，真可谓雪里红梅，雾中孤峰，平凡而峻异者矣！宜进皇家，列入御善谱。老谎又赢了。

第三局比饮茶。以珍、稀、新、名贵为胜。秀才泡的是"龙井茶"，虽然珍稀名贵，却非新品。老谎泡的"玉龙金凤茶"，由当地九龙岭上的龙泉水和凤凰山下的凤尾茶合二为一，芳香清醇，馥郁清芬，独家新创，别具一格，夺了桂冠。

最后，谎江山以三比零赢得了秀才的白马。正所谓"他山之石，可以攻玉"。谁说土巴佬就不如秀才！

打这以后，苗家："八宝粥"和"酸辣田螺汤"誉满神州，名扬四海，风行各地，历久不衰。

（田彬搜集整理）

急换衣帽整举人

　　新科举人打马游街，观者如潮，流言不断。有赞的，有笑的，有嘲的，有骂的，三三五五，毁誉不一。老谎笑着说："列位，咱们苗家好容易出了个举人老爷，大家为何这般对待？"人们说："你觉得荣耀吗？""也不至于就是祸害吧！""不见得。""这话怎讲？""大哥也许不晓得？他的举人不干净，是拿钱买来的。仗着家里有几个臭钱，平日里勾结官府，欺压乡邻，出卖同胞，鱼肉百姓，坏事干尽，无恶不作。现如今又挂了个举人牌牌，真是如虎生翼，不晓得又要有好多人遭殃呢！""啊！"老谎啊了一声说："原来是这样！"不再说话，默默走开了。

　　夜里，举人老爷住的房间突然起火，救火的，呼号的，叫骂的，趁火打劫的，乱糟糟地挤得水泄不通，举人吓得直筛糠，战战兢兢地拿着衣帽正没个去处，装扮一番的老谎忽然出现在他的跟前说："一定是对头搞的，八成是抓肥猪吧，落在他们手里可就糟了，老爷快把衣帽交给我，咱俩换一换，赶快逃开，让我来替你抵吧！""我我……你你……"举人结结巴巴，肉做一团，倒在地下，动弹不得。

　　"快，快，再挨就没救手了！"老谎催着把衣帽换了，昂然而去。举人赖在房子里，站也不是，走也不是，竟是呆了。一群救火人叫叫骂骂的拥将进来，不由分说，将他一把抓住，一索子捆起来，推推搡搡，拳打脚踢地往外就掀。举人大骂大叫："我，我是举人，你们放开我！"一个汉子抡着巴掌朝他脸上狠狠扇了几个响亮的耳光，喝道："你这个贼，竟敢冒称举人，举人是你这副熊样子！快讲，你把举人老爷怎么样了？""我就是举人，真的，我真的是举人，贼人抢了东西溜了！""混蛋，你还敢冒充举人！"人们激动起来，举起拳头，一顿好打！"我，我不是举人，举人老爷早走了，你放了我吧！"有人说这家伙果然是个贼头，举人老爷一定被他害了。"打死他！"人们一阵嚷嚷，拥过去打的打，踢的踢，打得举人杀猪一般哭喊连天。"我，我，真的，真的，你们别打了，我真的就是……你们打错了！""狗日的还要狡辩，打的就是你！"

正在闹得不可开交，一队官兵拥进来，为头的官儿大叫："举人老爷在哪里？举人老爷在哪里？我们奉知县大老爷之命前来解救！"

"我们抓住贼头了，你们审问他吧！"

"举人老爷不知被搞到哪里去了。"

"杀死他！"

"替举人老爷报仇！"

有人高声呼喊"报仇"，人们又是一阵踢打，举人已是奄奄一息哭不出声了。接着，老谎跟知县老爷一起来，人们停止了骚动。

老谎走过去一看，原来被捆打的正是举人老爷，惊叫道："举人老爷没有被抓走，还在这里呢，谢天谢地，谢天谢地！"

人们一时都愣住了，这个"贼"果然就是举人老爷！正是好心做了坏事了！

知县喝令："还不快给老爷松绑！"

解开下来，鼻青嘴肿、遍体鳞伤的举人只有瞪眼掉泪的份儿，已是奄奄待毙了！

事后，县里贴了告示，称老谎为义士，为了表彰他的义举，奖库银五十两，赠扁额一块，上写"肝胆照人"四个大字。营救举人的民众称为义民，每人奖铜钱一贯。

举人夸官未就，挨了一顿毒打，手脚俱受棕绳勒伤，肿痛溃烂，卧床将息。衣物盘缠尽数丢失之外，还敬送了知县相公纹银一百两，官兵制钱十贯。又遭雷打，又遭火烧，好不晦气！真是有苦说不出，干吃哑巴亏！

（田彬搜集整理）

争 牛

举人夸官挨打之后，郁忿交煎，如鲠在喉，咽，咽不下，吐，吐不出，耿耿于怀，气得郁塞，一病倒床，躺了好几个月。直到来年春天，他才渐渐起将床来，总觉得闷闷的难得开心。一日，春光明艳，风和日丽，牵了匹马，举人自个儿跨着，随山遂水信步游去。一路上看那李花堆素，桃红似锦，雀噪枝头，他禁不住喜上心头，愁烦顿消，开口吟道："春风吹到大山头，桃红李白鸟啁啾。老天何解心中事，欢喜令人愁更愁！"吟罢"唉"地一声长叹，吓得路旁草丛中噗噗地飞出一只山雀儿来，那马打了一惊尥起双腿，把他摔在路边爬不起来，嗷嗷地直叫唤。正为难处，竹弄里钻出一个人来，将他扶起，坐在路旁草丛之上。两人相互瞪着对方一看，同时叫出声来："呀！"你道此人是谁？原来正是上回解救举人的义士老谎。举人挣扎着说道："恩兄何以至此？"老谎说："山野村夫，上山不为放牧牛羊，便是打柴割草，不知老爷进山何干？""闲居无聊，踏春消遣，谁知那畜牲被山雀惊吓，把我摔了一跤，又蒙相救，真乃三生之幸！""山里野狼多，老爷怎么独自游玩，幸好有惊无险，且在这里稍息，待我追回马来，再送老爷回府！"

说罢，举人自躺在路边歇息，老谎起身寻马。不消片刻，老谎跟几个放牛娃嘻嘻哈哈地牵着马回来，扶着举人重新上马，观山玩景。举人受人抬举，豪气顿生，游兴勃发。举目望去：竹林之中，青草坪上，一群牛悠哉游哉地啃着青草，嚼着嫩叶，不觉手之舞之，足之蹈之起来，狂叫道："快活不过农人家，夏看桃李春看花……"正得意时猛见牛群当中一头大黄牛，膘肥体壮，滚瓜流油，站在草坪中晒太阳，心里微微一动，笑着说道：

"我家的老黄牛几时跑到山里来了，怪不得好几天找不着呢！"

老谎瞧了他一眼，不动声色地说："牛也怕冷落呢，自然呼群唤类来了！"

举人用鞭梢指着大黄牛说："不是吗，你看，它那风度，气派，落落大方，多贵气呀。虽然处在群牛之中，却自卓尔不凡，跟那农家山牛的猥琐矮小别是一番气派！待会儿我回家去叫放牛娃子把它牵回府去，免得委屈了它！"牵马的孩子尖声喊道：

"那是我家的大老黄，我早晨才从圈里放出来的，怎么是你家的了！"

举人笑道："娃子，你争争可以，童言无忌嘛，我不跟你计较。可是，这头大黄牛确确实实是我们府上的，你们家喂得出这样的牛吗！嘿嘿。"

孩子争辩道："它是我们家里生的，我放它好几年了，还不晓得？村子里谁不认得，你别想占去！"跟着来的孩子们也都说道："真是他家的牛，我们天天一起放的，摸都摸熟了呢！"

举人还是笑眯眯地道："牛是我家的，这是确定无疑的了。他家的牛也许丢了，因此误认，我也不怪你们偷窃，不追究什么责任，你们也不要想霸占它。物各有主嘛，各归其主就是了。"

孩子们叽叽呱呱的就是不依，举人一口咬定，就要回马叫放牛娃来牵牛。老谎看着看着，早已明白了八九分。因道：

"这牛吗，虽然不会说话，却认得主人。也许你们两家的牛大小一样，毛色相同，分不清了吧。你们喊一喊，看谁叫得应，喊得拢。喊得拢的就是他的，怎么样？"举人笑笑道："说得有理，谁喊得它拢来，大黄牛就是他家的。娃子，你就把大黄牛喊上山来吧！"

老谎对孩子说："小兄弟，你就喊吧，把牛喊上来了，它就是你们家的——老爷亲口说的！"

"你说牛是你家生的，一定有名字了，你就喊名字吧，果然喊拢来了，你就赶回去。"

孩子爽快地应道："喊就喊，别说上这里，就是再远我也喊得它！"随即双手合掌成喇叭筒朝草坪里高声喊道：

"大老黄——大老黄——你过来——你过来——你——过——来！"喊声刚落，大黄牛"哞"地一声，张开四蹄，飞跑着奔到小孩身边，舔手擦背，格外亲热。孩子们拍手欢笑道："是我们的牛，是我们的牛，我们喊拢来了！哦嗬，我们胜利了!"

举人陡然变了脸,恶狠狠地喝道:"放肆!凭一声喊就想霸占我的牛,没那么容易!一定是晚上你们把我的牛偷来后,喂了什么药,把它勾引住了。这不上算,我们拉,谁拉得动牛就是谁的!"老谎心里已明白了十分,一个新的计较涌上心头。

孩子还要争辩,老谎喝道:"还争什么?难道举人老爷还会讹去一头牛?拉就拉吧!"山里人放牛上山是不系鼻绳的——怕被歹人牵去,老谎就着耳朵轻轻对举人说道:"老爷难道不怕他又弄什么手脚,依我看两个人同时拉最好了。""两个人怎么拉法?""一头一尾呗。""我拉头他拉尾?""你就不怕黄牛撞你?""依你看?""你俩换个位置,你先检查他的手,没有鼻绳看他怎么拉。""着,着,着,就这样办!"

举人跟孩子如法议定了,大家先检查了孩子的手,确信没擦过盐,各就各位。举人紧紧拉住牛尾巴,孩子用手指抠住大黄牛的鼻孔,老谎司口令:喊声"预备",双方各摆稳桩子,准备着力。"起!"字一出口,双方使劲往前拉,大黄牛头一拱,腿一弹,跟着放牛娃跑下山去,举人被踢翻在竹弄里"哎哟,哎哟"直叫唤,老半天挣不起来,马不知道跑到哪里去了。

(田彬搜集整理)

"外甥"公子充壮丁

王保长抓不足壮丁挨克扣，一肚子闷气往老谎头上泼："背时倒运的穷鬼怎么拐来了婆娘！老子受气你白发了财，老子倒楣你登台！老天爷看走了眼，没看见福星他错看了煞星，气死人呀气死人！这个地方老子我倒楣你们哪个也别想交好运！老谎，老谎，今天我非抓你的壮丁不可！管你什么三丁抓一、五丁抓二，老子今天就要抓你这个灭门绝户的，抓不到你就抓你的亲戚，没有亲戚就抓走你家的人，蒋委员长发下了命令，抓壮丁、收税派款是国策，不守国策就是土匪。土匪，土匪！哈哈，我抓土匪，功加一等！好，好，就这么办，这么办！"

听说老谎家里最近有个青年后生时常转悠，他家婆娘说是她家兄弟，哼！只要是后生，管他兄弟、舅子、姘夫……抓住了就是壮丁，报效国家，保境安民，哈哈！尽职尽责，效忠党国——王保长主意已定，就派几个保公丁去盯梢，说："看见后生进屋就向我报告，上边有紧急公务！"

是的，近来老谎家里果然有个陌生人进进出出，那不是他婆娘的兄弟，也不是他的外甥，外号人称大蚂蚱，生得腿长手短，个子干瘦，羊眼马脸，大鼻子像根棒捶。三分不像人，七分却像鬼。一进门就喊老谎做大舅，嘴巴甜津津的。这人并非老谎的外甥，乃是十里刘乡长的大儿子，特别到老谎家里来盯梢探哨的！所探为何？原来刘乡长早就听说大骗子谎江山在他家堂屋里挖了个藏宝窖，把他大半辈子拐骗诈得来的金银财宝，什么金佛、银壶、玉观音、光洋、铜板、关军票、项圈、手圈、金箍子、大脑壳、小脑壳、三股丝、双绞股……少说值万贯，称来有万斤，子孙世代用不尽，价值整座花园城！报他偷国宝，挖古坟，王保长想到升个县长稳打稳；抓他为贼寇，当土匪，抄没家产全部都落进我的口袋里。只是无着没凭，不好下手，倘若是打草惊了蛇，反替他人作嫁衣！好个刘胖子乡长，老谋深算真精明，叫他儿子去盯梢摸底细，强认老谎做娘舅，口口声声喊得来，来来往往走得勤。不是亲，胜似亲；不是戚，胜似戚；更比亲戚强三分！

谎江山心里有底，明知"外甥"有来历，人不为财不下跪，马不为草不奋蹄，这个外甥肚子里面别有一根筋！别看他嘴巴作油作盐甜腻腻，肚里山妖野魅要吃人！好老谎，看在眼睛里，藏在肚子里，不声不响不哈气，不言不语不吭声，叮嘱婆娘多留意，莫把野鬼当家鬼，勿认砒霜作糖精。老谎想：突来"外甥"非善意，他是豺狼我有枪，他是狐狸我挖井。武对武，文对文，恶蛇我打它七寸，叫他偷鸡不成倒蚀一把米，飞蛾扑火自伤身！

这一天终于来了，外甥进门，老谎故作惊慌之状，对他努嘴瞪眼，外甥微微一笑，毫不理睬地挺着胸伸长了脖子，高昂着脑袋，好像一只傲慢的大公鹅，目空一切地大步走去。盯梢的保公丁嗖哨一声，飞扑向前，老慌高叫"快跑！快跑！"声未出口，人已被公丁扭住了，推推搡搡着向保公所走去。老谎正要走开，两个保公丁狠狠地架住他，喝声"妨碍公务，格杀勿论！""放开我！放开我！"老谎高声大叫，"不要抓我外甥，不要抓我外甥！"王保长拄着拐杖，慢步走过来笑着说："老谎，你是明白人，抓壮丁乃是国策，蒋委员长下令的，你敢阻拦！"老谎仰天大号："你们不能抓我外甥，他是客。你们把他抓走了，我怎么跟他爹妈交待！"保长大笑道："就说蒋委员长抓去了。哈哈！"

保公所里，龙争虎斗，一群荷枪实弹的保安队员把王保长和保公丁绑的牢牢实实，"外甥"高坐台上，指挥着枪兵，一个劲地喊打。"瞎了眼的狗才，捉到老子脑壳上来了！"说话的是一个胖老头，他，就是大名鼎鼎的十里刘老乡长。原来是这里的事一发，刘乡长就给县保安团大队长去了电话，说劫匪绑架了他的大少爷，保安团得讯赶来，人已押进了保公所。保公丁最初要顽抗，看到是保安队就束手就擒了。三名罪犯：王保长和两名保公丁被一条绳子捆着押往县政府去了。

几天以后，案子结下来：王保长以误听不实，玩忽职守，被处罚金大洋一千元，保证金五百元；赔偿刘大少爷名誉大洋三千元；放爆竹向刘家赔礼认错，请酒八桌谢罪。主犯两名保公丁，传报不实，蒙上欺下，诈骗钱财，假公济私，毁人名誉等罪，革职交审，被判刑三年，每人罚款大洋一百元，减刑一年。王保长

押送回家,戴过就职。老谎笑着对他说:"保长先生,你也被蒋委员长抓了?要不要向贵夫人交待呀?哈哈!"

(田彬搜集整理)

模范公民光荣保

王保长办完公务，穿着哗叽长袍，外罩平绒短褂，柠檬色咔叽长裤，头顶法国拿破仑博士帽，眼戴德国汉堡茶色遮阳眼镜，脚登意大利威尼斯皮鞋，腰挂俄罗斯烟袋，右手拄着英国拐杖，牵着瑞典长毛哈叭狗，左手提着瑞士画眉笼，口里哼着井井哈哈调，在村中保校门前踱步休闲。一时跟一位手摇折扇的瘦长个子长衫客擦肩而过，正好撞着赤脚短褂的谎江山迎面走来，顿时气往上冲，指着他骂道："鸡毛飞不上天，穷棒子成不了气，你成心拆老子的台，老子还是高坐台上，看你还想敲点什么，老子成全你，哈哈！"老谎看了看神气十足的王保长，又看了看刚刚走过去的神秘长衫客和半开半掩的保校木门，心里似乎瞧出了点什么，两眼一亮，扑过去揪住王保长的衣领喝道："王保，你好大的胆子，光天化日之下，竟敢在学校门前，公然跟中央作对，藐视国民政府，我们见蒋委员长去！"王保长和长衫客都吃了一惊，不由得停下步来。楞了半响，王保长终于定了神，整了整衣帽，大声喝斥："穷棒子，白昼抢劫，你就不怕砍脑壳！""哼，该砍脑壳的是你！"老谎抓住王保长不放。王保长喊道："来人啦，抓抢犯，有人拦路抢劫！"几个保公丁闻声而来，老谎放下王保长，指着公丁喝道："谁敢向前，我抓的是反叛，放走反叛，诛灭九族。你们就不怕蒋委员长降罪下来！""我堂堂政府公务人员，一向奉公守法，执行政令，怎么反叛政府了！你强扭政府要员，血口喷人，罪加一等！"王保长说。"你还嘴硬！"老谎喝道，"政府公务人员，跟中央作对，公然反对领袖，不是反叛是什么！""哪个跟中央作对，哪个反对领袖了？你想敲竹杠，就能信口开河，诬陷好人？"王保长反驳说。"你这个杀才老浑蛋！"老谎指着五保长的鼻子尖骂道："不见棺材不掉泪，不破肚皮不见屎！事实俱在，还敢抵赖，听我跟你一一指出来，砍脑壳也做个明白鬼！你看你这副鬼样子，洋不洋，中不中，哪里像个民国公仆,活脱脱是个前清旧吏,明明是跟蒋委员长的新生活运动对着干,大搞复旧,替清朝皇帝喊冤复辟制造舆论,蛊惑人心,不是反叛是什么?中央提倡,清正廉洁,执政为民,你身为政府人员不办公务,提着鸟笼子,唱着溜子歌,来到学校门前,招摇过市,毒害学生,误人子弟,该当何罪?中央领导,爱国爱民,体恤民众,敬老惜贫。你不察民情,不视生产,挂着自由棍,牵着哈叭狗,闲游浪荡,败坏政府的名声,是功是过,自己就该明白。我好意跟你指出来,你竟然把我骂做抢犯,不是骂中央是什么?哼,可惜中央的好政策都被你们这些烂杆子搞歪了!你嫌我穷,厌我脏,瞧不起咱穷哥们,蒋委员长偏偏瞧得起我们,提倡新生活运动为我们撑腰,替我们壮胆,你有气,你不服,你反对,你去吊颈,你去跳河,你去撞脑壳!国民政府少你一个好比大海少了一粒砂子,你死去吧,死了王屠户,不吃夹毛猪!我跟你放爆竹!"

老谎越骂越气,越有气越骂。长衫客听得有滋有味,不住地点着头,踏着脚尖,合着拍子,他这一辈子还没听到过穷人这么赞扬他呢!

"放屁!"王保长喝道,"蒋委员长喜欢你们!蒋委员长喜欢你们统统都去死!不死不自在,早死早太平!死一个,少操一分心;死一万个——"

"大胆!"老谎厉声喝道:"你敢公然当众诬蔑领袖,就不怕天打雷劈,落阿鼻地狱!有种的咱们找委员长去!"说着就去扭王保长。急得王保长的鸟笼掉在地下跌坏了,笼子里的画眉飞走了,脚下的哈叭狗被踩的直叫唤……王保长眼镜掉了,博士帽丢在一边,大呼"救命,救命,强盗杀人了!"一队枪兵从校门里涌出来,长衫客"嗯"了一声,枪兵垂手立正,顿时都变成了木头人。"你们的王保长呢?"长衫客问道。

"王,王,王保长,他,他——"
"他怎么了?"
"他打摆子,去县城住院未,未……"
"你是什么人?"
"我,我我……"王保长一时答不上来。枪兵队里有人说,"他是秘书。"
"有这样的秘书吗?干掉他!"
"告诉王保长,这样的公民,才是模范公民,要切实保护,重重的嘉奖!""王保长哪里去了?"长衫客问道。"还没出院呢!""好,有这样的模范公民,是他们保的光荣!国民政府就是替国民办事的嘛,国民也是拥护政府的,这就是民国的根本!"

几个月以后,政府送来了两块扁额。一块送给谎江山,上面写着"模范公民"四个大金字;一块送给王保长,上面写着:"保的光荣"。两块扁额的落款上都写着"蒋中正"三个金字。

(田彬搜集整理)

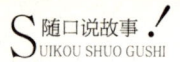

狗咬狗

县自卫队下乡剿匪，进驻大王村，抓住王保长，要猪羊钱米"慰劳"。王保长把甲长们找来，分派猪羊钱米鸡鸭瓜菜，烤酒煮饭……忙得不亦乐乎。自卫队员们等不及，自己闯进百姓家里翻箱倒柜，破圈砸栏，赶猪羊，抓鸡鸭，掳衣被首饰……满村里鸡飞狗叫，妇啼儿号，沸沸扬扬地闹翻了天。折腾了大半宿，正待开席，忽见村头火起，噼噼啪啪地烧得凶猛。黑暗中听得有人大喊大叫"抢犯来了！打抢犯呀！"自卫队长急得满身臭汗，大叫："机枪手，机枪手，快，快，快跟老子顶住！打，打，打！"自卫队员们正忙着扎腰包，找外快，寻刀找枪，乱做一团，枪未上手，弹没上膛。村外，四面八方，上上下下，好像放爆竹似地枪炮声响成一片。队长吓得掏出手枪朝外打了三发，大骂："杨连胜你等着，看老子怎么收拾你！"一脑壳钻进灶孔里躲了起来。慌乱间，抢犯们早冲了进来，一阵扫射。自卫队员们有的挨了枪子儿，连妈都来不及喊一声就去阎王爷那里报到了；有的跌进茅坑里的，吃饱了屎尿，咿咿唔唔地在粪池里抓抓。没跑掉的被抓了起来捆做一串，自卫队长也被从灶孔里抓了出来，黑的像只野狐狸精……

闹腾了一大阵，平静下来，松明底下，看得清楚，两边都是些黄皮的大兵，真个是城隍庙里鬼打鬼，自家人不认自家人！这是怎么回事？

细问之下，才知道打进来的原来是换防的江防部队，奉命协助地方剿匪，搜索了一天，正没个着落，蒙头蒙脑的撞进村来找个宿头，猛见村里火光冲天，哭喊震地，鸡飞狗跳，呼唤连天的隐隐闻得"打抢犯呀！"的哭叫呼援之声，以为遭了劫。正是踏破铁鞋没寻处，立功的机会原来在这里！一个劲地冲了进来，逮了个正着：就这样"慰劳"物品和酒席转让给了江防队，死伤俘虏的自卫队员人数都上了江防队的记功簿，所有抢掳民财及鸡鸭瓜果也都转进了大兵们的腰包。自卫队吃了哑巴亏，有苦讲不出，保全性命就算吉人天相，不幸中之大幸了！

你道那放火喊抢犯的是谁?正是老谎——谎江山!那天他刚从城里打工回来,正好碰上江防队长上山剿匪,为了给乡亲报信避难,抄了小路上山,谁知自卫队刚在村里打劫,气急之下,猛生一计,便放火把村头空着的粪棚烧了,大叫"打抢犯"把江防队引进村来,导演了这场狗咬狗的闹剧。

(田彬搜集整理)

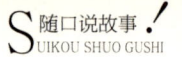

棺材公案

　　自卫队在大王村平白无故死伤了好几个队员，内中死的一个小队长是大队长的小舅子，刚刚补充上来的。本图加官进爵，光宗耀祖，谁知糊里糊涂进了枉死城！白队长把满肚子的苦水、恨水和恼怒一古脑儿都往王保长身上泼。正是野猫吃公鸡，公鸡吃虫虫，咬不动青杠咬檫木！送走了江防队后，一把抓住王保长又要抚恤费，又要医药费，又要慰劳，又要安葬，把个大王村搅扰得一佛出世，二佛涅盘，连地皮也刮去三尺！

　　那时王保长好不容易从几家小土财东那里诈出了两副棺木贡上去，谁知那个姓白的自卫队长一见之后指着鼻子拍案大骂："姓王的好大的狗胆，竟敢拿这种东西来搪塞老子，你是把咱们剿匪烈士当做化星子了！你别以为老子治不了你！弟兄们，把他拉下去给老子毙了，我看你拿岩头打天去，哼！"

　　黄皮们一拥而上，把王保长绑了个结结实实，蚂蚁拉死螳螂一样，推推搡搡地往坝子上弄。旁边的老谎见事不妙，上前一步踩了踩白队长的脚，悄声说道："队长，借一步说话。"

　　"请问队长打算搞到一副好棺材，体面了结，还是想柴了锅破，空打空？"

　　队长问："体面了结怎么讲？空打空怎么讲？"

　　"体面了结就放了王保长，在他脑壳上打圈，干干净净结案，光光彩彩领赏；空打空就毙了姓王的，坐等江防队那边申报，大家脱皮裸壳！"

　　"他挤得出油水吗？"

　　"包在我脑壳上！"

　　"那就依你吧"。白队长哼了一声，"松绑，有请王保长！"

　　王保长"黑狗偷油，黄狗遭殃"，窝了一肚子闷气，带了两名公丁，挨家搜查，寻找好板木。可怜贫苦苗民，素日里衣食尚且不支，哪里来的余钱剩米备办寿木，搜来搜去只得了两根一抓大的檩子，拿做抬丧的杠还嫌小，哪里去寻大棺材！急得火烧火燎的就像热锅子上的蚂蚁。老谎挨过去献策道："保长，在下倒有一个主意，可保两全，只是不晓得保长您能不能接受？"

"目下正是火烧眉毛，屁股冒烟的时节，有什么好点子你就抖出来，只要解得围，救得命，就是下茅厕，喝粪水我都干，还有什么不能接受的！"保长说。

"那我就从直了。"老谎不紧不慢地说，"保长先生，你家厢房楼上不是现放着一副上好的红杉板吗？抬出去献了，岂不是名利双收，人财两旺，一了百了吗？何必这搜那搜，没事找事，没怄找怄呢！"

"那……那……你，你……"保长急的讲不话来，干瞪眼。

老谎笑道："唉哟哟，我的好保长，你一个百伶百俐，万里挑一，见过大场合的模范保长，怎么变得这样迷迷磨磨起来，难道被那个姓白的吓昏了！"

"龟孙子才被他吓昏呢！"保长大叫道："龙陷浅滩虎落坪，不让人也得让人嘛！你有什么好点子就讲吧，卖什么关子呢！"

"你不是不从吗？"老谎说，"我这时候是张天师碰上了天聋地哑，有法也没法了！"

"姓白的，他，他不是要两副吗？"王保长说。

"你呀，你呀！"老谎大笑说，"真是聪明一世，糊涂一时。难道就看不出，那是个幌子，姓白的是用它来给他小舅子敲一副好木头呢！"

"我晓得，我晓得"。保长说，"它翘尾巴我就晓得它要屙什么屎，骗得了我嘛？只是，只是，那可是我妈亲自从松桃挑选出来的上等好材料呀！"

"啪！"老谎拍手大笑道，"你越发糊涂可爱了，我的保长先生！只要你人在，家在，保长的位子在，还怕挣不到一副板材！'留得青山在，哪怕没柴烧！'哈哈！"

"唉，唉，是，是，也只有这样了，就依你吧！"

一毛不拔的工保长就这样把他妈上等好的棺材献给了白队长的小舅子，那个吃江防队枪子的小猎鬼！

（田彬搜集整理）

神仙粑

贾知县治永绥厅,就任三年,适逢大旱,禾稼枯焦,野无青草,升米斗金,路有饿殍,哀鸿遍野。贾知县名利心切,一味逢迎,虚报政绩,只图迁升。对灾民不但不上报救济,减免赋税,反而大肆收刮,重利盘剥,高喊什么"大灾大贡献,小灾小贡献,无灾全贡献",把上边拨下来的救灾赈济款侵吞一空。走投无路的灾民们初时吃树叶,接着吃草根,草根树叶吃尽挖光就去吃"观音土"做的"神仙粑"。那神仙粑乃是滑石之类,粉末虽细,其实不能消化,吃下肚里去,干结起来,肚腹膨胀,肢瘦如柴,肠结而死。苗寨山村,一日数毙,十室九空,惨不忍睹。那贾知县不上报求赈,反而大放厥辞,谎报邀功,上呈中央文称:

"永绥僻处苗疆,地瘠民贫,其土殊异,产奇物曰观音土,白皙如面粉,味甘酥软,清香满口。揉而食之,胜于馒头。土民素以为食,虽千年不稼不穑,豫如也!开辟以来,民多向化,乐于臣服。今者天旱,民争捐稻谷以赴国难"云云。

中央收到报告后,特令嘉奖,赠永绥"模范厅"扁额一块,授贾知县一级"青天白日"奖章,以彰其功。行政院长某暨美国科学院院士约翰逊博士,定于民国×年×月×日赴绥考察。

消息传来,群情激愤,苦于无法,悲泣达旦。谎江山闻讯后,邀集全厅各乡士绅名流十三人,组成欢迎团,克日前往界头欢迎,同时毕恭呈文一份,敬献特产"观音土"三斤,成品"神仙粑"十三个,略表感谢之忱。

呈文略曰:

"知县英雄厅模范,大灾之年大贡献。

百姓饥食观音土,一年饿死七八万。

小民倒毙何足惜,但求知县得升官。

滑石本是金石物,谎报特产一大骗。

行政院长来考察,美国专家相陪伴。

毕恭进献"神仙粑",宝物知县新发现。

特产理当他受用,敬请大人进一餐。

神仙保佑官运好,年中之内得升迁!

呈文上达后,院长批复云:

"呈文特产收到了,永绥地好人也好。

知县劳苦功更高,神粑赐他吃个饱!"

巡察官当众命贾知县吃了三个神仙粑,然后驱车回南京去了。

(田彬搜集整理)

第三辑 | 谎江山与恶棍骗术

谎江山与蛊公

叭个寨的阁艮,有个小女叫帕妮,嫁给个欧寨寨长的儿子阿水为妻。开初两年夫妻和气,秋场草地跳花跳月、赛歌赛鼓,来去成双成对。第三年春天,阿水跟红云山和尚学会用蒭蒭药,他把这种药带在身上,看到漂亮的姑娘就走拢去,姑娘闻到药臊后就跟他走。他走到哪里,姑娘也跟到哪里。他今天蒭这个,明天蒭那个,十天半月不回家,不知在外玩了多少姑娘了。但不知怎的,个欧寨周围的各寨却传开了帕妮是蛊婆的消息。

一天,阁艮泪珠滚滚跪在谎江山面前,边哭边说:"他们说我女儿是蛊婆,今日火焚,请大人快去救命!"

老谎问清情由,赶紧往个欧寨跑。个欧寨前面的坪坝上,正中央码着层层干柴,帕妮被捆在柴堆边。坪坝四面围满了男女苗众,但没有人吭声。寨长请来了巫师,巫师吹牛角、摇师铃,开始做法事了。

"法师!众位父老!请停止法事。我有事要同你们商量。"

阿水吼道:"你是何人?敢来捣乱!"

"我是老谎。我问你,帕妮已出嫁三年,她来时是不是蛊婆?"

"不是。"阿水说。

老谎说:"有蛊必有种。她是到婆家变成蛊婆的,可见婆家有蛊种。今日就要找蛊种!"

寨长一家人听说要找蛊种,吓得像筛糠。阿水颤颤惊惊说:"我……家……无蛊……种"。

"怎么没有?有蛊婆必有蛊公。我看这蛊公就是你!"老谎指着阿水的鼻子说。

"谎大人,你,你不能冤枉好人呀!"

"哼,冤枉好人的是你。你诬害帕妮是草鬼婆放蛊。你不承认,就让大家来讲一讲！"老谎望了望众人，众人会意，都争先恐后控诉起来。

"帕妮，你也讲一讲吧。"老谎走近帕妮。

帕妮眼泪汪汪地说："阿水从学勾勾药起就变心了，天天拈花惹草，见我挡了他的眼，就对我下这毒手。"

老谎大声说："阿水变成狼心了，是货真价实的蛊公。父老们，快把这蛊公烧掉吧！"

阿水吓坏了。他跪倒在地，苦苦哀求："父老兄弟呐，谎大人呐，我该千刀万剐！我悔过自新。求求大家包涵，不要把我烧了！"

"阿水，你听着，饶你这一回。今后不改，一定要把你烧成灰！"老谎说完，大摇大摆地走了。

(原载《湖南机智人物故事选》 刘黎光搜集整理)

老谎巧戏偷羊贼

有一天,老谎独自在山林砍柴,偶然听到两个盗贼躲在山林里讲悄悄话。一个说:"要下手偷羊,先要探水。"另一个说:"我探水,往天那户人家养了好多羊啊,如今不晓得有几头大羊。"老谎听了,猛然站出来,从旁插嘴说:"那户人家我很熟悉,只要两位让我饱吃一顿羊肉,我提供线索。"两个盗贼忙说:"只要你说实话,搞得羊肉,包你吃个饱!"老谎说:"那户人家有三头大羊、一头黑羊、两头白羊,也是偷来的。就是黑羊怪得很,不走路,最爱叫。你们去偷羊,先要带一个大口袋,将黑羊套入袋内,再牵走两头白羊,路上就不会漏滓了。"

两个偷羊贼照着做了,先将两头白羊偷出羊栏,然后对着羊栏口撑开麻袋口,黑羊撵白羊,跑出羊栏口,落入麻袋口里了。两贼赶着两只白羊,背着麻袋里的黑羊,慌慌张张赶走夜路。谁料那只黑羊很重,两人轮换背了一程路,个个满身大汗,衣服都遭汗透了。一路上,两个偷羊贼盘算商议,这只黑羊很重,一定很肥,宰了吃,三人也难吃完啊,两头白羊干脆赶场卖掉吧!

谁料两贼回到家里,打开麻袋要宰黑羊,老谎却从麻袋里跳出来,那里有黑羊呢?两贼恼火了,要打老谎,老谎忙说:"你们走大路去偷羊,我抄小路先钻入那家羊栏里,羊栏很黑,你们不分青红皂白,就把我当黑羊背回来,害得你们辛苦一晚,我快活一夜。"

两个偷羊贼越听越冒火,举起拳头,追打老谎,老谎忙说:"你们吃了暗亏,我占了便宜,今朝宰羊,我不吃羊肉,只求你们赏赐一个羊尿泡。"

两个偷羊贼宰了一头白羊,当真将一个羊尿泡赏赐老谎,并要老谎坐在门前打望,防失主前来追贼。

老谎独自坐在门前,将羊尿泡吹得胀鼓鼓的,活象一个气球。两个偷羊贼却在屋内煮了一大锅羊肉,透出阵阵羊肉的香味。老谎晓得羊肉熟透了,便用羊尿泡捶着自己的脑壳,啪啪直响,接着是老谎拼命的喊叫声:"哎呀!哎呀!饶命,莫打莫打,让我讲出来吧!偷羊的不是我啊,两个偷羊贼正在屋里吃羊肉,快去捉,慢了会逃掉呀!"

两个偷羊贼听到老谎的喊叫声,以为失主来捉偷羊贼,丢掉碗筷,赶忙逃跑了。

此刻,老谎大摇大摆走进屋内,独自一人吃着美味可口的羊肉。

(石建春讲述　江南岸整理)

偷和尚

湘西某地有一座庙宇，庙里住着一个和尚。初期，那和尚也早晚念经拜佛，所以，朝山拜佛的人多，庙内香火兴旺。

十来年后，不知怎的，那和尚请来了几个武技高强的武师，每天舞刀弄棒，他自己也练了一些拳脚功夫，加上他体格魁伟健壮。自那些武师游方去后，那和尚便成了当地一小害。有人几次上山与他比武，都不是他的对手。于是远远近近的百姓都纷纷议论这件事。那和尚也借机要远近百姓进山供佛香缘——实际是一种摊派勒索的行为。久而久之，邻近村寨民怨沸腾。

一日，谎江山听见几个老人正在一旁谈论和尚的事，主要是谈和尚凶狠难治，若得人惩治他一下，那该多好。他们谈呀！谈呀！最后还是哀声叹气而散。第二天，那些人又复如前议论，有一种意见看来似乎有点滑稽，就是去偷拿和尚的东西，目的是让那和尚晓得我们也有能人——强中更有强中手！警告他不要逞能霸道。

谎江山听了老年人的谈话，心里想这个办法很有意思，于是介入众人的议论，问众人道："你们看去取和尚的什么东西好？"有人提出去取和尚的托钵，有人提出去取和尚的木鱼，有人提出一个较难的问题，就是把和尚喂的那头大肥猪偷来。这样不扰乱佛堂，又可警告和尚。有人提出"谁去担当偷猪的角色？"这一提问，大家面面相觑，无策可施了。谎江山见状，挺身而出，说："我去。"好多人这时才注意看他，见他矮墩墩，皮肤黝黑，和那和尚相比几乎矮了一半。老年人抱着疑惑的态度问："你怎么偷那和尚的猪呢？"谎江山说："我和他赌计谋。"

第二天，谎江山引着一只大黄狗，与朝山的香客们一同来到庙里。等到香客盈庙，熟肉鲜果摆满供桌的时候，他轻轻一声口哨，那狗就跳上供桌，专吃那些鱼呀！肉呀！粑粑、糖果……顿时满殿哗然扰攘杂沓！和尚听到拿着禅杖跳出来，责问是谁的狗捣乱，怎么不管？谎江山上前说是自己带来的狗。和尚听了大怒，挥杖要打。

凶和尚仗着体高力大艺精，正要采取攻势。谎江山闪避迅速，向后退出丈外，双手打拱，口称："师傅住手，你若要比打，三天后我二人再比不迟。不过我觉得呈勇必定少谋，我可以在三天之内先取得你的一件东西，你信吗？"和尚惊疑地想，莫非他要砍我的头不成！问道："你要我的头吗？"谎江山哈哈大笑，说："不，不，我们是较技嘛。""那你要什么？""我看——由你指定。"和尚想：谎江山说要取他的东西而又胆敢事先明言，这简直是把他和尚当作儿戏，这人真是欺人太甚！我要指定一项难偷走的，看你有多大本领？于是说："你若偷得我圈里的肥猪，我才佩服你！"谎江山欣然答道："三天内我来取，一言为定。"

当天夜里，谎江山到了庙里大殿上，爬上大殿上的横匾后睡觉。和尚呢？黄昏时就点上四支蜡烛，插在猪圈四角上，手拿禅杖坐守。守到半夜，和尚有了倦意，昏昏欲睡，他打了几个呵欠，心里思忖已经半夜了，没有任何动静，那谎江山小子可能是故意吹嘘，实则不敢前来！等我回房去喝口酒把睡意驱除掉。他喝着喝着，不觉伏在桌子上进入梦乡……等他从梦中醒来，忙走到猪圈去看，猪已不翼而飞，猪圈里空空如也。

第二天，和尚来找谎江山，厉声责问："你欺人太甚！怎敢把我的猪也偷来了！"

谎江山悠闲自在反问："怎么？你说话不算数呀！我是照约而为，按议而做，这有什么欺负你的，难道你说的话都忘掉了。"

"你若不退还，我把你这里打得稀巴烂。"和尚耍起横来。

"你要活猪是没有的，要肉倒可给你一块。"说完从橱内取出一大块熟猪肉来，递给和尚，接着说道："按约捉你的一头猪，这有什么了不起，就是你身上现穿的衣裤，三天内我都要取来，那你将怎么办？"

和尚气得怪眼圆睁，怒吼："罢！罢！罢！气煞我也，好好！三天内我等你。"

谎江山笑笑说："决不失言，三天内我定来笑拿。"

和尚边走边想:"衣裤在我身上,三天内我日夜扣好捆牢,不换不洗,看你这狂徒怎么来取?"

和尚回到庙里,检查了所有庙门、窗户,看看是否损坏,牢固;又巡视四周围墙,是否完好无缺。他回禅房内吃了饭,喝了酒,坐到三更,把禅杖腰刀放到枕边,便和衣而睡。老谎乘和尚睡时把原先准备的一筒子跳蚤、虱子放在和尚床上。五更过后,和尚觉得身上跳蚤、虱子特别多,满身瘙痒难忍。他想到盗衣的事,又不敢解下衣裤来捉,只有忍受了事,可是一点也睡不着,人疲倦极了。

第二天白天,他本想午睡以养神,偏巧几个香客来上油完愿,定要他陪示仪礼顺序,因多喝了酒,晚上确实无法支持,便闭门上闩,和衣就睡。没睡多久,就听到呼噜呼噜的鼾睡声。谎江山乘此机会,把棉竹箨毛撒入和尚衣裤内,再用竹筒装上人粪由裤管喷入屁股裤裆。和尚从睡意中朦胧觉得身上跳蚤、虱子太多,稍清醒,更觉自己漏屎,洒满裤裆了!衣裤不能再穿了,只得解下来赤条条的睡。和尚怕谎江山来偷,就用一条长绳一头捆牢衣裤,另一头捆在自己手腕上。他认为谎江山来偷衣裤,必然会牵动他。天大亮,和尚醒来一看,绳索被剪断了,衣裤不见了!他去打开衣箱,里面仅有一条裤子。

和尚赤着身子来到谎江山家里,见他正与邻居们喝酒吃肉。和尚怒目大骂:"你这梁上君子,把我的衣裤都偷完了,害得我全身只穿着一条裤子,快把我的衣裤退来!"

"要我退你的衣裤,得有一个条件。"

"什么鬼条件!"

"必须当着众人认输,若不这样,就连你本人我也要偷过来。"

"扯谎!你不能欺人太甚,我不是死人,轻易让你偷来!"

"现在不必多说,我先退你一件衣服,莫让你赤身露体的走着。余下的暂寄我这里,等我偷得你过来,一并再退。"

"好,我在庙里等你……"

一天过去了,两天过去了,没有什么动静,和尚得意地想:"谎江山这个高傲狂徒,这次他言过其实,必定是不敢来了……"

第三天,白天仍然没事。当夕阳衔山,宿鸟归林,炊烟四起,客去庙空时,和尚吃了晚饭，点了满殿香烛，手拿禅杖，俨然坐在大殿上。一更、二更、三更过去了，平安无事。五更来临，和尚觉得有点睡意，他正想舒展一下手脚，突然锣声当！当！当！……响个不停。锣声一停，就听到谎江山的挑衅声："和尚！和尚！你出来，老子拿你性命来了……"甚有不堪入耳的骂声。和尚怒不可遏，掀开大门，一个纵步跳出去，"嘶——"一声响，他落入谎江山的网套里去了。他正要挣扎，被谎江山用带齿的铁钳挟住，并将他背回家里来了。邻居们见谎江山背着鼓鼓囊囊的一网袋东西，齐声问道："怎么没把和尚捉来呢？""看！来了！"谎江山把背上的网袋放在众人面前，众人仔细一看，套在网袋内的正是和尚。和尚睁眼看见众人围成一圈，恳求说："各位兄弟！请大家原谅我。我再也不敢持技横行欺弱了……"

从此以后，和尚回山静心修炼，兑现了诺言。

（石仕贞　石兴文搜集整理）

鞭牛上树治恶魔

下江大老王是个有名的恶魔。寨上老大去他家打了三年长工,一个工钱没给,还被整得倒欠了他家的三年食宿费。老大哭哭啼啼回来跟谎江山讲了,闹着要上吊。老谎听后火冒三丈,瞪着老大吼道:"赔了三年长工钱不上算,你还要跟他赔上一条命?咱穷哥们的命就那么不值钱?我不相信他就那么横?我跟你去找他讲理怎么着!"

老大道:"江山呀,背襄衣惹火,你可去不得。那家伙心狠手辣,诡计多端,有权有势,你斗不过他的。身在矮檐下,怎得不低头?咱就认命吧!""斗他不过?我就不相信他比老虎还凶,比鬼还狠!"老谎牙齿咬得咯嘣嘣地响。老大无奈地说。"老虎虽然凶,不会使奸弄诈;鬼魅纵然狠,可是两眼昏花。那老贼满脑奸计,一肚黑肠,连骨头都是黑的,喂狗不吃,你斗得过!?更何况狗仗主势,他沟通官府欺天霸道,鱼肉百姓,是臭名远扬的土恶蛇,鬼见鬼也愁。筷子橇楼板,你拗不动他的!""我不相信蚂蚁搬不动他这块臭骨头!"老谎说着,打点个小包裹,扛着扁担,大步流星去下江了。

大老王作恶多端,坑害拐骗,没有人愿为他做事。眼下急需帮工,正愁雇不上人,老谎自己找上门来,正是癞子脑壳——巴不得。当下满脸推笑,甜滋滋地说:"大哥也许不晓得,我们王家一向公道待人,有事工钱出得高,工夫轻巧,又不分远近里外,来者都是客,一概包吃包住。做工大哥来了都舍不得走呢!只是在我家做工有个条件,要立合同。答应得了你就留下来;答应不了,你就别处发财。不过,你若是依了,包你三年五年不肯撒手呢!"

"什么条件,说来听听。"老谎说。

"说来也容易。"东家说,"干我家的活,必须门门在行,样样能干,不可推诿不干。若有不做的,扣全年工钱,还要付清本年的食宿生活费!"老谎说:

"当得，当得。吃人家的饭，挑人家的担；用人家的钱，凭人家盘，哪有白吃白用不干活的。不过，我出门干活也有个条件，不知东家能不能答应？若能答应，任凭差遣，倘若干不下时，任打任罚；若是不能答应，那就另请高明，在下决不会赖着不走。"东家颇感意外地说："做小工也提条件，这倒是第一次听见。愿闻其详。"老谎说："东家要做的我去做了，决不能反悔不让我去做；倘若反悔阻止就要反罚的，也是除发足当年工钱外，罚加付一年工钱并付住宿生活费用。老头心里暗暗想道："反悔？我不让去做？可笑，可笑！只怕你自己做不了呢！"当下应道："好极，好极！这个条件提得好极了！你做不来我罚你，我不让你做你罚我。有往有来，合情合理，就这样吧。"当下两人立了合同文书，各自画押已毕，老谎就在王家上工。

一晃到了初夏，东家墙外一株古榆长满了青翠的绿叶，嫩色欲滴，清芬四溢。一天大早，老东家王公喊道："江山，趁着早凉，把咱家老牛牵上树去吃嫩叶子吧。"老谎爽快地答应道："好哎！"随即拴了鼻绳，打开牛圈，把牛赶出来牵去老榆树下拴着，笑嘻嘻地说道："哎，真好一树嫩叶，够吃三五天呢！"一面赶着老牛说："伙计，上去吧，不吃嫩叶，更待何时？"那牛呼呼地嘘着粗气，围着老榆树转，只不上去。转过来，转过去，何止半个时辰，老牛怎么也不肯上树。老谎火上来了，回转身扛了架木梯来，把牛鼻绳高高拴在树杈儿上，举起牛鞭抽着老牛喝道："老东西，不吃敬酒吃罚酒，头也抬了，梯也架了，还不上去要等什么时候？唧唧咕咕，边咕哝边抽打，越咕哝越上火，越上火越有气，那鞭子也越抽越重，越抽越紧，一鞭狠似一鞭。那牛被高高地吊着头，上，上不去，跑，跑不了，摆尾蹬足，以角觚树，只想挣出去却怎么挣得脱？老谎一鞭接着一鞭狠狠抽在牛身上，一鞭一道血痕。东家老头看着痛心，走过去说："哪有你这样打牛的，它就不痛么？"老谎气唬唬地说："老东家，这么鲜嫩叶子，它就是不肯上树去吃，你看怄人不怄人！"老头子瞪着双眼气鼓鼓地盯着老谎只不出声。老谎气往上冲，咬牙切齿举起鞭子边抽边骂："老杀才，给脸不要脸，成心气死我么？不信我就治不了你！"一连几鞭，鞭鞭见血。老头再也忍耐不住，喝道："住手，不许你这样打它，你见过牛上树吗？"老谎说："别人家的牛不上，你老人家的牛也不上树？我就不信！"说罢又打。老头厉声喝道："你见过我家的牛上树了？混帐东西！把它放开！""您老人家不让它上树了？""嗯，赶快给我解开！牛赶牛，一对蠢货！""是，是。"老谎解开牛，走到老头面前。笑嘻嘻地说："老东家，这可是你不让我做的啊，该罚不该罚？""哼！"老头哼了一声，牵着牛，恨恨地走了。

老谎赶快追问道，"老东家，你不按文书合同做，该给我再加一年工钱和生活费！"

"你，你你，你给我滚，滚，我再也不要见到你了！"老头气得发了疯，一个劲地撵他滚。老谎不恼不气，心平气和地说："老东家，我还有几个月的工夫没做呢！""滚，滚，你给我滚！老头口吐白沫，挥舞双手，瞪着眼珠叫骂，一口气接不上来，白眼珠一翻，呜呼哀哉，上西天去了！"双脚踏上幽冥界，两手空空不再来！

（田彬搜集整理）

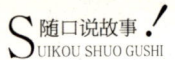

巧对吝啬鬼

谎江山离开下江大老王后,去西山老李头家。老李头是个十里八方特别有名的吝啬鬼,从来没出过门,对于世面一窍不通,可爱财如命,惜土如金。为了发财一味地尖酸刻薄,小气得简直是吃鸡不拔毛,灌肠不挤屎的守财奴。

老谎跟他去翻地,还没动土他就交待:"黄土贵如金,它可是咱的命根子啊,翻的时候要特别小心,不可往下滚,也不能往外翻,土落坎外难归家,水流东海不回头,要千万细心细心再细心,宁可保土慢三分,不可丢土快一厘……"啰啰嗦嗦,没完没了。翻的时候,只要有一块土滚出去他都要捡回来啰嗦老半天。老谎见他迷磨小气,故意把土块拉出往外撒,忙得他上上下下跑不赢,一个劲地埋怨:"不养儿不知父母苦,不当家不晓得柴米贵。不是你身上的肉,割了不觉疼,是你头上发,一根也舍不得拔。你晓得我这土巴是多少汗水换来的?这么大手大脚,不痛不痒!"老谎说:"东家,我倒有个法子,保险寸土不丢,只是累点、慢点,你可愿听?"老李头说:"只要保住土巴,累点慢点算什么,你就讲讲,什么好法子?"老谎说:"咱们现在从上往下翻,人在高处,土在低处,自然往下滚;如果换个位置,从下往上翻,地在高处,人站矮处,锹锹往上垒,看它还能往哪里泼?"老头摸着脑壳想了一大阵子,点头道:"好,好,就这么办!"

两个换了位置,老李头站在下边高高举着铁锹翻地。翻呀翻,哪里翻得动?一连三天,累得老李头腰酸腿痛,浑身无力,动弹不起,躺在床上无奈地说:"江山,你去翻吧,千万别泼掉土巴啊!"

老李头要改土开田,挖高填低,搬掉石头。那老头工夫过细要求严,挖地三尺不算深,留下一颗蚕豆大的石子也不行。取石头时,老谎挖,他就捡,装满撮箕老谎来担,你说他鬼不鬼,奸不奸?老谎心里早有打算,眉头一皱,计上心来。不挖碎石翻大岩，翻出大岩头两人担。套索套在石头上，杠子攥在手里边。老谎手拿杠子往里穿，一头长来一头短。短的一头让给老东家，长的一头自己扛上肩。满脸堆笑喊东家，"你老人家年岁大，扛短头，轻巧点；我年轻体壮有力气，长的一头我来担。"东家听了笑嘻嘻，连夸"这个娃儿心踏实，懂礼数，敬老尊贤挑重担！"东家试担子，越扛越觉沉，三脚两步就不行。"哎哟哟，我的天，你老人家再近点，杠子往我这头伸，千斤重担我担承，理应顾老人，略表一片心！"嘴巴甜蜜蜜，满脸笑嘻嘻，越让越长越开心，老谎扛着石头步如飞；老李头，喘吁吁，摇摇晃晃汗如雨，腰腿酸软眼发昏，走不动，扛不起，哎哟哎哟直哼哼。工夫做不长，李头累倒床，架上老牛来帮忙。石重路不平，洼洼又坑坑，半天拉一趟，一天装两回。老谎落得自在，李头不放心，三天两头跟着盯，老牛在前人在后，一个拉来一个推，哆吱咯吱慢吞吞。"这样下去怎能行，我得想法整一整！"李头强来撑，自个儿牵牛长工推。拉呀拉，推呀推，号子一声又一声，老牛躬腰曲着背，细嚼慢咽在出神，谁说对牛弹琴白费劲，原来老牛是知音！"哒叱"李头扬鞭一声喝，"咯嘣"一响断了牛耙藤，工夫做不成！老牛解柮去吃草，谎江山四处去把藤儿找。东看看，西瞧瞧，这山找，那山找，日头落西月出东，无可奈何收工了。李头问老谎，"这事怎么好？"老谎笑盈盈，"东家请放心，听我说分明。俗话说得慢工出细货，三天搓根牛耙藤，功到自然成。"

第二天，李头去帮忙，他牵鼻子老谎推，拉拉扯扯搞不清，一步三退不前进，李头好焦心。老谎又来出主意："老牛鼻子硬，犟性还欺生，牵拉它不听，你老坐上车，抽它几光棍，看它使劲不使劲！"李头点点头："这话在理，就这样吧。"李头坐上车，一手牵鼻绳，一手拿鞭子，满车石块沉又沉，再加一个人，老牛拉不动，呼哧呼哧喘粗气。老谎后头推，哼呀嗨哟喊出声："嗨哟——加油，哼呀——使劲！搬岩哟，把土清，开出大田把产增。人吃谷米牛吃草，人笑牛欢两开心。咦呀咦子哟，好呀好开心！"

"叭！"一鞭抽在牛身上，李头发了狠。老牛猛一惊，双脚跳起往前挣，扑地跪倒失了蹄。车子翻下大坎里，满车石头噼哩啪啦滚了一大地！老谎傻了眼，李头丢了魂，不幸之中又大幸，有惊无险没死人，祖宗有德没报应！

大田没开成，急呀急煞人！

四月里来插秧忙，老谎忙着犁耙顾不上。稻秧满了月，李头好心慌。白工眼看喊不上，请零工，要花钱，好比刀子扎进心坎里，老李头又是疼来又是伤，哎呀我的妈！

日月如梭岁如流，不请零工没搞头。李头想来想去想不通，无可奈何他请了几个四邻五舍远亲旧戚的婆娘儿女来顶充，两人算一工。骄阳高照正当头，零工们又饥又渴满身大汗如水流。晚风吹动日落西，李头提着桶清汤寡水的"稀饭"来到田头声嚷嚷："日头如火干饭难咽，大家伙喝口汤，又解饥渴又解凉，吃饱喝足好插秧！"人们肚子里窝着一腔火，个个心里直骂娘，断子绝孙的没有好下场！好老谎，有主张，挑着撮箕来送秧，一手一个抛得准，个个抛向田中大鱼娘。鱼群挨打惊魂散，冲波激浪各奔开。"哦嗬！"大伙欢叫"口福好鲤鱼现身送菜来！抓抓抓，快快快！"满田的婆娘儿女乱套啦！噼哩啪啦去抓鱼，浪花到哪扑向哪。七手八脚乱抓扒，你呼我应乐哈哈。浪花冲散稻秧把，刚插下的秧苗七零八落浮上水面似飞花！老李头骂也不是，哭也不是，有苦难言脸皮皱成老苦瓜！

插秧过后又打谷，零工难请李头急得哭。打架不如先动手，我李头岂能捆着手脚白等死！说打就打说干就干，我要做个样子给人看。老李头，背上开得车，不是那孬汉！老李头果然小气吝啬又刻薄，又要马儿跑得好，又要马儿不吃草他划得着。北山冲里稻子熟，他带着老谎鸡叫头遍去打谷。不吃不喝不歇气，从鸡叫一直打到月亮出。山路难走月色昏，坑坑洼洼看不清。李头挑着谷担前头走，老谎摸摸索索后头跟。李头他摇摇晃晃腿直抖，老谎他不声不响慢悠悠。走了一程又一程，上坡下坎路难行，又累又饿走不动，老李头一跤摔倒跌下坑。箩索挂在刺篷里，满箩稻谷岩窠里倾。嘴里还叫"江山慢走莫粗心！""东家泼谷子喂雀鸟积阴德，帮工的人没这度量不敢跟，谷担留在田坎上，东家老人你莫操心！"

"你你你……好哇！我……我我……赔了夫人又折兵！"老李头一声长叹不言语，灵魂儿飘飘荡荡，荡荡飘飘，恰好似盏昏昏惨惨风下灯！

（田彬搜集整理）

百年之后给赏钱

一先生，自称精通先天神数，善断人生吉凶祸福，不准不要钱。老谎请他替自己算算。报罢生辰八字，先生掐指推算。只见他时而皱眉，时而微笑，时而凝思，时而摇头，好几次欲言又止，最后说："你的命不要算了！"老谎摸摸口袋，说："那就送算金吧。"先生摆着脑袋说："算了吧，这种命照例不收算金的。"老谎笑问"何故？"先生说："不收就不收，何必问缘故！""难道没有算的了？"先生点头不语。老谎说："请问如何死法？"先生皱着眉头说："难过九月金秋，必定死于刀剑之下。从命相看，本命属木，生月属金，生日也属金。金克木，在凶！两金克一木，躲得脱吗？九月金秋，难过九月这一关啊！"老谎听了哈哈大笑道："有道理，有道理。推得准啊，推得准啊！我只好回去准备木头了？！"在旁边看热闹的说："你真的相信？""先生的话能不相信！"先生捋着胡子，点点头说："万般由命不由人。命相如此，八字生成，信不信都一样！人生一个圈，生死在里边；哪个跳得圈圈过，不是神来也是仙！"人们将信将疑，悄悄议论。老谎说："先生讲的极是，大家何必生疑。"大家说："何以见得？你倒说说看！"老谎伸出三个指头说："先生嘴里一把刀，十个碰着九个糟；先生嘴里一把剑，十殿阎王见九殿。怎么不准！"先生勃然变色道："你说我，我是骗人？"老谎说："我不过据实而论，先生何必动怒？何况，人命在天，难道是先生强扭得的？""不通，不通！"先生说，"说你不懂你偏要充着懂。这命运虽说天定，关煞却是可以解和的。顺天者存，逆天者亡，以顺解逆解逆为顺，何事不祥！"老谎霍然道："可以解得的？""解得的！"先生说。"何人叫解？""随你所愿。""先生能吗？""何事不能，当然可以！""救人一命，胜造七级浮屠。就请先生解救解救！"老谎说着从腰间掏出一锭银子来说："果然灵验，请以手中银子为谢！"先生笑嘻嘻地说："可以，可以。我的解数是百灵百应，远近闻名的，但请放心，保你长命百岁,无灾无难!"说罢从被囊里取出香纸笔墨,如法祈禳起来。事毕,伸手请赏。老谎笑眯眯地说:"不是说灵验给赏钱吗?等我百年以后再说吧!"说罢,拔腿走了。先生伸出去的手收不回来,呆呆地瞪着老谎半晌说不出话。"哈哈哈哈!"看热闹的人,一阵狂笑。

(田彬搜集整理)

五代荣禧再付金

张铁嘴,自称天传诸葛孔明、刘伯温先生神数,前推五百年,后推五百岁,人生休咎,子孙荣枯,洞若观火,毫发不差。所到之处,观者如堵,号为神数张仙。

一日,谎江山从摊前走过,先生老远地抬头呼道:"过来,过来,给你算个八字。"老谎问道:"怎么算法?""先看准头,何必问价。"先生说,"本师定例,不准不要钱!""那就算吧。"刚刚报完八字,先生悚然起立,双手打躬,贺道:"恭喜贺喜,贵人八字生得好,生得好呀!老夫算命几十年,今天才碰上这样金贵好命!"随口赞道,"此命生的好,百年碰不到。将相连五代,子孙坐当朝。骑马走天下,青史姓名标。一命抵百命,福大寿更高。逢此命者,当收算金纹银七十两,贺金五十两,观者同贺一两!"老谎听着拍手称赞道:"好,好,不愧铁嘴先生。本人倍感殊荣,愿赏黄金百两,也请大伙每人赏光纹银五两。五代荣禧,万世所修,邻里增光,河山焕彩,哪得不贺!"

观众拍手笑道:"是呀,是呀,五朝元老,可喜可贺!就是赏赐千金也是值得的。我等同喜,敬贺十两为先生洗耳恭听,各位务必乐助,万勿推诿。这笔银两请先生三百年后,灵验了再来领取吧!""哈哈!"人们一阵哄笑,纷纷散去。

(田彬搜集整理)

不哼不哈破先生

"老谎连破算命先生,大伙儿都说他比张铁嘴还要铁嘴,只要他一张嘴,先生准倒楣!"老谎笑着说:"照你们说来是我多嘴的不是了,下一次我就不开口了!"大伙说:"你真是金喉咙,还要'下一次'呀!"

村里来了算命的,果然老谎又去算了。报过生辰八字,先生排了四柱,推算起来。

先算流年。先生推算了一番,断他五岁时有一关:"不见红,要见疤,无红无疤养不大。是吗?"先生问。老谎闭着嘴,不置可否地挥挥手,往下算。过了一会,先生又说十五岁有一关,"不死要脱一层皮,家里必定当灾星!"断结又问:"有没有?"老谎还是手一挥,说了两个字:"算吧!"再过一会,先生又说:"二十五岁有一运,必得大钱大米。钱过百吊,米过百斗。应吗?""算吧"。先生改推子嗣:"此命该有三男一女。"先生说着瞪了一眼老谎,老谎不说话。"先客后主,女命在前,男命在后"。先生又瞪了老谎一眼,老谎还是不说话。"应有两个外孙,一男一女。"老谎仍然闭着嘴巴。"老二先得媳妇,老大见孙在先。"老谎还是一言不发。先生转谈灾异:"这两年,你家必有灾异",先生说。老谎静静地听着,不哼不哈。"去年八月,雀飞入室,蛇藏柜内。见吗?"老谎不答。"今年五月,大风吹断房后椿木一根,打折檩子一根。这是五鬼作祟。"老谎闭着双眼,似睡非睡,默默坐着。先生见他不言不语,不问不答,似理非理,心里不舒服,大声说:"前天早晨,出门先遇见女人,不蚀大钱大米,恐遭杀身之祸;先碰见男人,必定招财进喜,近年内要添人口。你先碰见哪样?"他又不答。先生忿然站起来,骂道:"问也不问,答也不答,你是块木头,还是个哑子?这个命要算不算?要算就讲话,不算就拉倒!笨木头!!"

老谎不怒不笑,正儿八经地说:"我就是块木头,什么都不晓得,才请先生推算，指点迷津。什么都晓得了，还请你做什么！"先生干瞪着眼说不出话来。大伙拍手笑道："真神！真神！神死了！"先生抬头四处张望，喃喃地说："神啊？谁——"

(田彬搜集整理)

对辨生世退神相

一先生，看相为业，不知姓名，外号"神相子"，自称能断人三世，如若不准，三倍退还相金。谎江山听说，打扮济楚，前去会他。

见面之际，相视一顾，俱各一笑。先生问："客官看哪种相？"老谎说："手相面相都看"。先生说："所求何事？"老谎说："问前世因果"。先生把手相、面相详细看了，闭口不言。老谎开口问道："先生有何明示？"先生瞭了他一眼，低下头去，仍不开口。老谎说："请问先生有何难言之处？"老生踌躇再三，还是不说。老谎笑道："先生这样，有愧雅号了，再见吧！"起身要走。先生拉住道："客官请坐，再下所以不讲，不是不知，恐怕尊驾接受不了啊！"老谎说："生命之事，荣辱之道，苍天所定，跟说有什么关系，先生直言无妨！"先生说："客官前世，颇为不美，恐伤雅性，还是不说了吧！"老谎大笑道："大丈夫立身行事自当勇于自任，今生者我，何关前世！先生知而不言，何必妄称断人三世？告辞了。"就要起身。先生说："既然如此，在下得罪了！观贵客两相前生决非善良之辈，罪孽深重，今生不解后世苦不堪言啊！""后世如何苦难，今生怎样禳解？先生明以告我！""这个吗，"先生说："上天之道，嫉恶如仇，从善如流，给人以路，容人悔改。所谓丢下屠刀，立地成佛。就看客官您了！"老谎说："悔改之事如何？"先生说："理有一种，路有三条，不知客官走哪一条？"老谎说："哪三条？"先生咳嗽一声说："第一，血债血还。客官今生不回头，来世变猪羊马牛，难免一刀之苦！""那第二呢？"老谎问。"第二嘛"，先生说，"皈依佛门，行善积德，扶贫济困，破财抵债，化解冤孽，必获大昌！""第三条如何？"先生说："第三条路，乃折中之路，客官可照前世杀人之数，买下同样多的牲畜做替身，举办义市，把肉施舍于人，可以抵罪！""可以抵罪？"老谎问。"可以抵罪！"先生答。"果然抵得？""当然抵得！""那就走第三条折中的道路吧！"

两人讲得吓人，过路人都围过来旁听观看。

"可恨我吃了朦胧汤，记不清前生的事了！"老谎慨叹道，"这却如何是好？"先生说："这个好办，尊驾只要请个先生走阴查明就行了。""远求不如近请，那就有劳先生如何？"老谎说。先生答应道："举手投足，成人之美，何劳之有，在下情愿效劳。"不知先生如何查询？老谎问。"尊驾不必担心，山人自有妙用？"

"不过，敝人倒想亲自会会那些变成了畜牲的凶手们，听听它们的意见，以免累及无辜，再种孽果，徒增罪孽呢！"老谎说。

"断无此事，断无此事！"先生决然地说，"在下做事从来都是谨慎小心，言必有据，事必有因，决不马虎草率，拖累尊驾的！"

老谎笑道："好，好，这样我就放心了！只怕刀心不似刀口，刀行不像刀手，那就没法了结了！"

先生变色言道："客人何出此言，我神相子拿得起，放得下，如果错及无辜，来世变猪变羊，还它一刀便了！"

"口出誓言，苍天有鉴，"老谎说，"先生可不能信口开河，自寻罪孽啊！"

先生大叫道："客人何出此言，我神相子上通于天，下达于地，交通神鬼，向来替人化解冤孽，指点迷津，积德行善，普渡众生，哪里来的利名心！"

老谎笑道："这就由不得你了，我昨夜梦见神灵指示，特来相救于你，你可千万不能执迷不悟，致落苦海，下辈子变猪变羊啰！"

先生怒道："哪里来的野蛮子，竟敢信口雌黄，诬蔑于我！"

老谎说："道兄，你我本是一家，大家彼此彼此，怎么只许你乱说人家三世，容不得我断你下辈子的前程呢？如此僵化，不识变通，只怕来世难免转入畜道受苦啊！"

先生气得脸色发青，大叫："你，你你，说我来世变猪变狗，有何凭证。"

老谎说："你我都是同道中人，怎讲这不识进退的话？岂不知冥冥中事原来渺茫，说有便有，说无便无，全在一念之中，何须凭证，若不相信，我保管你只要一死，立刻就会变成一头大肥猪，难免那一刀之苦！"

先生叫道:"谎言,谎言,一派谎言!岂有无凭无证妄言他人身世休咎的,我不信,我不信!"

"信不信由你!"老谎微笑道,"事实总归是事实。我请大家作证——这里围着看热闹的里三层外三层,密密麻麻,水泄不通。"老谎对大家抱拳一躬说:"各位大爷大娘,父老乡亲,在下这厢有礼了。先生死后,如果不变成猪狗畜牲,烦劳诸位把我抓去交给官司定罪。不知众位肯作证否?"

"愿意!"四周异口同声地答应了。老谎笑嘻嘻地说:"道兄,放心了吧?请你即时死去,事情自会见分晓的。我决不逃跑!"

观众齐声附和说:"神相子,死吧,死吧,你就去死吧!果然前世无冤无孽,清白一生,天公自有报应,你还犹豫什么?来世不变猪狗,我们绝饶不了这个家伙,一定会给你一个清白的!去吧,去吧!生死之间,真伪立见。你去死吧!"

先生瞟了周围一眼,千百只眼睛盯着他,不由得全身瑟缩起来,愈变愈矮小,愈变愈矮小,矮小到无地自容。一声不哼,卷起包袱,灰溜溜地走了。"哦嗬!"身后传来一阵震天动地的吆喝声!

(田彬搜集整理)

第四辑 | 谎江山与魔鬼蛇神

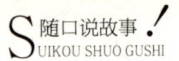

粘套戳歹鬼换装治阎王

古时候，湘西苗寨有个员外，横行乡里，欺压百姓。有一回，恰巧碰上爱打抱不平的谎江山。谎江山运用计谋活活把这个员外气死了，给穷人出了一口气。可是那员外死不甘心，到阴间阎王殿告谎江山的状。阎王便派了两个小鬼到苗寨来捉拿谎江山。谎江山知道了，便抹了一脸锅烟子，取了两张兽皮，在灶门前烧火等着。两个小鬼来了，谎江山便迎上去说："哈哈！你俩来得正好。玉皇传旨要我剥四张鬼皮，如今已得两张，还欠两张，今天你俩送上门来成全我，真是难得啊！"说完，他手举菜刀就朝小鬼砍去，吓得两个小鬼屁滚尿流，逃回阎王殿禀告阎王去了。阎王到玉皇那里查问，才知道根本没有此事，晓得上了谎江山的当，因而十分恼怒，便派了一个素称厉害的尖屁股鬼前来捉拿谎江山。

谎江山早就有了准备，他想了一个对付的办法，在碓礅里放了许多枞树胶，又到市场上买来了酒肉，摆在桌子上，另外还用红纸包了几个封儿。一切准备就绪以后，尖屁股鬼来了。那家伙怒发冲冠，屁股尖尖的，手里拿着捆人的铁链子，样子十分怕人。谎江山见了毫不惧怕地笑着说：

"你莫发那么大的火！见你驾到我还敢不听从吗？请坐一坐，吃点我特意为孝敬你的酒菜，再押我去阎王殿也还不迟。"

谎江山就搬出碓礅请尖屁股鬼入席喝酒。尖屁股鬼见那碓礅中间有个坑窝窝，正好容得进自己的尖屁股，坐下以后十分舒服；又见桌上摆着丰盛的酒菜和红纸封儿，心中不觉欢喜起来。谁知这一坐上，屁股就被枞胶粘住了，扯也扯不脱。这时，谎江山手握一根硬木扁担朝着尖屁股鬼一阵猛打，打得尖屁股鬼哭爹喊娘，拼命挣扎，拖着碓礅东倒西歪逃回去向阎王哭诉。

尖屁股鬼被打走以后，谎江山经过推测，断定阎王要派牛头鬼来，因此就凑着妻子的耳朵，告诉她一个主意。

牛鬼头奉了阎王之命来谎江山屋里。谎江山的妻子告诉他，谎江山到对门坡上犁田去了。牛头鬼二话没说又赶到对门坡，只见谎江山正赶着一只山羊，扶着犁在那里耕田。牛头鬼手握铁链，火冒三丈地朝着谎江山大吼起来：

"呔！谎江山，你有多大本领？我老牛爷今天倒要尝一尝你的厉害！"说完，舞动铁链，就要下田捆人。谎江山一点也不害怕，他停住犁，吆住山羊，笑嘻嘻地说：

"牛将军，尖屁股鬼的话是信不得的。他先头在我这里还骂你呢！讲你比不上他的力气。我想世上哪个不晓得牛将军力大无穷，所以才狠狠地打了他这个目中无牛的家伙。再说，我晓得今天牛将军来传，我是躲不过的，不过我被抓走了，家里的田地没人耕种，所以向你求个情，等我把这块田犁完，再回去搞餐酒肉送你吃再走也不迟。"一席话使牛头鬼心花怒放，便答应了谎江山的央求。谎江山又说等回家时再送他几锭白银作为酬谢，牛头鬼更是乐得合不拢嘴。

牛头鬼见谎江山赶羊犁田，半天犁不了一步，眼看日头偏西了，心里着急，便走下田去要帮忙犁田。谎江山见牛头鬼下田，心中暗喜，这家伙中圈套了！就不动声色地说："这就不敢当，委曲牛将军！"边说边解下羊身上的绳索，往牛头鬼颈子上套，并且捆得扎扎实实，紧紧绑绑的。然后，谎江山脸色一变，抖起神气来，他举着鞭子朝牛头鬼使劲抽打，边打边吆喝：

"走！快点，死牛的！走得这样慢！"

牛头鬼知道受骗了，又累又气地说："谎江山，你竟敢打起牛大爷来了！"话还没说完，又遭谎江山一阵乱鞭。谎江山气愤地吼道："不教训你们这些狐假虎威的东西怎么行！"接着又走到田坎边拿来锄头，对着牛头鬼又是几锄头脑壳，打得牛头鬼拖着犁连跌带爬地逃回阎王殿去了。

阎王听完了牛头鬼的禀诉以后，心中好像火上浇油，立即派了马面鬼前去捉拿谎江山。谎江山同样又早有准备。马面鬼来时，他正泡了些黄豆在屋里灶房推磨做豆腐。马面鬼一走进屋，露出青面獠牙，把铁链子"啷当"一声丢在谎江山面前，气势汹汹地说：

"谎江山，你有什么臭本领尽管耍出来！不然的话，我老马要动手了。"

阎王殿上众鬼的狰狞面孔，谎江山早就见惯了，自然是不怕的。他舀起一钵头豆浆，放了点糖，端到马面鬼跟前请他喝，并且笑眯眯地说："马将军，你天下无敌，威震四方，只怪你们那个牛将军目中无你，我替你老人家不服，才打走他的。现在，我求你等我推完豆子再押我走，因为我一家老小靠做豆腐生意过日子。"谎江山的妻子也出来说："等会煮熟了鱼肉，请马将军喝两杯再走。"马面鬼听他夫妻二人这番话，心里头甜滋滋的，自然答应了。但是马面鬼性子急躁，他嫌谎江山磨子推得太慢，就说："嗨，力气这样小，还配称你谎江山，我来推，显一显老爷的功夫。"谎江山见马面鬼又中计了，心里十分喜欢，就先夸奖马面鬼一番，并说如果在屁股后面撇根木杠，磨子可以推得更快，更加可以看出马将军力大无穷。马面鬼听了当然高兴，一切听谎江山的摆布，不仅撇了一根木杠，眼睛也用一块黑布蒙住。他推着磨子转了几圈，累得气喘汗流。这时，谎江山拿来一根早就准备好的茅扦（挑柴草用的木棍）对着马面鬼又是打又是戳，边打边说：

"今天知道厉害了吧？回去叫你们阎王来！"说完又是几家伙，马面鬼拼命挣扎，最后把磨子也拖倒了，狼狈不堪地逃回阎王殿。阎王原来满以为马面鬼定能捉来谎江山，不料又同以前一样，所以当即怒气冲天，暴跳如雷。他立即坐着大轿，带领众鬼鸣锣开道，威风凛凛直往谎江山屋里而来。

谎江山早有准备，他坐在屋里搓草绳子，见阎王那副怒气冲冲的样子，便走上前去相迎。阎王下轿，指着谎江山破口大骂，牛头马面以及小鬼上前就要捉拿，谎江山脸不变色心不跳，指着手中的草绳对阎王说：

"慢点，慢点，阎王老爷，我讲句话再走也不迟。您老人家今日动驾，我哪敢不去，其实您不来，我也准备来阎王殿投案。我打算先骑我那匹飞天千里马去找些珠宝，再来向您老人家请罪。如果你们今天把我捆了，我就走不动了，珠宝也就取不回来了。"阎王一听有飞天千里马，心中就想抢到手，忙问谎江山马在什么地方？谎江山指着猪圈里一头猪娘说："那就是千里马。阎王爷，这马看起来不像样子，骑起来可跑得快啊！我打岩头，它撑过日头，不要一天工夫，它能跑遍普天之下。"阎王听他这么一讲，便要去骑一骑试试看。谎江山便说：

"您老人家既然看中这匹马，我就孝敬出来，不过这马认生，非得戴我的帽子，穿我的衣服、鞋子，它才能听使唤。"阎王要马心急，便同谎江山避开众人,到柴屋里斟换了各自的衣冠。

阎王穿好谎江山的衣服以后,爬进猪栏,猪娘见来了生人,乱叫乱跳起来,阎王要骑总是骑不上去,还被猪娘一嘴打困在猪屎堆里。再说谎江山穿了阎王服装出来,坐进那台大轿里,喝令牛头马面及众小鬼说:

"谎江山为何不见!你们进屋去给我押出来!"那些王八鬼怪便蜂拥入内,从猪圈里把阎王七手八脚捆出来。阎王挣扎着骂道:"你们疯了,竟敢捆起我阎王来了!"谎江山学着阎王的神气在轿内吼道:

"混帐王八蛋,还敢冒充阎王!众兵将少同他啰嗦。"说完,伸出手来挥了一挥,众鬼便抬着他,押着阎王走了。

回到森严的阎王殿,谎江山喝令阎王跪下,威严地指着殿下跪着的阎王痛骂:

"你这个害人的魔鬼,今日你的末日到了!来,与我打,重重地打,狠狠地打!"牛头马面及众小鬼便一齐动手,不一会儿工夫,阎王就没有气了。

(原载1980年《湘西民间文学资料》　周文光搜集　剑慈整理)

打鬼抽筋编草鞋

黑天半夜，谎江山穿着一双新打的麻耳草鞋，"嘎吱，嘎吱"地走在阴山的峡谷小道上。人们都说那阴山峡谷里鬼多，夜里不可通行，有好些人在那里着了套儿，花了一头小牛犊赎魂才脱身呢，劝他不要去找虱子抓。老谎偏不信邪，说什么人怕鬼，鬼更怕人。人软三分，鬼硬七分；人硬两分，鬼软八分。窝囊废才怕鬼呢，男子汉怕什么鬼？我正想抓它几只去城里换几吊酒钱呢！

阴山峡谷又叫鬼谷殇街，是鬼的街市。说起来果然凄清阴冷，大白天雾锁云封，不见太阳，阴森森地就像一座地狱。满谷里猫头鹰呱呱冷笑，好像在勾引行人。听说有个叫巴六庚的莽汉不信邪，就是因为在峡谷里学猫头鹰叫笑，叫那丧门星活活啄死的。

谎江山可不管那些，有道就得走，有肉就得吃，忌什么丧门吊客，说走就走。人死变鬼，鬼是死人，活人尚且不怕，还怕死人么！他一不拿火头，二不打火把，三不带铜牌、铜钱。

他嘴里哼着："后不后，前不前，夜路走了万万千。道上活鬼处处有，死鬼一个不曾见。不曾见，好眷恋，碰见男鬼认老庚，遇见女鬼结做伴，把话串。哎呀哎哎哟，孤身一人好冷谈，好呀好冷淡！"

谎江山昂头挺胸，"嘎吱嘎吱"踏着大步，悠然自得地走着，正好跟一只进峡谷打秋风的饿痨鬼劈面相撞。饿鬼见他面不改色，寒毛不竖，双眼不眨，口哼小调，大步张扬地走着，以为是同道中物，朗声高叫："伙计，半夜三更打哪里来，到何处去？"老谎爽快答道："从来处来，走去处去，问他怎的？""来为何因？去有何事？""来无因，去无事，想来就来，想去就去，自在逍遥，何必动问？请问伙计深夜独行，决非无因吧？"

鬼瞧着老谎道："你说呢？"老谎笑道："说因本无因，我在山中行，猎物自入口。哈哈哈，运气点子！"鬼又看了他一眼，心里嘀咕准是一类，遂回说："彼此，彼此。"于是两个结伴同行，走不过五步，老谎见那口子有形无影，走路没声，神形仿佛，知道是鬼，且不招惹，走过去轻挨了挨，悄声儿说："可听说有个谎江山要来此道，伙计小心别着了他的道儿。"鬼轻轻一笑说："什么谎江山，我正要找他呢。生来，生着吃；熟来，熟的吞。怕他怎的！""伙计果然要跟他作对？""果然要跟他作对。""当真要跟他作对？""当真要跟他作对！"

"嘎吱！"老谎猛蹬一脚。

"什么叫？"那鬼打了个冷颤，不无吃惊地问。

"嘎吱，嘎吱！"老谎连蹬几脚。

"哪样？哪样！"鬼一惊非小，连问几声"哪样"，老谎笑道："伙计怎的，是草鞋叫呢！""草鞋怎会叫？""我这草鞋不是那草鞋"，老谎拉着鬼的胳膊肘说，"乃是奈何桥下鬼皮鞋。白天穿了嘎吱叫，夜晚穿着叫嘎吱。嘎吱嘎吱，嘎吱嘎吱，人听人欢笑，鬼听鬼着愁。龙闻龙褪爪，虎闻虎褪皮，山中百鸟褪毛衣，山精鬼魅听见了，浑身打颤哭凄凄。哎呀我的妈，没命没命准没命，日头从来不出西！"

"有这么厉害？"鬼问道。

"你不信邪？"老谎说，"这鬼皮草鞋呀，本是鬼中之鬼，精灵中的精灵，专门治鬼保佑人。人们穿了四季平安，招财进喜，百年长寿，大吉大利。鬼魅沾了，灵魂消尽，形骸无存，万劫不得翻身，除非让我剥皮抽筋打草鞋，忏悔赎罪。人中王出价三千六百吊，跟我定了五百双；阎罗王听见了，一口气定了一千六百双。每双四千八百吊，现钱现货，分文不少。""他们定那么多做哪样？""这个你去问他们，我只管打鬼剥皮抽筋编草鞋找钱花，是自买自用还是转手倒卖我不管他。""天宽地阔，千山万壑，你到哪里去打鬼？""人有人路，鬼有鬼路，我不走大路走山路，不进京城进鬼城，白天不走夜里走，不找人群找鬼群，专门打听哪里鬼佑人！"

"哎呀呀，我的妈呀，这一回上大当了！"鬼吓得喊出声来，挣扎不已。"你喊什么？"谎江山喝道，"小鬼头！"鬼哇哇叫道："不不不，我不是鬼，我不是鬼，你可不许冤枉好人！"老谎笑着说："怎么，不认帐了？刚才你不是说要吃掉谎江山吗？""不，不，你听走了，刚才我是说要邀他出门打鬼呢！"

"嘎吱！"老谎猛蹬一下草鞋，厉声喝道："你看我是哪一个？"鬼一下子矮了三尺三，抬头望着老谎说不出话来。"呸！"老谎一口唾沫吐在鬼脸上，喝一声："你仔细看准了，老子就是谎江山，你要吃老子的肉，老子先让你喝老子的尿！"说着一把尿劈头劈脸浇下去，饿鬼淋得成了落汤鸡。又是唾沫又是尿，鬼变，变不得，逃，逃不掉，蹲在地下哭着哀求道："老谎爷爷行行好，现在我一身都是臭尿臊，编成草鞋没人要，你就不必剥皮抽筋了！"老谎听了哈哈笑，指着小鬼道："你这个又臭又臊的东西，正好拿去编草鞋，让千人踏，万人踩，哪得不剥皮抽筋？哈哈哈！"

（田彬搜集整理）

巴三赎儿终投谎

巴三伕的独生子小三伕被独角鬼王抓了"肥猪",要价赎金五百吊,限五天内送去三元洞观音岩,过期不赎便解去离娄山骷髅洞穿胸岩受穿胸之苦,百日之内不付赎金就吃了他。巴三得信,焦急万分,五百吊,五百吊值五头大水牯,拾栏大肥羊,一百担干谷啊,怎么筹措得起?不赎吧,怎忍娇儿受穿胸之苦,更何况断了香火,拿甚面目见祖宗神灵!连日在家转辗反侧,徘徊无计,坐立不安。巴三嫂耐不得,指着他的鼻子尖骂道:"巴三,巴三,你白长一副男儿身,也算得须眉男子么?量那独角鬼王不过是个山精水怪,有啥能耐,难道就没人管得了?天神在上,咱们就不能去告它么!"巴三道:"妇道人家,晓得什么?状就那么好告的?常言道:神门深似海,无钱莫进来,咱出得起钱吗?"妇人道:"好没见识,白老一张皮,难道就没听孔圣人说,神明,神明,神就是民。不替我们老百姓作主办事他做什么去?""这个——"巴三说,"理当这样,只怕他心不似你我心,只认钱财不认人,到时候——"妇人拍手道:"青天在上,红口白牙,你敢诬蔑天神,就不怕掉到割舌地狱遭剥皮磨骨之苦!"

巴三不敢再辩,当下就请大巫师巴岱伕写了诉状申文,备了刀头果品、钱纸香烛,去当坊土地状告独角鬼王抓儿索帐的诸般罪恶。土地公公说:"我只管钱粮不管贼,管民不管鬼,你去求山神。"巴三备了猪头彩礼,红绸香案,诸般果品,前去山神庙里告状。山神收了彩礼,跟他说:"安心回去等着,本神会跟你上报城隍爷的。"巴三在家里候了三天三夜,不见响动,就告到了城隍庙。城隍庙里法度森严,等闲进去不得。巴三化了五吊门坎费,五吊文笔书判费,三十吊受理费,外搭二十四吊缉拿草鞋钱,进见城隍爷爷,递上诉状。城隍随手交给判官发话道:"状子我收了,郡君下令,我就发签捉鬼回去吧!"巴三又等了五天五夜,没有回音,把状告到了郡君,打点费花掉了五百吊制钱,只得了一句:

"晓得了！"事隔十天，杳无消息。巴三万般无奈，只得变卖家财，备了彩礼，费见费用，诚惶诚恐去到河溪天王庙，求见三王爷爷告天状。候了三天，进不得庙门，花了五十吊钱买通门子进殿拜见书案，纳了进见礼，呈上诉状。书案先生对他说："天王日理万机，政务繁忙，哪有闲心过问民间鸡毛蒜皮的细小琐事，你可回去备一千二百吊钱来，回头我跟你慢慢打点。"就这样把巴三打发回家。

巴三为了营救娇儿，花钱上千吊，五次上告，家产卖光，连泡泡都不起一个，到头来还背了一千二百吊的新帐，好生烦恼，禁不住叹息道：

"难难难，做人难，事不亲历不知难。一片真心拜神圣，又谁知，神比鬼怪心辣手更狠。卖尽家产求神佑，两手空空抱恨归。早知有今日，何必白费心。悔悔悔，恨恨恨，此心早化为飞灰，随风吹散永不回！"

巴三怀一念之差遂萌了退意，不再求神促诉，土地、山神、城隍、郡君，不觉蹊跷，三番五次找上门去，追问为何不提上诉捉鬼的事，巴三道："我不告了！""这事由得你吗？不上告为何不来拆诉？""我告不起了！""你要造反么？"神灵呵斥道："知情不报，罪同通鬼；诬蔑神灵，是为欺天。欺天通鬼，罪加一等，是要砍脑壳的！"独角鬼王也差小鬼频频上门催交赎金："一百天的期限已近，超期不赎，祸及满门。若是通神，立吃不赦！"可怜巴三，上下交煎，进退无门，失惊打怪，惶惶不可终日。一日进门，刚刚跨过门坎，一跤跌倒，双膝着地。婆娘扶起他道：

"他爸，你去庙里告状，孩子没救得，倒把两条腿子练熟了跪功，进门就跟我磕头，是啥讲究！"

巴三爬起来抚着双腿悻悻地说："都是你的好主意！告状告状，什么没告出来，白把全部家产告丢了，倒转欠了一千二百吊钱的无头帐，叫我怎么办！"

"啊，你这个天打五雷轰的，一千二百吊！你是吃钱，用钱，喝钱，睡钱，穿钱，戴钱，钱钱钱，花了那多钱，莫非找野婆娘去了么？我的天！"婆娘话刚出口，当即昏倒地上。

"孩子妈，孩子妈，不能这样，不能这样！不是我找野婆娘，是神道爷爷不买我的帐！"

求神不灵，八方无路，巴三想到了谎江山。"是的，求他准有办法！"

巴山找到了谎江山，诉说赎儿告状一事，请求他设法帮助。老谎一口气答应下来，说："好好好，你给我一千二百吊钱，包赢不输，还你个囫囵儿子！"巴三吃惊道："老谎，老谎，你也这样心肠狠，老乡不认老乡，有一千二百吊我还来找你吗？"老谎笑着说："三伢呀三伢，你的脑袋怎么这样不开窍，这年月除了钱还有什么亲？除了使钱还有什么情？老乡值几个钱？你舍得花上千吊钱去庙里跟神道买个'空'，怎么就舍不得花一千二百吊钱跟我买个'放心'？你只知道自己心疼一千二百吊，可晓得我平白无故还要跟你垫上一千二百吊呢！"三伢给他憋急了，跳起脚来说："老谎呀老谎，你说话要看场合，扯谎也要看时候，怎么能够这样！我都急疯了，你还拿我穷开心！"老谎说："谁拿你开心了，是你求我还是我求你？这年月万事钱开门，有钱买得鬼推磨，有钱买神做孙孙。要救儿子你不出钱谁出钱？要儿子你马上去三元洞跟独角鬼王许下一千二百吊的赎金；天王爷的一千二百吊我去帮你应承。不要孩子就拉倒，咱俩谁也不欠谁！"巴三两泪交流放声哭着说："谎哥，你就饶了我吧，这个我可赔不起！"老谎厉声喝道："三伢三伢，你这是怎的啦，可知道'有钱走遍天下，无钱寸步难行'。天地有知，神鬼无私。一千二百吊钱一个子儿也不能少。鬼耳常聪，神目如电，一语定乾坤，哪个跟你讨价还价！识相的，马上跟我走人回话，不识相的别再跟我啦呱。自古穷人的日子富人的钱，花一分算一分的利，我可不跟你白搭！"巴三伢还要纠缠，老谎一掌推开他，连声说："去去去，别拉扯，赶快去跟鬼王讲，愿出一千二百吊钱赎娃娃。后天早晨干沟桥上现比现，不讲不去你的事儿，我再不管，别再找我无搭煞！一面自家跑去鸦溪天王庙，面见三王爷爷约定后天一早出兵，干沟桥上收钱救出小三伢。"

称心的日子容易过，事情办完老谎睡得甜又香，呼噜呼噜鼾声响。可怜巴三伢，急得像火烧，两天三夜没合眼，只把心事想："这个漏子捅大了，一家老小命难保，怎得了？"

俗话说："神鬼的眼睛朦胧耳朵亮，看不见的全听上。一千二百吊钱在两个面前直晃荡。"

第三天头上，鸡叫头遍天未亮，老谎走进巴三家，把他从床上拉起来，喝道："你好自在！限期已到，不去现场你睡懒床，不怕儿子小命丧，赶快跟我去通报鬼王，现钱被神抢，叫他出兵干沟桥，迟了赶不上。"巴三前脚走，老谎后脚奔，一个东去一个西，急急去报信，两面都催兵。

五更天发亮，鬼兵神将正碰上，不问三七二十一，两下里动手就打仗，为了拿到一千二百吊，乒乒乓乓斗的忙。老谎拉着巴三跑，"还不快去解救儿子你看哪样，难道要等鬼王抛尸来报丧！"神鬼斗得凶，巴三跑得急，老谎躲在旁边瞧着好开心。

（田彬搜集整理）

鬼王钻瓶

谎江山跟鬼结了怨,九头鬼王带领无肠鬼等数名随身得力小鬼,夜闯祟山,口口声声要吃掉他。老谎面对恶魔,大笑不已。鬼王喝道:"你死到临头还笑什么?"老谎指着鬼王不知道说了句什么,依然哈哈狂笑。鬼王狞笑道:"谎小子,你自称谎天谎地,谎神谎鬼,谎山谎水,天下无敌。今天落在本王手里,成了砧板上的肉,盘子里的菜,还有什么话说!"老谎笑道:"鬼孙子,你以为能制服谎爷爷么?你不要高兴得太早了!告诉你吧,爷爷在这里就像鸟在空中,鱼潜海底,喜欢住就住,喜欢走就走,自在得很哩。就是你的小命儿也在爷爷手心里,要你半夜死,你就活不到五更!"

"哈哈!"鬼王捋着胡须狂笑说:"时至今日,你还口出狂言,妄想欺诈恐吓,死里逃生,白日做梦!你,我是吃定的了。你就是孙猴子也跳不出本王的手掌心。你就等着本王超度吧!"

老谎指着鬼王冷笑道:"鬼孙子,有种你就吃吧——吃我之时,就是你死之日。我命在天常自在,小鬼逞强倾刻休!吃吧,吃吧,不吃不了,吃了就了,一切都好,休在人间寻烦恼!""你还想扯谎!"鬼王指着老谎说,"一回生,二回熟,三回四回做不出,你想死,老子偏不让你死;你要活,老子偏叫你死。哈哈哈!"

"鬼孙子",老谎说,"就凭你这熊样也想跟爷爷兜圈子,藏猫猫。生成熊模样,枉叫九头王;没有耳朵是木桶,没有鼻子是风箱。大河归南归北,日头落东落西,咱们走着瞧吧!"说罢,伸了伸懒腰,挺了挺身子,打着呼噜,沉沉入睡去了。鬼王心里怀着鬼胎,七上八下地总觉安不下心来。相持片刻,实在耐不下去,起身扯着老谎的耳朵大叫:"谎小子,你倒说说,老子怎么没有耳朵是木桶,没有鼻子是风箱?"老谎呼噜呼噜,只不答应。鬼王挨着他的耳朵,'呸'

地一声。

老谎睁开双眼，揉了揉，懒洋洋地说："鬼孙子，你真想知道？听着吧：你有眼不见泰山，有耳不听风雷，有鼻不闻香臭，有舌不辨淡咸，浑浑噩噩，冬瓜一个，跟木桶风箱有啥不同，躲在裤裆里头还勉强可以，伸脑壳出来不怕丢祖宗八代的丑！""哈哈，哈哈！"鬼王笑着说，"大王我居住名山，脚踩江河，神出鬼没，外号九头。九个脑壳九双眼，十八个鼻孔九对耳。上观九重天，下听十八层地，舌辨五味，鼻嗅八方。什么不知，哪样不晓？你敢揭我的短！"老谎大笑道："人不要脸不知耻，鬼不要皮不识羞。你这种不要脸面，不只羞耻的东西，也敢在我面前胡吹，大谈什么八方五位，地厚天高！我且问你，天有多高，地有多厚？天上星辰有多少？地上万物有几多？云有几斤几两，水有几斗几斛？"鬼王不能答。

老谎又问："你自恃凶残，厚颜无耻，欺天灭祖，吃人如吃草。可知欺天可欺哪样，吃人先吃什么？"鬼王茫然不知所对。老谎指着他的鼻子尖嗤道："鬼孙子，鬼孙子！你不识姜蒜枉说辣，不辨六律枉谈音。爷爷问你的本行你尚且不知不识，还敢妄称什么通天彻地，贯通神明？你且听着爷爷教训：欺天欺意，吃人吃心。天意何在？人心何存？你可知晓？"鬼王张口结舌，无言以对。老谎道："鬼孙子，讲不出吧，天意深远，人心叵测。你这种笨蛋上不知天，下不识人，朦朦胧胧，浑浑沌沌，也想跟天人作对，岂不自取灭亡，跟鸡蛋碰石头有什么两样！"鬼王说："你晓得了又怎么样？还不是落在我的手里，成了我口中之食！""哈哈哈哈！"老谎狂笑道，"一颗红心藏了，你能拿我怎么样？"鬼王厉声叫道："老谎，老谎，管你藏在哪里，老子且把你囫囵吞了，你又能奈我何？"老谎笑得更响，朗声说道："笨木头，笨木头，不知进退枉结仇。你纵然吃了我的身躯，岂能奈何我的心？岂不闻古人云天高不算高，人心才算高"。又说："天下无难事，只怕有心人。我心健在，你往哪里逃？"

鬼王强打精神说："老谎呀老谎，凭你的一番谎话就吓倒我，岂不是异想天开，奇思覆海，荒诞可笑，果然有胆有识，算条后生，敢把你藏心之处抖出来，我九头鬼王吃不了你才真正拜服，永不相犯！"老谎笑道："鬼孙子，爷爷堂堂正正，光明磊落，岂像你等，偷偷摸摸，鬼鬼祟祟，背后伤人。我就把藏心之所告诉你,你又能怎么样?""好,好,有种!"鬼王说,"你果然敢讲出来,我吃不了,从此销声匿迹,永避尘世,断绝人间!""着,你听着!"老谎一巴掌打下去说:"五百年前知反意,天外之天藏我心。我心藏在非天非地非血非气不是金,不是木,不是水,不是火,不是土的四非之境,五行之外,空虚无有之中,你能找得着,吃得上!"鬼王大叫道:"你指得出来,我就进得去,吃得了!""果然如此,你就进去吃给我看。"

老谎从裤腰带上解下一个五寸长的细颈玻璃瓶来,抽开塞子,在鬼王面前一晃说:"我的心就在里面,你能进去找吗?"鬼王灿然笑道,"谎儿谎儿,你自找死,别怪我无情!"说罢化作一缕轻烟,攸地钻进瓶里。老谎急忙塞紧瓶口,吐了一口唾沫把鬼定住,随身取出镇妖符牢牢贴住。叫声"鬼王已被装进瓶里拘住了,你们哪个不怕死的还敢钻进去!"连叫三声,没有答应。"既然怕死,还不逃去,更待何时?"小鬼们听了,都抱头四窜而去。老谎脱得身来,携瓶回家,放进甑子里蒸了三天三夜,熄火喊道:"鬼孙子,出来吧!"

这正是:你说鬼,他说鬼,鬼不鬼,看谁钻进瓶子里!

(田彬搜集整理)

老谎背魔鬼

苗乡查高觉山坳上,近些年来,夜夜出现吃人的魔鬼。一时变成乖姑娘,一时变成美男子,一时变成老太婆,假装双腿瘫痪,不能行走,哀求过路人背他一段路程,就把人吃掉了。

这样一来,查高觉山坳不知被魔鬼吃掉好多人。从此,行人都不敢打从这里过路。

这事被老谎晓得了,挺身而出,就对父老们说:"今晚我去把魔鬼背回来,你们在村里烧大火等我吧!"

父老们听了,晓得老谎是个有胆量的角色,虽不通邪法,但智谋过人,定能为人们除害,人人争着给老谎敬酒,老谎一碗接着一碗喝过不停,一直喝到烂醉方才放手。

老谎酒醉了,手提一根棕绳,高一脚、低一脚地走着。父老们看到他歪歪倒倒的样子,都劝他莫去,等待酒醒再去不迟,老谎坚持说:"醉酒就是捉鬼捉妖的好办法!"

老谎摸索到查高觉山坳上,魔鬼果然变成一个美女坐在坳坎上,开口就对老谎说:"走路哥哥,我双腿软瘫,求你背我一段路程,行个阴功吧!"

"我醉了酒,背不得呀!请你饶我这一回。"

"你背不得也要背!"这个美女二话不说,两手早已搭上老谎的肩头,偶然闻到老谎满口的酒臭,吓得倒退几步。

此刻,美女很想马上吃掉老谎,但感到酒气太重,难于下口。又想缠住老谎,让他酒醒后再吃不迟。谁料老谎软硬不吃,高低不肯背她,将她惹得发火了:"老谎,你醉了也要背!"

老谎忙对美女说:"要背,行呀,不过要背对背地背你,我才干!"

"为什么要这样？"

"这种背法，大有好处，你往前倒，我招扶你；我往后倒，你招扶我，俩人不会跌跤呀！"

这个美女觉得老谎说得有理，答应要求，老谎试背一下，急忙说："不行，我手软无力，太不牢靠，我看还得用绳子将你捆着背才行呀！"

美女听了，迟疑不语，老谎说："你怕捆，就算了吧！"说罢动脚就走，美女忙拦住他说："好吧，捆就捆吧！"

老谎用绳子将美女和他背对背捆起来，背起就走，走了五里路程，看看接近寨子，美女慌神了："老谎啊，快把我放下来！"

老谎忙应道："要做人情做登头，莫把人情半路丢，上我家休息吧！"

此刻，美女很想吃掉老谎，奈何脚手被捆死了，动弹不得，急得心像猫抓一样。耳旁仍听着老谎不断在念叨；"要做人情做登头，莫把人情半路丢，快到我家啦！"

老谎走进寨子，放声大喊："快烧大火，魔鬼被我背来啦！"寨里即刻燃起熊熊大火，美女见了，马上变做一只狐狸，大家当场就把狐狸打死了。

（龙贵卯讲述　龙炳文整理）

老谎斩蟒蛇

老谎捉了魔鬼，查高觉山坳下的山洞里，又出了两条雌雄蟒蛇精，时常出洞捕食家禽，吞吃牛羊，危害百姓。闹得鬼哭神号，六畜不安，寨子阴凉萧条得很。

传说这两条蟒蛇出洞，口喷毒焰，毒厉害得很，鸡鸭碰上毒气，脱光羽毛，当场死亡。牛羊碰上毒气，皮破筋断，当场翻倒。人要是碰上蛇毒，浑身腐烂，脱皮而死。最后蟒蛇张开大口，将各类尸体吃掉。为了避难逃命，每逢蟒蛇出洞，施放毒焰，老百姓都到山洞地窖里躲灾去了。

老谎为了制服蟒蛇，为地方除害，去向草药匠、老药农领教抗毒的草药，捡乖舀油，专和毒虫打交道。他咬了双头蛇，找得了败毒蒜。他咬了蝎子，找得了提毒草。他咬了蜈蚣，又找得了泄毒菜。他咬了蜘蛛，还找得了消毒葱。最后他将五种毒草配合起来，煮水煨吃，浑身增强以毒抗毒的功能。若遇毒蛇咬伤，浑身不肿不痛不痒了。

老谎找到五毒，还去铁匠铺打了一把锋利的钢刀，准备对付这两条蟒蛇。

临走前，妻子妹乖为他缝了一件虎皮衣，并用抗毒药水煮透。

老谎穿上虎皮药衣，提着钢刀，壮着胆子，独自向蟒蛇洞走去。两条蟒蛇见了他，马上张口向他直喷毒焰，并没将他毒倒。老谎趁热自投蛇口，钻入蛇肚，挥动钢刀，将大蟒的心肝肚肺砍得稀烂，大蟒痛得受不住了，在腊尔山上乱翻乱扳。最后，老谎将蛇肚划破，闪身从蛇腹里钻出来。只见大蟒卷曲在腊尔山上，动弹不得。老谎忙将蟒斩为五段，母蟒见公蟒已死，赶忙钻入山洞，永世不敢出洞害人了。

（麻国富讲述　龙炳文整理）

三难土地公

土地公公有一丘肥田待租,一直没人来佃,都因租价苛刻,没人种得起。清明节到,租佃遥遥,眼看就要抛荒了。土地老儿情有不甘,找到谎江山道:"江山,一向可好?""托公公的福,尚称平安。""吃的如何?""捞鱼摸虾,挖蒂蒂菜,勉强没挨饿。""怎不佃丘田种,敢是偷懒怕累?""肚子扁扁,怎敢偷懒怕累,无奈租子太重,交不起咧。""我的那丘大田,有好几家来求佃了,因为惦记着你,没有答应,你去种怎么样?""公公牵挂,老谎心领了,只怕管理不上,耽误了公公的春,还是佃给别家吧!""有道是亲帮亲,邻帮邻,肥水不落外方人。你我屋上坎下,近邻近里,人不亲水亲,怎么能眼看着你吃糠咽菜没抓没把,倒把门口的田佃给外人,你就种着吧!""那就领情了,不知公公怎么个租法?""嘿嘿",土地老儿微微一笑说:"一家人不说两家话,你我爷儿讲什么租不租的,我也不靠那几担毛谷子,不收你又不肯种,就这样吧,今年你拿蔸蔸我拿尖尖,明年再议如何?""就依公公。"老谎慨然答应,两人就算立合同了。

这一年,老谎在田里种了芋头。入秋成熟,请土地公公验收提租:老谎只收芋头,芋梗芋叶全给了土地老儿。土地觉得上当,划不来,哑巴吃黄莲有口讲不出,暗暗骂道:"臭小子,今年算你狠,明年让你认得爷爷!"

第二年,土地对老谎说:"上年辛苦你了,今年你拿尖尖,我拿蔸蔸怎么样?"老谎笑了笑说:"公公喜欢哪里就拿哪里好了。"这一年,他在田里栽了稻谷。金秋时节,稻谷飘香,丰收在望,老谎收了稻谷,把稻草交给土地,说:"尖尖我收了,请公公收下你的蔸蔸吧!"

第三年,土地尖尖蔸蔸都要,给老谎中间。老谎把田水放干,种了包谷。收割时,老谎掰去包谷棒子,把杆杆交给土地。土地三年连输,好不晦气,大骂老谎"奸猴子，挨不得！"收回土地，不给种了。

土地老儿收了佃，大田放了荒。五黄六月没人祭奠，闹了饥荒，肚子饿得咕咕叫，就去找老谎，跟他算老帐。正好碰上谎江山提着一大篮子剥皮蓴，乐滋滋地打从山上回来，一把抓住他骂道："你这个没良心的，骗了爷爷三年，现如今拿什么偿还？"老谎说："公公呀公公，讲话要上算，我佃你的三年田，样样都依你，什么也没欠，你待怎么算？五黄六月你受难，我的心里也犯难。虽想周济你，只是没物件羞着见呀！要钱没一文，要蓴子有一篮。实在饿的慌，拿去熬锅汤，虽然难比鸡鸭鱼，味道可挺香，尚可填饥肠。"土地叹口气："唉！碰上你这个穷光棍，算我该倒楣，只好白受气。蓴子我拿去，便宜了你这个穷鬼！"土地老儿抢过提篮，回到小庙里煮蓴子汤喝，那蓴子汤又软又甜又滑又香，正合老年人的胃口，土地连声叫好越喝越爱不肯放口，半夜过后，肚子又胀又痛，泄痢起来，躺了七天七夜，不吃不喝不下床，瘦得两眼凹陷皮包骨，半年大门不能出。

数九寒天，寒风刺骨，大雪飞扬，土地老儿独居小庙，冰冷孤独，想起老谎叫他喝蓴子汤的事就气涌心头，便挂了拐杖，又去找老谎算帐。到得茅屋之内，但见冷火秋烟，凄神寒骨，老谎正在草堂里忙着什么。咳嗽一声，老谎放下活计，抬头见是土地，连忙起身让坐。土地躬身看时，原来在缝一件五彩花绣的龙凤绫丝锦袍。抢过来一看，面料致密光滑，风吹不透；绵芯洁白松软，厚实暖和。不知用何物粘成，巧夺天功，毫无纰漏。披在身上不长不短，正好合身；不厚不薄，暖烘烘的。不觉起意，对老谎说："跟谁做的？"谎江山答道："上市卖的，并无定主。""正好抵我的债呢！"土地笑着说。"您老人家——"老谎要说什么，土地打断他的话头说，"上次骗我喝毒汤的帐还没算呢！"老谎颇为局促地说："就孝敬给公公吧。""嘿嘿，这还差不多！"土地拿着锦袍一笑走了。城隍爷寿诞，土地穿了此袍，乐滋滋地进城祝寿，同事们看着他的新绵袍，赞不绝口，都问"哪路货？""何处名师裁剪？"土地沾沾自喜，且不提老谎名字，顺口答是四川蜀锦，下江名师裁剪，江西老表精工缝制而成。有一个飞山庙主说："这种料子非绸非缎，不像蜀锦，只怕是纸；这又不像手工针织，倒像是浆糊粘起来的！"土地勃然变色道："都是帮办一手操办的，哪能有假，只怕你眼睛有问题！"土地们附和说，"极是极是，崇山公一向极认真谨慎的，焉能上当？一定是飞山老弟鱼目混珠了！"席罢，各自回家，半路上突然风雪骤至，摧林刮骨，土地身上的纸袍被风雪沾剥，一片片浸湿脱落，俱都掉下，光着身子冒雪回家，感冒伤寒，得了个寒痨缠身，肺痿喀血的病症。从此一蹶不振，奄奄待毙。

大年三十，家家祭拜，户户上香，土地庙里人流不断，肉香酒冽，香气氤氲。土地踌躇满志地扫了一眼，坊里百姓，都已来毕，唯独不见谎江山。不觉心头火起，拿起拐棍，颤巍巍地往老谎家里走去。跨进门坎，只见草堂桌上搁着一件东西，老谎正在那里全神贯注地给它系彩带，缠金缨呢？土地禁不住气往上冲火冒三尺，喝道："老谎，好自在啊！哼！？"老谎听见话音，急忙放下手中活计，朝土地深深一拜说道："恭喜贺喜，恭祝公公吉祥如意，财源滚滚。忙着跟位贵人做顶礼帽，未曾给您老人家辞岁拜年，多多得罪，还望海涵！""啊！"土地略感惊诧，"做礼帽！哪方贵人？姓甚名谁？什么帽儿，值得如此抓紧？""邻郡贵官，看样子也是位土地爷爷。画着样式照着尺寸定做的，不知是何用处。也不敢动问姓名，说是今日晚来取，所以，所以——"土地"呸"了一声，面带怒容道："我道是什么贵人，原来是个小小的土地老——""倌"字儿没有出口，老谎吓了一跳，"噗"地又跪倒说："天高皇帝远，最贵父母官。公公不屑，小的怎敢！""好，好。"土地说，"晓得就好，拿来我试试。""小儿福薄身轻，消受不起，哪里搬得它动，请公公恕小子不恭之罪！""一顶帽儿，能有多重，贱骨头！滚开，让爷爷自来试试。"土地骂骂咧咧，移过身去，伸手拿帽，却哪里移得动——你道那是什么帽儿，如此夯重？原来是一个舂谷的石头碓坑，细石凿成，巴斗大小，少说也有一百五六十斤，等闲哪里搬动得起！那是老谎专为对付土地特地打造的！老谎见状，立起身来，惕惕说道："公公呀，一分福气一分力，您老年寿已高，旺气收敛，还是请少爷来搬吧！""放屁！"土地吹着白胡子喝道："你道我年老没福么？让爷爷戴给你看！"说着侧身低头，就着桌边，移动碓坑。"我帮您一把吧？"老谎故意促了一句。"滚"土地一声喝斥，使劲拉动碓坑，"嚓喇"一声，恰似木猫压住耗子头，碓坑把土地老儿砸倒在地，站不起来了！

（田彬搜集整理）

第五辑 | 谎江山与恶虎野兽

小谎躲虎精

谎江山小时候，一次妈妈有急事走外婆家之前，交代道："小谎和妹妹要乖乖在家，晚上叫山凹娘陪你俩守屋。"天黑以后妹妹惧怕起来，叫错了山顶娘来和她们守屋。山凹娘是人，山顶娘是虎精。

山顶娘一来就问："哥哥肥还是妹妹肥？"小谎江山答道："妈妈得到好东西都要先送妹妹，妹妹比我肥些。"山顶娘狡猾地说："哥哥大些，自己睡一头，妹妹小点和我睡一边。"睡到半夜，小谎醒来觉得身上粘粘湿湿的，就问："山顶娘，床上怎么湿湿的？"山顶娘急忙说："妹妹打脱尿了。"谎江山没有睡牢，又隐隐约约听见山顶娘在嚼东西的声音，又问："山顶娘，你在吃什么？"山顶娘说："人老睡不着，我吃点马豆、黄豆呢（其实是吃到妹妹的手指了）。"这让不知情的小谎生了口馋，就向山顶娘讨要："山顶娘您给我一个好吗？就给一个嘛。"山顶娘推脱不住，就顺手给了他一个。

小谎伸手拿来接，在手上感觉不对，像是妹妹的指夹？他就想到山顶娘会是老虎，它把妹妹吃了，流出的血弄湿了床。他当时怕死了，但又不能揭穿，于是保持镇定，就想着办法要离开。一会儿就说："山顶娘，我胀尿了，要起来走厕所解手。"厕所离睡房较远，山顶娘不同意，说到："你就屙在锅子里吧！""不行，锅子要炒菜，妈妈回来会打我的。"小谎巧妙答到。"那就屙到鼎罐里吧。""也不行，鼎罐要煮饭，妈妈也会骂的。"小谎继续说："山顶娘，我要到厕所去屙，可是夜黑又怕摔倒，我就用您的头帕捆我，然后您就帮我拉头帕的一头，如果我倒了您就拉我起来。"虎精想着手帕一头被自己拿着，小谎是跑不掉的，就答应了。

小谎走出来后，摸到了自己家门外的一条狗，于是就解下头帕捆住狗的身上。这时儿，山顶娘担心小谎走掉，一拉头帕觉得那头有点重，还是扯起嗓门

问:"你解好了吗?""没有,我正在屙屎。"过一会儿山顶娘拉一拉头帕又问:"屙完了吗?""还没有,屎好硬,肚又胀,还屙不出。"等到他将狗捆好以后,就摸到屋外的一棵大梨子树下,快速爬到树子上的枝叉处,一动不动地躲着。时间久了,山顶娘拉头帕感到不对劲,很重又拉着不动,问了又没有回答。于是,山顶娘从床上起来,顺着头帕慢慢摸到另一头。再摸!怎么是条狗?这时山顶娘发现小谎乘机跑了!于是就到处找他去吃。

这时天已蒙蒙亮,小谎想如果自己被虎精发现,还是脱不掉的!于是心生一计叫道:"山顶娘,我在这里,这里有妈妈收的好梳子,你摸过来站在树下,我给你梳头发。"山顶娘摸了过去,让小谎给她梳头。小谎梳一缕,就将那缕头发紧紧捆在树枝上,梳一缕又将那缕捆到树枝上,这样逐渐将山顶娘的头发梳完捆紧后,就想趁机从树枝吊下去。他说:"山顶娘,我不注意好,梳子掉下去了。你莫动,我下去捡梳子来。"说着迅速顺着树枝吊下来,当滑到地上以后,就大声吼道:"梳一缕捆一缕,山顶娘离开要痛死;梳一把捆一把,山顶娘走掉无办法。"小谎撒腿就跑,把虎精气得直呼上当。

山顶娘想跑去追,可是头被捆住动也动不了,很生气地乱使劲扯,将头发全扯脱了,头皮出血痛得惨叫。她想到肚子还没吃饱,又是这孩子把她的头弄得很痛,一定要追到小谎,把他吃掉。小谎跑在路上遇见一个盐客,就对盐客说:"老伯,如果你遇见一个大娘问你是否遇到我?往那边走了?请你不要告诉她,她是老虎精。请你一定要帮助我。"

一会儿,山顶娘就遇到盐客,问道:"盐客盐客,早上发财。你看见一个小男孩往哪儿去了吗?他是我跳皮的小子,做了坏事早早就跑出来了。"虎精想骗盐客,可盐客早明由原,就回答道:"没有!你找他有啥子事?"山顶娘很生气说:"我担心他出意外就追来找他的。她还扯掉了我的头发,你看我满头的伤。"盐客说:"大娘莫担心,小孩会回来的。我分你两勺盐回去消毒要紧。你只要将盐在头上一搓擦,一会儿就不痛了。"山顶娘听盐客的话,一到家马上将盐全部往头上搓擦。盐咬住头上的伤口,山顶娘痛得发疯,乱撞到岩石上!死了。

(龙树梅讲述 石爱东整理)

整老虎

一天,天气晴朗朗的,谎江山在一块绿茵茵的荒草坡上放羊。忽然跑来一只白额大虎,张牙舞爪地对谎江山说:

"老谎,我肚子饿了,你把这群羊送给我吃吧!"

老谎山想:羊是财主的,给它吃了我回去怎么交代呢?他灵机一动,计上心来,大大方方地对白额大虎说:

"送给你吃可以,不过羊肉没有人肉好吃哩!"

白额大虎气势汹汹地对谎江山说:

"那么,你送给我吃好了。"

谎江山慷慨地对白额大虎说:

"可以嘛!可惜我太瘦,肉少骨头多,怕你吃起来不过瘾哩!离这里不远,有几个人长得又肥又胖,你吃起来那才安逸哩!"

老虎吃人心切,连忙对谎江山说:

"那你快领我去吃他们吧!"

谎江山把白额大虎带到一个山顶上,山顶上放着一个捕捉老虎的大木笼子,谎江山指着敞开的木笼门对白额大虎说:

"你从这道门进去,再朝里走,就能找到你要想吃的那几个人了。"

白额大虎馋得口水流出三尺长,恨不得马上吃到那些又肥又胖的人,就急急忙忙钻进木笼里,谎江山马上把木笼门关上锁好了。接着他就把关老虎的大木笼从山顶上推下去,木笼子骨碌碌,骨碌碌朝山谷里滚出去了。滚啊滚啊,木笼子滚到山谷里,已被滚得破烂不堪了,白额大虎也被震得昏死过去啦,好半天才苏醒过来。它后悔地拖着满带伤痕的身子,离开了这个山谷。

另一天,谎江山在山坡上放羊,又被这只白额大虎看见了,它鼓着两只灯笼似的大眼睛，龇牙咧嘴地对谎江山说：

"哼！老谎，上次我上了你的当，吃了你的亏啦！这次你再也骗不了我，快老老实实地送给我吃吧！"

谎江山一看白额大虎来势汹汹，情况很不妙，于是皱起眉头想了想，不慌不忙地对白额大虎说：

"可以嘛！我就送给你吃吧！不过这里太当路，猎人经常来来往往，你吃起我来也不方便呀！你如果想吃个痛快，我领你到一个僻静的地方去吃我好吗？"

白额大虎觉得谎江山讲得在理，便点头答应了。

谎江山领着白额大虎走呀走呀，来到一个山崖下。站在这个山崖下朝下看，是壁陡壁陡的山坡，山坡上长满杂草丛林；朝上看，奇岩异石伸了出来，像是面目狰狞的怪兽张大着嘴巴，岩子上也长满了杂草丛林。这天，风很大，刮得满山树木哗哗响，似乎整个岩子都摇晃起来了。谎江山指着头顶上的奇岩异石胆怯地惊叫道：

"哎呀呀！不得了，不得了，岩子就要垮下来啦！"

白额大虎抬起头一看，一块块龇牙咧嘴的大石悬挂在头顶，风又刮得满山遍岭的树林哗哗响，真有点感到天摇地动，岩石摇摇欲坠，似乎马上就要垮下来的样子，也吓得惊慌失措地对谎江山说：

"老谎呀老谎，岩子就要垮下来了，你可得快出个主意呀！要不，我们两个都要被岩石压死啦！"

谎江山见白额大虎又已中计，故意慢吞吞地说：

"唉，我老谎的命真苦呀！给你吃，我是个死，死后连尸首都找不到；让岩子垮下来压死，也是个死，死后还能找到尸首。算啰算啰，还出哪样主意，我看还不如让岩子垮下来，把我们两个都压死还好些！"

贪生怕死的白额大虎听后，吓得魂飞天外，魄散九霄，赶紧跪下连连向谎江山磕头求饶道：

"老谎，你饶了我吧！我不吃你了，你快出个主意啰！要不，我们两个都要被岩石压死的。"

谎江山这才故作正经地说：

"好吧！那你就要听从我的指挥啰！你先用前脚把岩石撑住，我马上去砍些树子来顶住它。你千万要记住,在我还没有砍得树子来以前,你可莫要松脚,要不,岩石垮下来压死了你,我可不负责任啰!"

白额大虎连连点头,牢牢记住了谎江山的话,一动也不敢动地用前脚使劲顶住岩石,焦急地等着谎江山回来。正当它感到脚软,等得不耐烦的时候,谎江山领着一个猎人扛起火枪来了,只听"嘣"地一声枪响,想吃人的白额大虎应声倒在了地上。

老虎们知道谎江山打死白额大虎以后,便成群结队去找他报仇。这天,谎江山在山上砍柴,忽见一群老虎张牙舞爪朝自己奔来,情况十分紧张。他眉头一皱,计上心来,连忙跑到一个山洞口的岩石上,若无其事地坐下来。这个山洞有一丈来宽,好几丈深,笔陡笔陡的。由于山洞四周长满青草杂木,把洞口遮住了,粗心大意看去,是看不出这里有个山洞的。谎江山见老虎们气喘吁吁逼近了洞口,就大声地对它们喊道:"快来呀,快来呀!我早在这里等着你们来吃啦!"

老虎们一个个对直猛扑过去,一个接一个滚到山洞里去了,谎江山高兴得手舞足蹈,连声叫好。谁知最后一只老虎,发现同伴们滚进山洞的秘密,没有从正面向谎江山冲过去,而从洞边绕过去扑向谎江山。谎江山见势不妙,忙闪在老虎的后面,一个纵步跳上虎背,紧紧抱住了虎腰。这时,老虎着慌了,一失足和谎江山一起滚到山洞里去啦!

老虎们见了谎江山,个个龇牙咧嘴相争要吃他。谎江山沉着地对它们说:

"我不是好好地送来给你们吃了吗!你们急个哪样嘛!不过,我又瘦又小,皮包骨头,没有多少油水,你们每个只能分到一小块,能饱一辈子吗?现在我们都落难在这个山洞里,出不去了,你们就是把我吃了,还不是照样要饿死在这个山洞里!?"

老虎们一听,觉得谎江山说得在理,便一个二个恳求道:

"老谎,那怎么办呢?你得快想个主意呀!只要你能救我们出去,我们就不吃你了。"

谎江山答道:

"主意是有,就看你们依不依?"

老虎们焦急地催促说:

"依,一定依你。老谎呀,你就快说吧!"

谎江山见老虎又中了计，心里暗暗高兴地对它们说：

"依就好办。你们一个重在一个身上，把我抬出洞口，我上去以后，再用石头来填这个山洞，这样，山洞就越填越浅，越填越浅，你们不就都爬出洞去啦！"

老虎们信以为真，一个重在一个身上，把谎江山高高地抬起来。谎江山攀住从洞口垂下来的葛藤，连忙爬出了洞口。

谎江山爬出山洞以后，用大块大块石头朝洞里砸去，砸得老虎们嗷嗷叫，没过多久，就把这群凶恶愚蠢的老虎活活砸死在山洞里了。

这件事又被别的老虎知道啦，所以它们更是恨死了谎江山……

有一天，谎江山走过营盘山，遇见一只母老虎，它张着血盆大嘴要吃谎江山。谎江山沉着地对母老虎说：

"你先莫急嘛，等我替人家还完傩愿①给你吃吧！"

母老虎一听说还傩愿，心里就转了念头。它想：这几年来我家多灾多难，死的死，亡的亡，何不请谎江山替我还过傩愿以后，再吃他不更好么？于是，母老虎要谎江山去替它还傩愿。谎江山对它说：

"你回去看个好日子，到时候叫你的儿子孙子来接我。"

这一天，果然有两只老虎来请谎江山去还傩愿。谎江山扛起火枪和它们一起去了。谎江山和老虎们爬过重重迭迭的高山大岭，涉过弯弯曲曲的大河小溪，走累以后在一个山坡上坐下来休息。两只老虎见了谎江山的火枪，好奇地问他是什么？谎江山答道：

"这是老铳②。它的脾气不好，爱发火，你们千万莫逗它，要是惹它生气了，老铳是会把你们吃掉的。"

有只老虎不相信，偏把老铳拿过来，用嘴巴含住枪口闹着玩。谎江山趁它们不在意，偷偷点着了引火线，只听"嘣"地一声响，这只老虎的脑袋就四分五裂啦！

---

① 还傩愿：傩音诺。这是苗族一种祭祖仪式。解放前，每年都规定有还傩愿的时间，届时举行，并请亲友参加。他们认为还了傩愿，就可保清吉平安。既使是平安无事，亦往往被认为是傩公傩母保佑所致，所以也要还傩愿酬谢傩公傩母。

② 老铳：即鸟枪、火枪之类。

谎江山埋怨地对另一只老虎说：

"你看嘛，你看嘛，我再三告诉你们老铳的脾气不好，你们千万莫惹它，你这个小兄弟却不听话，这下吃亏了吧！"

谎江山来到母老虎家以后，把它孩子如何放肆惹恼了老铳，老铳一冒火就咬死了它一个孩子等等，一五一十告诉母老虎啦！母老虎一听老铳这么厉害，很是害怕，生怕老铳再发火，便要谎江山把老铳扛回家。谎江山问道：

"你家的傩愿还不还啦？不还傩愿，傩公傩母更不会保佑你们，你的儿子孙子会死得更多的。还不还由你，不还我就回去啦！"

谎江山这一说，母老虎更害怕了。它请求谎江山道：

"那么你与老铳商量一下，说我的孩子不懂事，如果再冒犯了它，请它千万莫再发火啦！"

谎江山点了点头，当着母老虎的面，若有其事地教训火枪说：

"老铳呀老铳，可不准你再发火啦！假若你再咬死老虎，我就要把你打死，丢你在半路，让你尸骨不归家，你给我老老实实站在门背后吧！"

说完，谎江山就把火枪放在门背后了。又有只小老虎看到门背后的火枪，以为是旱烟袋，趁母老虎不在的时候，一把将火枪拿过来，对另一只小老虎说：

"这烟杆真大呀，抽起烟来才过瘾哩！你快替我点火，让我来抽上一袋吧！"

说完，小老虎把火枪口含在嘴里，另一只小老虎替它点火，又只听"嘣"地一声响，它的脑袋又开花啦！

正在还傩愿的谎江山，听到枪声和母老虎一起赶过去，又埋怨地对母老虎说：

"你的孩子太调皮了，左说右说它们都不听，惹得老铳的火气越来越大，连我也害怕它啦！唉！我走了，把老铳留在你家算啰！"

母老虎一听，那还了得，吓得浑身发抖，赶紧又请求谎江山道：

"老谎呀老谎，请你行行好，千万莫把老铳留在我家。我求求你快把老铳扛回家去吧！"

谎江山心中暗暗好笑，扛着火枪高高兴兴朝家里走去啦！

想要吃人但又很愚蠢的老虎，反而被谎江山整得很惨很惨。

（摘自《苗族民间故事》 谢馨藻搜集整理）

谎经陷群虎

一天，谎江山在树上吃桃子，一群饿虎看见了，立即扑过来，团团围在桃树下，呜呜呜地叫道："谎江山，我们今天要吃掉你，你插翅也难逃了！"谎江山晓得老虎不会爬树，自己只顾吃桃子，吃了一个又一个，根本不理老虎。还把坚硬的桃核丢在老虎头上，打得咚咚地响。老虎着急了，一齐叫道："莫装痴了，你是癞子蛤蟆躲端午，躲过初一，躲不过十五。快下来乖乖地让我们吃掉吧！"谎江山看了看老虎贪馋的样子，懒洋洋地说道："你们吃过好多肉了，味道酸酸的，真是蠢得如牛，桃子又香又甜，才好吃呢，你们不想尝尝新吗？"听了谎江山的话，老虎们馋得咽口水，都想吃桃子。一只老虎等不起了，跳出来对谎江山说道："谎江山，我们饶你慢死，快摘几个桃子丢下来让我们先尝尝味道。"谎江山仍然坐在树权上，大口大口地吃着，顺手摘了几个大的往树蔸旁边的陷坑丢去，听到咕咚——咚——一阵响，桃子都掉下那无底洞里去了。谎江山装模作样地问道："怎么样？老虎们，桃子好吃吗？"老虎齐声大叫起来："谎江山，桃子都掉进陷坑里去了，我们一个也没尝到！"谎江山假装责备地说："拿到现成的桃子不吃，你们快想办法把陷坑堵起来吧！"众老虎你看看我，我看看你，没有一个想出好办法来。只好央求谎江山给它们想个好办法。谎江山眨了眨眼睛，不慌不忙地说道："办法我是有一个，讲出来又怕你们说我谎你们，还是算了吧，说出来对我也没有好处，总是难免一死，还是把桃子吃饱，死了好做个饱死鬼。"老虎慌了，忙一齐哀求道："我们不讲你说谎，快说吧！"谎江山看见老虎上钩了，才慢慢地说道："那就告诉你们，请认真记好：先去弄一床被盖里子来，中间不通眼漏东西就行了。"众老虎听了很高兴，一只大老虎就飞也似的跑去了，不久就衔着一床大被里子来了。众老虎高兴极了，齐声叫嚷道："谎江山，被盖里子弄来了，快告诉我们办法！"谎江山故作镇定地说道："好吧！你们听我的吩咐：四只大老虎各咬着一只被角，把陷坑盖好，小老虎在帮咬着四条边，我把桃子丢在被子中间，一会儿你们就可以吃到香甜的桃子了。"老虎立即照办，大小老虎都用口咬着被子，把天坑盖得严严实实的。谎江山爬上树尖使劲地摇树，只见桃子像下雨似的哗哗啦啦落下来，有的还打在老虎的头上，蹦跳几下集中落在被子中间。眼看快有半箩筐了，谎江山停止了摇树，对众老虎说："桃子摘得不少了，够你们吃一顿饱，现在听我的命令，我数着一二三，当数到'三'时，你们都一齐跳去吃桃子。"众老虎早想吃到桃子了，狂乱地吼叫到："快数，快数，我们等不起了。"谎江山心里暗暗好笑，手一挥，大声数着"一，二，三，吃桃子了！"刚数完，众老虎不管三七二十一，张开大口一齐向桃子扑去。谁知哗啦一下，桃子同老虎都掉下了万丈深坑。谎江山慢慢地吃饱了桃子。

从此，谎江山成了老虎的死对头，它们恨死了谎江山，赌咒一定要捉到谎江山把他一口一口的吃掉。

几年过去了，老虎还是捉不到谎江山。有一天，谎江山在悬崖上砍柴，被一群老虎看见了，立刻堵死每一条去路。谎江山看见左右都是老虎，下面是万丈悬崖，已无退路。众老虎咬牙切齿地说："谎江山，你害死我们几十条老虎了，今天我们可以报仇了。"谎江山装着知罪的样子，难过的说："虎兄虎弟们，你们不讲我也早已晓得了。前几天，我才算过命，该是今天死到这里，因此，我早早来到这里砍柴，等你们好半天，我不会跑的，你们只管放心吧！"说完，照样不慌不忙地砍柴。众老虎得意地说："谅你也跑不了，只要我们一个一爪子，你就粉身碎骨！今天，我们要抓破你肚皮，喝你的血，吃你的肉，连骨头也要吃光！"谎江山机灵一动，马上又想了个好主意，装着为难的样子说："今天你们吃我是吃定了的，不过这儿太陡又太窄，万一你们你争我抢跌下悬崖去，难免一死啊！"众老虎一看，上下都是悬崖峭壁，一个个都怕死，不由的犹豫起来了。一只老老虎对谎江山吼叫道："依你说又怎么办呢？"谎江山用手一指道："你们看那山顶上不是有块平地吗？等我把柴挑上去，在那儿吃我不是更好吗？"老虎一看果然是块平地，就同意了，便让开一条路让谎江山走出来。谎江山挑着柴火，随老虎到了山顶。谎江山把担子放下，就跪在地上磕头不止，叩拜天地。老虎更莫名其妙了，不知谎江山又耍什么花样，大声吼道："谎江山，快躺下，让我们乖乖地吃吧，你不要再玩花样了。"谎江山哭了，哭得很伤心，一边哭一边诉说道："我死不要紧，可惜我宝贵的谎经就断绝了。在你们吃我之前，我要磕九十九个头，挖一个土坑，把谎经埋在土里，让我儿子取回去。"说完，又磕头不止。老虎听了，也觉得谎江山的谎经是个宝贵的东西。一只长了白胡子的老老虎说："谎江山这样聪明，原来是他有本谎经，这是无价之宝！我们如果有了谎经，就会比人更聪明了。"众老虎你一言我一语的议论开了，一致要求谎江山把谎经教给它们。谎江山很神秘地说："学谎经难得很，你们一定学不好！"老虎生怕谎江山不肯教谎经，一个个争着说道："我们老虎的祖宗，从来就不怕困难，你快教我们吧！"谎江山看看老虎当真了，更加神秘地说："俗话说，学得谎经，九死一生。我学谎经差点断了气，有的人怕痛苦，所以谎经就没有我的灵。依我看不学算了吧，你们趁早把我吃了，学什么谎经啊，何必自讨苦吃呢？"老虎着急地说："我们都是硬骨头，痛死也不哼一声。你快说，是怎么学呀？"谎江山看看自己的计策十成有九成把握了，才故作正经地说道："好吧，我讲了你们不要害怕。是这样的：凡是学经的徒弟，先得把手脚捆得紧紧的，然后用木棍敲打三下，不吃不喝不动三天，最后才学得谎经。这叫做'千锤百炼'，又叫'先苦后甜'，若要功夫深，莫怕筋骨碎，就是这个道理。"老虎齐声叫道："我们决心学经，什么苦也不怕，快教我们吧！"谎江山答应了，老虎欢天喜地等着。他又对众老虎讲好："我先去割些扎实的葛藤、红藤、水竹来，拧成索子，还要砍一根硬硬的檀木棒，才能开始教谎经。"老虎也答应了，又怕他逃跑，仍然守在山顶上，堵死了路口，看着谎江山下去割藤来。不一会儿，谎江山拖上来一大捆古藤，很快纽成三股索，摆成一堆。对老虎说："现在准备好了，谁先来学经？"老虎争先恐后，乖乖地把四只脚拼做一起，让谎江山牢牢地捆紧，并打了死结。他边捆边交待："你们痛了也不能叫喊，因为一叫喊就不灵了，要挨三天三夜，不吃不动，就能得到真经；不仅能谎人，谎百兽，还能长生不老。"众老虎虽然很痛，谁也不哼一声，只是咧着牙齿笑。谎江山把一只只老虎都捆绑好了，不慌不忙地吸了一袋烟，过足烟瘾后，提着一根大檀木棒，走到第一只老虎跟前，先对虎鼻梁打敲了一棒，又朝腰上击了一下，再一下打着小腿骨,那老虎扭了几下就不动了。谎江山假装称赞说:"真是好角色,一声也不哼,要这样认真,才会学到真经。"他又俯身到虎嘴边听了听,知道断气了才停止了敲打。众虎等得不耐烦了,争着吼起来:"快教我吧!""快教我吧!"谎江山忍不住心里打脱笑,摆出一副师傅的架子说道:"不许做声,只有我一个人,总有先有后,我一个个教来,包你们都要学会谎经。"他照样舞起大木棒,把几十条老虎一条条的打得七孔流血而死。从此,老虎几乎死绝了,只剩一对公母虎,谎江山成了老虎不共戴天的仇人。

有一天,谎江山在陡岩壁下面挖草药,被这两只老虎看见了,它们猛扑过来怒吼道:"谎江山,你把我们的虎姐虎弟都打死了,害得我们虎族几乎绝了种,幸亏那天我们没有去,才活下来。今天,你该死了,我们要报仇。"说完,立即堵住了唯一的一条路。谎江山一点也不慌张,对两只老虎说:"来吧,快跳过来吃我吧!"老虎见谎江山像一只飞蛾似的贴在石壁上,跳过去又怕摔死,在原地站着不敢动,等谎江山下来再吃。谎江山眼睛转了几转,立即又想出了一个好主意,他装着一副可怜的样子对老虎说道:"老虎,这地方藏不下你们一只爪子,你们吃我也不好下手,不如到岩壁底下宽地方去,让你们放心落肠地吃。我不能上,又不能下,反正走不了,你们还不放心吗?"两只老虎看看前后左右都是飞崖陡壁,断定谎江山逃不脱了,就答应了,让谎江山下来,一只老虎堵住来路,一只压后,把谎江山夹在中间。走到两三丈远的地方,谎江山抬头一看,猛然大叫一声,"不好了,垮岩壁了!垮岩壁了!快撑呀!"一边叫喊,一边慌忙用双手撑住像要蹦下来的岩壁。两只老虎也搞慌了手脚,忙伸开双爪一齐撑起来!谎江山又说:"你们看,那上面的石头就要掉下来了,快用力撑呀!"他也假装用力,两只老虎生怕石头掉下来砸死,就更加用力撑住岩壁。过了好一阵,两只老虎已精疲力竭,对谎江山讨饶地说:"谎江山呀!我们累坏了,这样下去,我们不压死也会累死呀!"谎江山装着无可奈何的样子说道:"有什么办法呢!我也快要死了!"两只老虎哀求道:"谎江山,你做做好事吧,我们又累又饿,救救我们这一次吧?"谎江山装着宽宏大量的样子说道:"那好吧!只有一个办法了,你两到这里用力撑住,我去砍几根大树杈来撑崖壁。"两只老虎快要支持不住了,粗声粗气地说:"快去!快去!"谎江山高兴的差点笑出声来。他拿了把

柴刀走进树林里,噼哩啪啦地乱砍一气,越走越远。回家去了。两只老虎还死劲撑着崖壁,左等右等不见谎江山砍树杈来,才知道又上当受骗了。两只老虎筋疲力尽地走下岩壁,垂头丧气地说:"我们老虎斗不过谎江山,只有皇帝能管他,我们到皇帝那里去告他。"老虎走了九十九重山,过了九十九道水,朝见了皇帝,告了谎江山一状。说他把老虎家族快要打死完了,要求皇帝捉住谎江山剥皮抽筋,为虎族报仇。皇帝听了它们诉说后,耐心地劝它们说:"谎江山这个角色很凶,我们朝廷对他也没有办法,他的主意像天上的星星那么多。不要再和他斗了,我赐你们一年生九胎,不到几年就可以遍地是老虎。"老虎走出金銮宝殿,高兴极了。母老虎边走边念:"一年九胎,一年九胎。"走了九天九夜,一直走到山里来。不想又遇到了谎江山,他们吓了一跳,慌慌张张逃进了深山老林。哪知道走得急了,把一年生九胎忘记了,念成了九年生一胎。从此,老虎九年生一胎,现在老虎才越来越少了。

(原载1980年《湘西民间文学资料》 吴显清搜集 向农整理)

九十九坡杀恶狼

花垣县有座莲台山,峰高望远百数平方公里,山脚下有个苗族聚居的金牛村,村庄后面有个小小的山坡,名叫"九十九。"这名字,有个非常动听的故事。

相传在很久以前,这里古木参天,荆棘蔓野,豺狼当道,虎豹横行。白天黑夜,鬼哭狼嚎。成群的狼疯狂地残害人畜的生命,人们却毫无办法,只有把悲愤的泪水暗暗地往肚里咽。

村里人见了谎江山,对他说:"老谎,你尽谎人,怎么不把狼谎死呢?"谎江山觉得也是,必须设法除掉这一公害。

那一夜,他没有合上眼皮,想了整整一夜,终于想出一个绝妙的办法来。清早,他手拿一坨刚捏好的糍粑,一罐甜的蜂糖,一根大而长的铁棒,来到村后这个小小的山坡上,生起了大大的篝火,静静地坐在火边,把铁棒烧得红红的,在等待着狼的出现。一会儿,一只恶狼从密林的深处,大摇大摆地向小山坡走来了。老谎看见了狼,仇恨的火升腾起来,恨不得一棒打死这可恶的兽牲。眼看它渐渐走近了,便迎上去说:"狼先生,你真早呵!"

狼听到喊声,警戒地竖起耳朵,睁圆凶恶的眼睛。当它看见屹立在眼前的不是什么东西,而是人的时候,感到又惊又喜。暗想:"平常这儿的人看见我,都惊慌地逃跑;而今这人……从昨晚吃只小羊,到现在已消化得无影无踪了,正想下山找吃的,而眼前这人,不就是我最好的早餐吗?"它这样想,唾液就从口里不断地流出,显得饿极了。

"呵,是的。"它说:"你大概知道你们天生是我们的粮食。那么,就不必让我动手,乖乖地让我吃了吧!"

"呵,狼先生。你大概很饿了吧?我这里有你没有吃过的东西呢。那好吃啦,甜甜的。只要你不吃我,我就送给你哦。"谎江山说罢,回身到火堆边取了几个糍粑,并粘上了点蜂糖,送到狼的跟前说:"来吧,尝尝看。"

"哼,你当我是傻瓜,想把我毒死。"

"你不信么?"谎江山一口把一个糍粑吃了一半。狼见了,贪馋的本性萌生了,不容分说地一把抢去谎江山手上剩下的糍粑,大口大口地吃起来了。那蜂糖的甜味,使它越吃越想吃,吃完了还向谎江山要。

"我剩下不多了。"谎江山为难地说。

"你不肯么?那我就不客气了。"狼张牙舞爪。谎江山故作不得已地说:"我送你吃可以,但有个条件。"

"什么条件?你尽管说吧,我一定遵从。"

"只怕你不守信。"

"少啰嗦。"狼不耐烦了。

"那好。一,你必须把眼睛闭得紧紧的;二,必须把口张得大大的;三,我没有说好的时候,你不得随便睁开眼睛。"

"好的,好的,来吧!"贪婪的狼闭眼张口等待着。谎江山试它几次,看他"老实"的样子,咬牙暗暗地骂道:"见阎王去吧!"便折回身去取火烧红得发亮的铁棒,快步冲到狼的跟前,迅速将铁棒戳进狼的口里、肚里,狼惨叫几声,倒下去了……

就这样,勇敢而聪明的谎江山,用巧妙的方法,不到一天的工夫,接连杀死九十八条狼了。这时已到黄昏,夜风习习地吹来了,满山满岭,草树红花轻轻地摇荡,向他点头祝贺;归林的鸟儿也在叽叽喳喳,似乎在为他唱颂歌。他高兴地起来伸伸腰,觉得身心无限的轻松和愉快,同时也隐隐地觉得有点疲累了。他收拾家伙,望着西下的夕阳,正准备回家。这时,却又从林内传来"叱嚓"的响声。他猛回头一看,一只跛脚、双眼流泪半瞎的老狼,慢悠悠地来了。谎江山看见了狼,又把疲劳和饥饿全忘记了。以他天赋的灵性,同样的办法诱来了奸猾的老狼。谁知那狼半瞎的眼睛不能全闭,略略还能看见一丝亮光。当他拿着红铁棒冲向狼的时候,狼突然暴跳起来,嗥叫着扑向老谎!在这危急的关头,老谎不是失魂落魄,而是沉着应战地说:"狼先生,你听我说,你看看天,乌云低沉,雨马上就要下来了,要吃我总要找个干净不着雨的地方嘛。"狼抬头看时,天空果然乌云滚滚，黑云压境，电闪雷鸣。狼觉得也是，料想老谎也脱不了自己狼掌，便说："那好吧，你带路。"谎江山爬起来，带着狼来到后山的一处绝壁悬崖旁。悬崖与对面山一字断开，徒峭非常，而两山之间刚好有两根木头架着相连。对面恰是个大大的洞穴，洞口乱放着几根能连两山的木头，上面古木杂树，繁枝茂叶，把洞口盖住大半多，真是个僻静的地方。只见谎江山急忙上前对狼说："狼先生，你看那对面岩壁山洞好安静，正是我们的好去处。"狼听了以后向前一看，只见悬崖前两根木头并没有放好，就像要垮塌似的，慌了神，就向谎江山问道："只两根木头我过不去，那怎么办呢？"谎江山说："要么这样，我先爬过去，到那边把那几根树木一起搭上整牢，让你好过去。"狼说："好，你赶忙去。"于是，谎江山便先去对面山，假意整理木头，再叫狼过去。当狼走到木头当中时，老谎忙抽脱木头，把狼甩死在山崖下了。

后来人们为了纪念谎江山智杀九十九条恶狼这一伟大功绩，便将那座山改名为九十九，一直沿用至今。

（石仕贞　石兴文搜集整理）

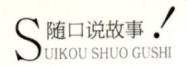

立凭斗虎

与自己同属动物的老虎看见个头高大健壮的水牛,被小个子老谎套着翻地犁土,很是不平。乘闲时走过去问道:

"水牛大哥,你背后那个小不点,捏起来没一把,放开去没一抱,凭什么由他拨盘你,给他当苦力,我真替你气不平。"

水牛看了它一眼,说:"兄弟,你问这个干什么?天底下稀奇的事情多得很哩。大水冲了龙王庙,大火烧了火神宫,天上飞的叫地下走的吃了,水里游的让陆上爬的叼住了,你说这是怎么着?各随各的缘份罢咧,谁叫我跟人有缘份呢!"

老虎笑着说:"什么狗屁缘份,我才不信那一套,我相信的是力气,力气!有力气的是大哥,没力气的是孙子。我要跟他比一比。"

老谎来了,扛着犁铧,正要给老牛套上。老虎走过去,冲着他厉声喝道:

"臭小子,你要干什么?"

"翻地。"

"干嘛自己不拉犁?"

"这个,你管不着!"

"我偏要管!"

"凭什么?"

"就凭我脚上的爪子,嘴里的牙齿和身上的力气。"

老谎把老虎看了一遍,不齿地说:"就凭这点也来充角色,你不配?"

"你敢跟老子比试比试?"

"怎么个比法?"

"过手!"

"哈哈,"老谎笑出声来,"亏你讲得出口!可曾听过常人说好汉动口不动手。动手的是毛子,动口的是光棍。光棍不跟毛子斗,怕的是坏了自己的名声。滚吧,我不跟你比试!"

"你才是毛子呢",老虎说,"我偏要跟你斗,看你怎么着!"

"你不是我的对手,跟狗斗去吧,我一出口,你就没命啦,我不忍心白要你的一条命,逃生去吧!"老谎劝道。

老虎更是纠缠不休,非比不可。老谎笑嘻嘻地说:"算了吧,我使的是宝贝,你使的是力气,比输了怕你不服气。"

老虎越发不服气起来,大叫大嚷,只是要比,而且要见识见识老谎的宝贝。

"比就比",老谎说:"咱们得请个证人,订个条款,立个凭据,比输了的乖乖走开,永不滋事。"老虎接着说:"比赢了的就此罢手,不伤输者性命。各守信用,两不相亏。"

老谎要大山为凭牛为证,提出捆着老虎的手脚后亮宝贝让大家看。老虎自以为力大凶恶,答应了。山里的猴子、狐狸、兔子……听说老虎跟人比试,都围拢来看热闹。

老虎被捆住四蹄,老谎敲着它的额头喝道:

"笨蛋,看清楚了,这就是老子的宝贝,你的小命就攥在老子手里,你要服了,放你一条活路;若还撒野,马上取了你的狗命!"

老虎不服,大声嚷嚷:"你你你,是在撒谎不算本事!"

老谎哈哈大笑道:"蠢货,听着,我来教你!这不是撒谎,这叫做计谋。会使计谋的是人,不会使计谋的是禽兽。禽兽不如人,可以做朋友,未必就要结仇。"

老虎只是挣扎,叫骂不休,横竖不服。

老谎指着老虎骂道:"你这个畜牲,不听人言,只相信力气,是个不见棺材不掉泪的蠢才,不给你一点颜色你是不会长进的,就让我教你怎么跟人相处吧!"抡起牛搭脚往老虎头上身上一顿狠揍,打得它浑身上下青一条紫一条的疤痕累累。

老牛看着忍赖不住,仰起脖子哈哈大笑,一个倒栽葱跌下坎去,把上排牙齿尽都跌落,从此牛嘴巴里再没长出上牙;猴子见状乐得拍手大笑,从高树枝里咕咚一声摔了下来,跌得屁股通红,落得了个红屁股;狐狸笑得在灰土堆里直打滚,沾了一身灰,身上变得灰不溜秋,麻里麻花的;兔子笑得裂开了嘴,变成了裂嘴唇……

老虎打不过,只得求饶,发誓以后再不问人间世事,不进村庄吓人咬牲口。老谎遵条款放虎归山。

(田彬搜集整理)

悬崖种芋葬虎身

谎江山跟虎打了亲家,两个来往密切,感情很好,老虎请谎江山喝果酒,谎江山请亲家品瓜茶,相处得十分融洽。

有一次,老虎在谎江山家里喝芋头汤,觉得十分香甜可口,扎实称赞了几句。老谎给了它一把芋苗,教它回家栽种。老虎欢天喜地带回芋苗小心栽在门口的园子里,天天扒开来,摸摸看看,看看摸摸,把玩不断,等着芋苗快些长大,结籽开花。那芋苗偏不争气,单单的只成活了一棵。老虎更是爱的同宝贝一般,每天早晚摸挚抚弄,亲嘴咂脸,吟唱呼唤。

这天,谎江山吃了饭没事去看虎亲家,老远瞧见老虎蹲在地里,两手捧着那棵宝贝芋苗哼着:"快点大,快点大,锅儿鼎罐屋里架;快点长,快点长,锅儿鼎罐屋里响"的小曲儿,觉得滑稽可笑,有心逗它玩玩。轻手轻脚走到老虎身后,两手搭在虎肩上,猛地"哒"了一声。老虎猝不及防,吃了一惊,双手一紧,打个冷颤把芋苗连根拔了起来。回过头来,见是老谎,新仇旧恨涌向心头,跳将起来,抓住谎江山连摇带晃地咆哮道:"我要吃你!我要吃你!"老谎笑着说:"亲家,一棵芋苗打什么要紧,发这么大的火做哪样,我回去扯几把来给你补上好啦!"老虎借题发挥,暴跳如雷,大叫大喊:"我不要听,我不要听,只要吃你,看你怎么谎我!除非你赔我一片茂盛的芋苗!其他什么也不要。"老谎还是笑嘻嘻地说:"亲戚一碗酒,越搅越浓;脾气一把火,越拨越散。不听就不听,我干嘛谎你!不过,你不要忘记:打架看家伙,吃人看场合。如果真的要吃我,你看这青天白日,人来人往的,你吃得了我吗?如果想要好多芋头苗,那好办,我在后山有一块僻静廊场,早早就种上了一大片芋头。前些天我悄悄去看,长得可高可青啦,能做下年的种用呢,我带你去看看再说。"

"走就走,如果找不到那地方,到时莫怪我张口太大,吃你吃得快?"老虎

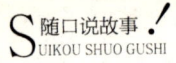

气冲冲地说。

"深不过林，宽不过坪，丛林高又远，地坪广又近。咱们就往地坪里走吧。"

地坪里，田连田，地连地；一丘挨着一丘，一块接着一块。丘丘青又绿，块块茂又密。一路上，只听见呱呱啦啦的蛤蟆声。老虎口水流，心里急，龇牙又裂嘴，喘着粗气找芋地。老谎发声笑，告诉老虎你细听，四方八面都是路，要想捷经小路行。老虎忙点头，跟着老谎往深山穷谷里跑去。前面一片好芋苗，长得高大好惹心。老虎一个趟子跑过去……谁知掉下悬崖里，粉身碎骨了一生。

原来芋苗种在崖坎上，两步三摇即招魂：一条峡谷幽又深，万丈峭壁两边分，脚下一条缝，头上一道痕，云层滚滚崖头上，山崩地裂天欲倾。老谎深知狼虎心，早种芋苗好安身。

（田彬搜集整理）

登仙柜套老虎

谎江山扛着棺材走在山路上,老虎撞见了,高声喊道:

"过路人,过路人,肩上扛的啥东西?"

老谎朗声答应:

"守山神,守山神,肩上扛的宝贝登仙柜。"

"登仙柜子怎么用?扛去送给什么人?"

"登仙柜子真奇妙,睡在里头有窍窍。少年睡着不会老,老年睡着变为少。扛去送给有福人,无福之人莫想要。"

老虎听了猛地跳下山来,龇牙裂嘴地嚷嚷着说:"我要我要我就要,快快抬进山里莫走道!"

老谎厉声问道:

"天高万丈,地广万里,要我仙柜,是哪家的理?"

老虎笑着说:"公讲公有理,婆讲婆有理,媳妇讲的在道理。这柜我要了,就是这个理!"

老谎大叫道:"有理走遍天下,无理寸步难行。要想夺我宝柜,除非当今皇帝!"

老虎大笑道:"好好好,当当当。我是山中王,至高称无上,早晨要太阳,晚上要月亮,拿我怎么样?打我山前过,就是我的货;识相的留下,不识相的,拿命过!"

"大王莫逞强,这件东西不平常。只献人中帝,不给兽中王!"

老虎咆哮着说:"什么人中帝,兽中王,只看哪个强。这个柜子我要定了,你把我看一眼!"

老谎笑了笑,说:"大王何必这么性急,请听我慢慢道来:帝王本一家,福大命都大，何况我老庚是您本家，您我是亲家，送您还不该吧？只是这仙柜奥妙无穷，若解它意，万岁万万岁，不知其窍，拿去也白搭！"

"不就是个柜子吗，还有什么狗屁讲究，哼，卖关子！有话就讲，有屁就放，拐弯抹角，老子认得你，老子的牙齿可认不得你！"

"大王啊，话不能这样讲，事不是这么做。你要个东西，总是要得福，难道为了遭殃？何况是关于你的生命甚至儿子儿孙的幸福安乐，王业永固？这个仙柜，贵在得气，得气在得法，得法首在耐心，第一要耐心啊！"

"什么'得气'，'耐心'，吊胃口！你就明讲不得？就是你们人，绕山绕水，藏头露面，真叫人难着！"

"好，我就照直告诉你，受得你就拿，受不得咱们就'将军跳下马，各自奔前程。'你做你的王，我当我的丐。要保仙气，就要依法如式，按部就班进柜安眠。其法式是深埋厚葬，礼乐相送，亲友相随，万万不可草率从事。安埋之后九年之内不可动土，妄动一铲一锄，一土一石，仙气外泄，仙体腐败，子孙遭殃。大王您能遵守这个法度，有这个耐心吗？"

老虎听了哈哈大笑道："老谎，老谎，你真是门缝里瞧人，把人看扁了！难道只有你们人中帝王能够如法依式，我虎大王就没这个气度了，这事全依你，跟老子把柜抬上山去，一切照你的办！"

就这样，老虎在山里大会亲朋，吹吹打打，热闹了三天三夜，把老虎夫妇同棺入殓安葬。掩埋之际，虎子拜问休咎前程。老谎唱道：

"哈咿，哈咿——

不要躁，不要急，皇天不负苦心人。

你父母安乐升仙走，子孙幸福安乐久。

幸福安乐久，王业长在手。

老虎九年生一子，九座山头一个守。

哈嗨其哟——嗨嗨嗨——哈哟——"

从此以后，老虎生殖繁衍缓慢，苗岭崇山一带罕有虎迹，人畜相安。

（田彬搜集整理）

冻塘擒狐狸

大雪封山，雪过天霁。谎江山拖着破草鞋，提着烂镰刀，晃悠悠地走进深山。狐狸看见了，高声喊道："老谎，这大雪天，鬼鬼祟祟的钻进山里来，又要扯谎哪个了？谎江山答应说："一只手解不开两个疙瘩，肠肚子打架没法劝解，三天三夜不动烟火了，哪里得空谎他人，城门楼失火！哪个比得你老哥，小伙子长得标，八字儿生得好，不动手不动脚，一年四季荤腥吃不完，有事没事只想烂主意坑人。这会子吃饱喝足了拿我来开心，小心得烂肠痧，撑坏肠子咧！""你好意思讲我么，"狐狸说，"谁人不知，哪个不晓，你谎江山一脑壳圈圈，一肚子诡计，凭着三寸长的舌条，无理强占三分理，有理三分说八分。能把死人讲活，把活人说死，吃了东家吃西家，动口不动手。饿得着你，鬼才相信呢！"

谎江山笑笑说："罢啦，罢啦，大家彼此彼此。哪个人前没人说，哪个人后不说人。舌头长在你的嘴巴里，谁管得着，由你嚼去罢咧。飞花大雪，撵狗不出门的，你纵然脑袋里点得出金，舌尖上开得出花来，寒天冷冻，哪个买你的帐？三个铜板逼死英雄汉哩！说来不怕你老哥笑话，我的确三天没开火了，前日天抬网进山，有心网几只叫雀儿去城里骗几吊饭米钱。偏生时运不济水打船，转来转去，好容易捞到一只孔雀，心想城里忔乍不忌讳，笼上街去，哪晓得一脚踏进城门洞就叫人指着鼻子尖说开了：那口子总是穷极饿慌了，要不就是个白痴疯癫，青天白日抬只不吉利的主儿跑进门来骗吃喝。怎么不抬进他外婆家里去骗根孝帕，吃顿菜豆腐，却进城里来撒野，城里人就是吃人肉的生番？好没搭煞！""敢情是被他亲爷赶出门来的，咱们干脆把他轰出去，免得招他孽恼！""大行大市的，广招河南河北，没招没惹的，平白无故欺负穷人，不怕山里苗人造反？饿干巴了怎能赖得下去！"老谎又说："他们丑的、脏的、臭的、烂的、拉三扯四什么都咒了、骂了。'千咒万咒，百年长寿'。只要骗得上手，凭他们骂去罢！谁知砍脑壳的果然做得出，看见我走进去，老远的就把大门关上了，好像躲避邪祟似的。老婆子嘴巴里还嘀哩咕噜念着什么'灾星随他去，财喜进屋来'——比咱还忌讳呢！你说可恼不可恼，可恶不可恶！"

狐狸瞪着眼半信不信地说："果真有这种事？"

老谎拍拍巴掌道："信不信由你，反正这几天我的肚子饿扁了，脑壳气胀了，坐不住，睡不着，进山来捞几根山竹做钓竿，今天晚上去山塘里钓几条鲫壳子煞火消气，平胃补脾。"说罢就要走。狐狸拉住他道："日子像牛毛似的哪里不是一天，急什么？再聊一阵子打什么紧！"老谎作色道："说得轻巧，你不打紧我的肠子紧着呢！你们贵人不解常人情，你心怎似我的心！""唉！"狐狸一声长叹，不无感慨地说："但得两心相似处，寂寞难觅路，且住，且住！""你的心情我理解，世道如此，急又有什么用？俗话说得好，依得人划算，天下无穷汉！天底下哪个不会划算，路边怎么会有那么多饿死鬼？人算不如天算，买只母鸡不生蛋，是谁的过错？所以又道是：本事好不如运气好，运气好不如机会好，机会好不如抓得到。诸葛先师前知五百年，后知五百年，怎么就不知道他的生前生后，落得个鞠躬尽瘁，死而后已；身死国灭，遗恨千秋！天命难违啊！人有寿夭穷通，月有阴晴圆缺，世事难全啊！你我窘迫到这步田地，难道因为本事？这是天意，天意啊！天公杀人不用刀！"

老谎故作惊诧，停下步来问道："狐兄，难道这几天也碰到了什么不如意的事？"

"岂止不如意，简直糟透了，差点儿连小命都丢了呢！"

"哈哈！"老谎笑道，"真是大水冲了龙王庙，大火烧了火神宫，你把我当三岁娃儿么？以你的天才机巧，敢说这样的笑话！"

"你是在赞扬我呢还是在嘲笑谁？"狐狸大叫起来。

"苍天在上，谁敢嘲笑你？你听没听见街上童谣说：

'尾巴大大嘴巴尖，常在深山古洞眠。

人人都称他为佛，除了孔明他为先。

若问此君名和姓，大名鼎鼎是狐仙！'

人们都把你捧上了天呢，这也是嘲笑！"

"有这种事？"狐狸惊问道。

"满街传唱，人所共知，只怕玉皇大帝也听到了呢，编造得了的！"

"啊！"狐狸长叹一声道，"世事难料，人事更难料！我跟人们积怨太多，只知这世上人人都恨我，骂我，巴不得我断子绝孙，食肉寝皮，千刀万剐呢，谁知竟有如此知己，真乃意外，意外！说句掏心窝子的话，我素日里对人间神圣从无青眼，虽不敢自拟西天佛祖，太上老君，对于那些什么活佛、神仙的，确是不屑一顾，耻与为伍的！"

"那些家伙么"，老谎笑着说，"装腔作势，装模作样，骗吃骗喝，白吃人间香火，受人供奉，知道什么？有狗屁用！要叫佛称仙的话，我看只能做夜壶、尿壶、吃先、扒先，胡老百姓罢了，哪能比你狐仙？"狐狸点点头说："兄弟的话也挖苦得够了！他们这些东西虽然肚里空空，没半点文墨，干不得半件好事，不过坑人、诈人、蒙人、吃人、吃里扒外的招儿还是挺高明的，真是好事做不来，坏事尽着干，歹毒到顶也卑鄙透顶了呢，把他们叫做什么酒壶、饭壶、钱包袱、牛皮癣、癞头癣、王八糕子、烂鱼虾还是挺切当的呢！"老谎接道："老兄妙语，一针见血，真叫人拍手叫绝！只是这话只有老兄你讲得出，我们是万万不敢启齿的——得罪神佛，怕遭天打雷劈，下辈子做牛做马呢！"老谎笑得上气不接下气地说，把个狐狸也笑的拍着肚子只叫疼。

两个话一投机，天南海北的没完没了，看看寒鸦归林，山下炊烟雀起，老谎把话题一转问道："狐兄今日哪处发财？""正没个着落，想起来真叫人伤心。"狐狸叹了口气后，老谎接着道："正是呢，刚才只顾谈别人的白路经，颠倒把老兄的事儿给淡忘了。正儿八经这些天你究竟遇到啥棘手的事了，能不能跟兄弟透透风，兴许能有所开释，多个鸡公多个力嘛！""唉咿咿，讲起来羞死人了！"狐狸长叹说道，"不是我自负自夸，平素日子我进寨子里抓个把活口，无论鸡鸭鹅兔，小猪小狗，那还不是坛子里面捉乌龟——手到擒来。前天中午，我去寨了里捞只鸡解渴，想往常这个时候人们总是带着狗子进山攉肉去了，村子里空荡荡的，凭咱打马游街唱大戏。谁知那天竟然事出意外，我刚刚进村就被一群恶狗给围住了，纠缠不清，幸好我嘴尖牙利跑得快，才撞得出来，虽没大难，耳朵却叫一只癞皮狗拉开了一条口子，现在还血糊淋当的呢，真是老猫掉了穿枋，你说痛心不痛心！"

"痛心、痛心，简直痛心透了！"老谎应承地说着。

"事情还不只这样"，狐狸接着说，"昨天煞黑，我打鸭棚里逮了只大公鸡，滚瓜流油的，正往山里回，冷不丁迎面碰上了个丧门星，不晓得哪个穷棒子正牵着只酸狗子打从山里下来，仇人相见，分外眼红。何况那还是只穷狗、饿狗、长毛狗呢。那畜牲仗着人势，死命扑来，我无奈把到手的财喜扔给了那杀才。要不，只怕连老命也赔上了呢！真是晦气。"狐狸气咻咻地说。

"谋财害命，天理难容，一定会遭到报应的！"老谎说。

"报应报应，天才晓得！只怕要等到狐年狗月呢！"狐狸说。"远在儿孙，近在自身，狐兄等着瞧吧！"老谎说。"管他呢"，狐狸伸了伸懒腰说，"远水不解近渴，我们不像你们人类，讲什么儿孙、来世，我们讲究的是现实、眼前。眼见为实，不见为虚，""怎么解得眼前饥渴的法子，只怕狐兄弟你不肯俯就。""唉，病急乱投医，只要能解馋，什么俯就卧就，将就罢了呗。你说说，啥法子？"

"狐兄不拘，我就从直了，今晚上老兄就跟兄弟我，咱俩去后山塘里钓鱼怎么样？那是没人管的鱼塘，十拿九稳，七八十来斤一条！""真的？""怎么不真，那是我的衣食饭碗呢，我进山就是来砍钓竿的嘛！""我也砍一根！"狐狸说。"你？"老谎摸摸狐狸的大尾巴笑着说，"你有这么粗壮香甜的钓竿还要砍么，我看连钓饵都不用了呢，这么芳香扑鼻只怕天上九曲黄河里的仙鱼也会上钩呢，哈哈！"

"真会这样？""会得很哩，你这是天竿，专钓大鱼的。就像姜太公用直钩，不钓鲢与鲤，专钓将相与王侯哩！我有一绝招，加上你的天竿，保证今晚一钓成功，稳睡三年。哈哈哈！""哈哈！"狐狸也大笑起来。"今夜寒风起，老兄到我家门口咳嗽为号，我自来接应，千万别惊动四邻，免生是非"。

两个商议定了，分手各自办事。

狐狸归山，且不进洞，就近处找个山崖洼洞权且蹲着，眼巴巴地盼着天黑寒风起。好几次听得竹叶响，跳起来睁开眼睛只见树影斑驳，天色还早呢！盼呀盼呀，光明就像生了根一样似乎长住不动了，好烦人啊！左盼右盼，好容易盼到寒星起,晚风动,饥肠漉漉,胃火上炎的狐狸一跃而起,迫不及待地朝村里跑去,偷偷摸摸挨近老谎家照壁脚,"喀喀"连咳几声,不见动静,"莫非他睡觉了,没听见?"又咳了几声,还是没有回应。狐狸火上来了,直想大叫、大撞,又怕惊动寨子,招来恶狗,招架不住,只得强忍忿气,暂抑饥肠,找个柴堆钻进去躲避风雪。夜越来越深,风越吹越紧,沙沙啦啦撒起雪粒儿来,真是越饿越着鬼,越冷越当风。狐狸紧紧缩做一团,真如万箭穿心,千刀戳背,好生憋闷难受,真是一刻三冬,度时如岁!好久好久,几乎连肠子都冻结了,挨冻不过,颤抖着连打了几个"喀喀",听得竹门"吱呀"一声,老谎走了出来,四处张望,轻轻喊了声"老狐"。狐狸闻声跳出,埋怨说:"饱人不知饿人饥,你好做得出呀!"老谎"咄"地一声制止住它,轻轻说道:"小声,小声,今夜寨子里有人恰相(赶恶鬼)出不得门,只好委屈你了!这也是情非得已,事出非常啊,身在矮檐下,不得不低头嘛。改日我再跟你赔礼谢罪,咱们走吧!"

他俩登上后山坳里当风的天水塘边,塘水已经冻结,老谎在塘边风口处掘开了一个冰窟窿,叫狐狸把尾巴伸进水里去,嘴里叽哩咕噜地念道:"天灵灵,地灵灵,太上老君大精灵。弟子奉请奉请再奉请,奉请历代仙师,传世仙祖,九天司命,太上老君,太上道君,太上元君,今夜赐我狐兄大鲤鱼一条,重三百斤。吾奉太上老君急急如令!"

老谎念罢嘱咐道:"狐兄,我这钓鱼神咒乃张天师亲口传授,百灵百应的,非比一般。但是必须志诚顶礼,不可口是心非,胸存邪念。诚则灵,妄则非。少时,你若听到塘里水响,尾巴游动,切莫移开钓尾,那是小鱼前来探水的,不要上它们的当;水冲尾不动,大鱼开始吞钩了,但咬得不紧,还没把天竿神钩吞进肚呢,竿拉不动鱼,万万不能起杆,以免打草惊蛇,前功尽弃;直到水不流,竿不动,又稳又重,挪不动,移不开,大鱼上钩,时机成熟我自会前来帮你的。切记,一定要耐心耐心再耐心,等待等待再等待,直到瓜熟蒂落大鱼到手。你就蹲在这里等大鱼上钩吧,我去浅处钓鱼,咱们各自随缘从份吧!祝君成功!"嘱罢,一撂而去。

狐狸蹲在山塘边的冰块上等着大鱼上钩。好几次微微听得水响冲动尾巴,想着是小鱼探水,就坐像没觉察到一样,一动不动,专心致志等候大鱼前来。半夜过后，塘水平静，尾巴静悄悄地一动不动——大鱼吞钩了！狐狸心里暗暗佩服老谎神咒果然灵验"归山后一定要想办法把它弄到手！"眼看大功就要告成，又是喜欢又是激动："三百斤，三百斤啊！足够一冬口粮了！"只是不敢乱动尾巴，生怕把大鱼吓跑了。山下鸡叫三遍，满身积雪的狐狸，长尾巴被牢牢地冻结住了，身上觉得有千斤重似的，狐狸轻轻举了一下，没动；稍加气力提一提，还是没劲；用力提举，哪里动得半毫分；狐狸站起来使劲往上提，就像生根了一般纹丝不动。好家伙，总算没有白费，狐狸心里开了花一样乐滋滋地等着老谎前来帮他搬取大鱼。等呀等呀，东方起了鱼肚白，太阳升起来了，只是不见老谎露面。"莫非……"狐狸生起疑来，"大丈夫提得起放得下，你不来老子就起不上来了？我老狐狸还能叫尿憋死了！"狐狸使劲挺起来，塘边风大水浅，尾巴连着泥水一并冻住了。别说提起来，就连狐狸也给死死冻结在冰面上休想站立起来。

这时狐狸才真的慌乱起来："我上当了！"知道了又怎么样，尾巴牢牢地粘住了，重比泰山，固若金汤，任凭它怎么摇呀摆呀蹬呀滚呀，卷席筒，翻跟斗……使尽了浑身解数，就像蜻蜓推石柱，哪里动得一分一毫，"此番我了也！"正在慌急无奈之计，只听得山坳脚下人喊狗叫，一片沸腾，知道是村里人上来了。"我命休矣！悔不该误听谎贼的鬼话！"绝望之情涌上心头。好狐狸，果然不愧兽中高手，林里光棍，死到临头，不慌不乱，居然让它想出个"金蝉脱壳"的绝招来，只见它四脚一伸，翻身仰卧在雪地里眼不睁，口不开，屏住呼吸，不挣不动就像是死了一般等待着人群的到来。

人们终于上来了，拿的拿锄头，拿的拿镰刀，钉耙铲子，竹棍木棒，骂骂咧咧，一涌而上。一个青年小伙子冲过去对着地上的狐狸狠狠地一脚踢过去，骂道："畜牲，你也有今天！"狐狸一动不动。又一个冲向前一连三拳，骂道："偷、偷，我看你偷！"一位老婆婆骂骂咧咧地挤上前去，举着木棒敲道："可怜我好大的花公鸡，活生生叫你叼走了，我叫你叼！"人们七嘴八舌，骂的骂，打的打，踢的踢，狐狸强忍着疼痛，大声不出，一声不哼，任凭大伙踢打咒骂。一个莽汉跑过去狠狠踢了一脚，竟是死了！说道："莫非夜里给冻死了，还打什么，我们干脆把冰砸破，拖出来，扛回去大家打个平伙！"人们纷纷附和着说："对，对，就这么办。砸破口子，拖山来，扛回去打平伙！"老谎走过去摸摸狐狸的心口，心子突突地跳着；又摸摸冻得冰梆硬的鼻子，鼻孔里微微出着气；翻过去揉揉身子，身子暖暖乎乎，软和和，它在玩把戏！笑道说："狐狸先生，你这是跟白鹤道士学来的吧，连三岁孩童也瞒不过，算不上高明！"狐狸紧闭着嘴巴和眼睛，一声不响。"这样畜牲，跟它讲什么！"一个青年走过去，举起锄头狠狠打在狐狸的屁股上，狐狸疼得浑身发颤，肌肉剧烈地收缩着。"砰砰砰"接着又是几锄。狐狸挨打不过，翻身起来，仰着脸对老谎说：

"老谎，老谎，你的心好狠啊！就不怕报应？我真不该结交上你！"

谎江山笑着说："你也讲报应？我不是早就跟你讲过，谋财害命，天理难容，迟早会有报应的吗？你说等不到，现在不是等到了？自作自受，怨谁去！至于交情吗，我决不会扔开你不管的！你死之后，我一定会把你的皮子做成大衣，让你天天伴着我，我热你也热，我饱你也饱，以成全你我一天的情份！"

大伙儿一阵哄笑，说："老谎不会忘记你，我们也不会扔掉你，等会儿给你多加一些盐巴、生姜、大蒜、花椒等佐料，煮得酽酽的，炖得香香的，让每个人多吃几块，连骨头也让狗吃尽拉光呢。哈哈！"

（田彬搜集整理）

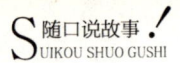

孔柜捉猴

　　山里猴子多，偶尔也下山来偷吃瓜果，日子久了，渐渐大了胆子，成群结队闯村进寨放肆起来，竟然在光天化日之下大模大样地吃甩玩闹，就像自家的东西一样。村民们防不胜防，穷于应付，叫苦连天，有的甚至把家搬出山外，猴子成了当地一灾。

　　一家子居住山脚下，苦于猴群骚扰，不胜其烦，就去求老谎给想个法子。老谎问明情况又亲自看了猴子们，附着耳朵跟那人唧咕了一阵，主人听了，脸上顿时露出了笑容，也不言语，在家里忙乎起来。

　　几天以后，人们见他家厢房照壁外边多了壁柜：三尺长短，高、深一尺左右，柜子外厢和门板上打了许多鸭蛋大小的孔洞。柜子里放着一堆核桃、板栗、桔子、大枣、甜瓜、红薯、包谷粑之类的新鲜果子和食品。紧闭的柜门上还加了一把大铁锁，牢牢地锁着。"这是干吗呀？"人们不解其意，纷纷动问，主人莞尔一笑，轻轻回答，"过两天大家就晓得了"几个字，更叫大家疑团重重，如堕五里雾中。

　　入夜，猴子们下得山来，迳奔这家子，围着壁柜打转转，眼睁睁地盯着柜子里的食物和果品，咕咕呱呱地叫个不停，显然，它们被柜子里的美味给深深地吸引住了！一个二个馋得抓手挠腮，口水拖了三尺长，嘴巴砸得唧唧喳喳响。几只不懂事的小猴子跳过去从孔洞里掏出果子有滋有味地品尝起来。猴子们挤眉弄眼，咕咕呱呱瞪了一阵终于忍耐不住了，一只大公猴小心翼翼地把手从孔洞里伸进柜内抓住果子呱呱大叫，好像是说："抓住了，抓住了，我抓住果子了，大家动手吧！"猴子们闻声而至纷纷把手伸进去，紧紧抓住柜子里的食物，左挣右挣，收不回手——握果子的手紧紧卡在孔洞里边了。卡得越紧，抓得越紧，抓得越深，卡得越紧。猴子们互相埋怨，彼此争吵起来，壁柜前好像炸了锅。正在房子里守候的主人听到叫嚷声,知道猴子上套了,点亮火把,操起绳索大棒,开门吆喝前来,捆的捆,打的打,猴群大乱,四散奔逃。贪吃的舍不得撒开手,紧紧握住食物不放,怎么也挣不脱。死的死,伤的伤,都被逮住了。拖开的时候,手上还紧紧抓住东西不放呢!贪婪之心,至死不悔悟,怎不可悲!

几次之后,群猴再也不敢下山骚扰,人们却学到了逮猴子的办法,把壁柜搬上山去,如法安装。对于被套住的猴子也不再杀害,而是把它们生擒活捉,或关进笼子里,或用铁链锁起来,运到集市上去出售。久而久之,竟成了一种职业,手法也越来越高明,山上的猴子再也看不见了。

(田彬搜集整理)

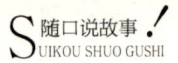

聪明自误弄野猫

谎江山除了狐狸，唱着自家编造的苗歌，自得其乐，好不自在！可狐狸遇害之后，狐狸的兄弟野猫满腔仇恨没处发泄，决心杀掉老谎为兄长报仇。

一天，野猫找到老谎，笑嘻嘻地说："谎哥一向可好？"老谎点头道："还好，多承关照。""明天是家母生日，略备小酌，想请阿哥到时寒舍一叙，不知肯赏光否？"老谎心想："我跟野猫素无交情，从来不通庆吊的，今日相邀，必有讲究，却之不恭，不如且去看看，再作主张"。当下答应了。第二天，老谎提了串泥鳅，前去拜寿，讲些喜庆阿谀虚比之辞，吃些长寿面、长寿果，喝些甘泉之水、瓜果蜜汁之类，也没啥异样不同。心里嘀咕："骑驴看唱本——走着瞧吧！'钱财不落空处，米饭不养闲人'，他发癫了！"

打那以后，常来常往，吃吃喝喝，渐渐厮熟起来。野猫又把小孩继拜给老谎，说是先生说了，孩子命犯天狗煞，需要过继给个闯荡江湖，吃四方饭的艺人才养得活。江山也不计较，继就继吧，给下一辈解灾造福不算罪过。一来二往，两家亲密无间，如同至亲骨肉一般。

这天，正逢重九，家家煮酒打粑，杀鸡杀鸭，喜庆重阳，祭拜太阳神，迎接小阳春仙姑。野猫特地煮了缸高粱红酒，打了槽大糯糍粑，备了鱼肉水果、山菇野味，采集了绿豆、小米、香芋、板栗、红枣、香梨、榧子、榛子、柿子九种香甜果子食品，打浆做馅，特制两个又香又甜的九香糍粑，把小儿干爹请去主祭，共度佳节。

席间，野猫把香粑红酒，摆在老谎面前，祝酒酬神，主俎致祭。谎江山瞟了一眼，已知就里，不动声色地祭拜迎送已罢，捧着九香糍粑笑眯眯说道："亲家为这个宝贝煞费苦心，闻着也叫人动情。只是某一人独享，颇觉乏味，不如掰开每人一块，大家共享，更见深情，不知亲家以为可否？"野猫笑着说："亲家提议共享香粑，足见高谊。不过，按老祖宗传下来的例规，九香糍粑只能由主祭师跟太阳神共享，其他人是不能分享的。不过，例规是人定的，能定能改，并非一成不变。今年由于榲子难找，只包了两个，明年，咱们多采几斤榲子，包他一槽，大家与神道共享，岂不快乐！"老谎说："既有定例，在下只好先独占了，多有得罪。只是这样珍贵稀罕的九香糍粑，实在从来没见过的，闻所未闻，有心带回家去，与妻儿全家共享，不知可合礼否？"野猫想正中下怀，当下说道："当然可以，亲家就带回家去吧。来，咱们干杯！"说着飞杯碰盏，挥拳捋袖，大吃豪饮起来。老谎斜着眼角瞟了瞟身边的两个小野猫，只见四只大眼睛咕咕噜噜盯着自己面前的两个大糍粑，吧嗒吧嗒不住地咂嘴，就悄悄把糍粑往两个跟前一抹，轻声儿道："拿去吧！"两个小野猫如同得了干酪仙果一般，伸手抓去大嚼起来。野猫只顾劝酒劝菜，讲话唱歌，没留心两个崽崽。老谎和野猫两个推过来劝过去，疯疯癫癫，醉眼惺忪，放起肆来，狼吞虎咽，慷慨高歌，满桌酒席，吃的馨尽。老谎一站起来，抹抹嘴巴，喷着酒沫子，结结巴巴地说："谢，谢亲，家，盛，盛情款，款待……明，明年，重，重阳，我，我做，做东，亲，亲家，一，一，一定要，光，光，光……！""当然，当然！"野猫一边说着，一边盯那糍粑时，已不见孩子踪影。找到时，但见孩子七窍流血，死去多时了。野猫当下暴跳如雷，一把抓住老谎骂道"谎江山，还我孩子来！"

老谎瞪着眼，呆呆地说道："是你，自家愿意继给我的，我又没，没跟你，要，还，还哪样子？孩子不在你的身边坐着的吗！"

"你，你，把我的孩子毒死了，我跟你没完！"

"独，独，不是一双吗？"老谎说。

"一双，一双你妈个屁，一双都完了！呜呜。"

"你看，你看，全身都是血，红，红——你赔我儿子！赔我儿子！"

"红，红，挂红，大吉大利，大吉大利！你笑，笑呀，哈哈！"老谎大笑起来！

"你这个刽子手，杀人魔王，我跟你拼了！"

野猫大哭大闹。"哈哈！"老谎狂笑不已。重阳席办成了重丧席。

原来野猫为了报仇，设计毒杀老谎，在饼馅里下了剧毒，一心叫老谎吃下，立时身亡。谁知反倒把自己的一对孩子活生生地给毒死了！

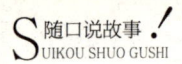

野猫旧恨未报，又添新仇，恨不得把谎江山扒皮剐肉，碎尸万段，熬骨煮汤，吃尽喝干。只是力不从心，没法下手，又在孩子身上打主意："你杀害我的孩子，我要让你的儿女没好下场！"就没日没夜在老谎房前屋后、田角地边打转转，寻找机会，谋害小孩。无奈小儿总不离开娘，没法下手。好几次走到门坎边又退下来，不敢冒然行事，进退维谷，踟蹰留连，肝肠碎裂！

谎江山那间茅草房，又矮又小又黑，四周用柴火堆着做壁头。一扇小竹门由一根崖豆藤子绞的圈拴着，横搁在不圆不方，斜斜歪歪的门框下边，不关也不拴。远看像个柴火垛，近观像个烂草窠，外边亮光内里黑，不知道内里安着啥机关。疑云重重，难猜难破，看似松垮，又像神秘。有心进去探探，又怕易进难出。野猫怀着鬼胎，忐忐忑忑，又不敢把脖子当做牛耳朵让人割切，成日家在屋前房后转来转去，终于让它转出明堂来了。

原来老谎家大门是虚设的，进出口却在卧室墙头柴垛子下边。那里有一个洞，上边挂着块破竹席遮掩着，里边黑洞洞的。他家的狗进进出出都从这个洞，从来没见走大门。大门洞开不敢走，里边不是铁夹必是陷井；狗洞盖着必无圈套。老谎是在骗人，想让我野猫闯大门落他的圈套，没门！我偏走你后门，看你怎么样？

主意拿定，心里还觉得不踏实，野猫又伏到洞口旁边观察了个仔细，原来破竹席也是虚设的。为的是把洞里弄黑，吓人的！人呀人，你们搞什么虚虚实实，掩人耳目，招人上当，哪晓得自己也有上当的一天，真是光子婆婆迷在路，聪明反被聪明误。老谎呀老谎，你就等着受死吧！

这一夜，野猫盯准了黄狗从洞子里钻出来，怀着毒药行头，掀开破竹席，钻进房去，"簌"地一声，落进口袋里给牢牢地套住了——原来老谎早就安好了套子等着它，果然给套住了，这一下野猫当真成了进口袋的猫儿"知内不知外"了哩！

自作聪明的野猫，往往嘲笑他人被聪明所误，结果自己倒真正地给聪明误掉了呢。

（田彬搜集整理）

以毒攻毒驱人熊

"哦嘀嘀，哦嘀嘀，如今世上稀奇多。
猴儿戴冠狗坐轿，黄鼠骑驴马骑骡。
豺狗丢了五花肉，恶蛇念经拜弥陀。
老虎生蛋鸭上树，猪生胡子马生角。
野猫进京告御状，人熊串门找老婆"

谎江山哼哼哈哈，在路上唱得正欢，一个声音猛然喊道："好自在哟，哪里发财来，找得你好苦啊！"老谎停住脚步，抬着脸一看："哟，那不是巴山虎吗？不在野猪坪里撵野兔，跑下山来找干茄子？是不是还没得婆娘，要我帮你找一个？""啊嗨！"巴山虎一把抓住他说："我倒没要你找婆娘，有个婆娘找你呢！"谎江山"啊呸"了一声，说："你不是鼎罐吊起当钟打么，什么野婆子找得到我！"说着挣开手就要走。巴山虎紧紧抓住不放说："爷，当真呢，等着你救命咧，你就行行好吧！""你才是提着猪脑壳找不到庙门，救命找到我来了！扯谎也不看看对象，你还没拜师呢，转回去再吃三年奶，准备猪头三牲再来跟我磕头吧。去你妈的吧，老子还有当紧事呢！""九死九绝，天打雷劈，小狗才扯谎"。巴山虎紫涨着脸说："我三妈，她，她……""你三妈？"老谎不屑一顾地说："扯谈！你三叔几时叫人劁了，要你给她找野汉！""不不不，不是的！"巴山虎猴急了，语无伦次地说，"山里闹人熊，我三叔跑下山了，三妈她，她她她叫人熊掐断了血管——求你给出个主意！唉，出个主意！""你三妈叫人熊喝血了！"是，是，正是，求你，求你，发发善心吧！""她死了？""唉唉，救命，救命如救火……""我又不是神仙，救得了她的命！""你不去，今夜晚她就守不住，一切都完了！""憨宝，你三妈，她——""我也不知道，你跟我走吧！"巴山虎讲不清，拉着谎江山往山里就跑。

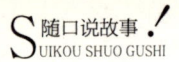

早就听人们传说山里闹人熊,半夜三更,闯村进寨,调戏妇女,喝人精血,毁人家具……老谎半信半疑,只当扯谈,唱歌玩耍。听巴山虎这么一说一扯,心里不禁嘀咕起来:"这个祸害该当除了!可是怎么除呢,还是看看现场再作计较吧!"

俩个脚不点地,飞跑进山,巴山虎的三妈坐在茅屋门口,正眼巴巴地等着呢!老谎到时,看见人并没有死,胳膊肘上现存着伤痕,心里稍安。当下坐定,细问详情。原来自从山里闹人熊以来,野猪坪里大人小孩,夜里全都下山避害,家家关门闭户,留着空房子,任凭人熊糟踏。巴山虎家三妈因丢不下刚刚上机的新布,大着肚子留下来,连着几夜受到人熊骚扰恐吓,心里害怕,要他老公留下来陪着她一起过夜守屋。偏那脓包胆小如鼠,畏熊如虎,妇人万般无奈,就叫侄儿请老谎去了。妇人说罢,苦苦央求老谎设法除去人熊:"大兄弟呀,哪个不晓得你足谋多智,神鬼不测,就给想个主意整治整治那些畜牲吧,那可是千百年的功德啊!"老谎且不答言,站起来把小茅屋到处看了一圈:三柱六挂,一栋三间,四面竹壁编定,牢牢实实;留着中门一个,没留后门,也没窗户,房子里黑咕隆咚,白昼如夜;三间房子都用山竹编了满楼,竹楼离地面大约一丈有余,等闲爬不上去;中堂处留有楼口一处,供人上下,三尺见方,上边竹盖盖紧。看的真切,心里已自有了盘算。看罢重新坐好,妇人受了冷遇也不搭理,三个人眼睁睁坐着。

约莫半袋烟工夫,老谎问道:"来几夜了?"妇人答道:"最近几夜,连续进来骚扰。""多少只?""一共七八只吧。""都做些什么?""东翻西甩,样子是在找吃的。""都吃些哪样?""没见过。嘻嘻哈哈的,又吵又闹,又蹦又跳,东闻闻,西嗅嗅。人们都说是掐断血管,喝人血呢,吓死人了!""它们没找着你?""躲在天楼上呢,盖紧了,它们爬不上去!""没扳柱子吗""又扳又摇,只是扳不动?"听说除了血还吃喝什么吗?"最爱吃烧酒,二叔家大半缸高粱酒全叫那畜牲喝光了,连酒瓮也给摔碎了!""啊!"沉默,沉默。一袋烟后,老谎又问:"当家的去哪里了?""山脚下他二舅家。""家里有酒吗?""有有有,全给扛下山脚去了!""马上叫他们送两缸子来。还有七八根棒子,三尺长短,一两抓大小,十来斤重"。"大兄弟要跟它们喝酒还是打架?不行,不行,哪畜牲牛高马大,气力大得很呢,斗得过一头公牛。惹不得,惹不得啊!""大嫂不必担心,只管跟我准备来,自有妙用。"

一切都依老谎的准备齐全了,老谎叫把酒缸摆在堂屋里照壁下面,棒子搁在旁边,缸子上摆着七八个小木瓢。布置停当,老谎吩咐两个"都下山去"。巴山虎巴不得这一句,他只怕老谎要他留下来一起打人熊,那"去"字儿还没出口,他的脚板早溜出了大门外边。"你也去吧!"老谎催促妇人,妇人道:"我不怕!""去,去,去,又不是打架,留着做什么?""不不,是我请你来的,死活都跟你在一起!""死不了的,要死的是人熊,如果讨死,咱们不跑下山了!""那就让我看看那些畜牲怎么死法吧!""也罢,留下一切听我的,不许使犟霸蛮,坏了我的大事。"

太阳落山,黄昏将至,晚风习习,林涛沙沙。老谎叫妇人爬上竹楼,自己随手拎了个栓着长绳的铁秤砣跟着妇人爬上竹楼,然后把楼梯曳到楼上,盖紧了顶盖,两人伏在楼板上,潜心吸气,静静地只等人熊前来找死。

天黑了,人熊没有来;一顿饭工夫后,人熊也没有来;又是一顿饭工夫,夜已入更,万籁俱寂,还是没有听到人熊的声音——莫非泡汤了?妇人正要说什么,老谎轻轻拧了她一把,"你听,什么声响?""啰啰嗦嗦"响声越来越大,渐渐听得到沙沙啦啦的脚步声和嘻嘻哈哈的嘻笑吵闹之声了——人熊果然出动了!"好!"老谎拉了一下妇人,险些儿叫出声来。

人熊果然出现了,一大群,推开竹门,一捅而入,吵吵嚷嚷,闹闹咧咧,这里翻那里翻就像一群抢犯。终于有一只为头的大熊闻到了酒的香气,掀开缸盖,拿起木瓢,饮了一瓢,哇哇大叫起来,好像是召唤儿孙们快来享用。群熊闻声而至,纷纷拿起木瓢,哇哇啦啦地筛酒狂饮大叫。吃的性起,放肆起来,推推搡搡,你争我抢,竞相向前,乱做一团。渐渐入醉以后,它们争得愈加激烈,跳跟踊跃,拳脚交加。老谎看时机已到,轻轻打开顶盖,手把秤砣对着为首的头熊一秤砣打过去,不偏不倚,正好击中。头熊挨了一锤,痛得哇哇直叫,跳着蹦着,四处寻找凶手。冷不丁又是一锤,老熊被激怒了,操起瓮旁人棒朝身边的一头长熊打去。长熊醉酒气盛,岂能相让,捡起大棒奋力相击。熊群顿时乱了起来,老谎趁乱砰砰一连几锤,负痛的人熊纷纷捡起大棒乒乒乓乓一顿乱打,熊群大乱。老谎轮起秤砣,东一击,西一敲,火上加油。人熊愈加怒不可遏,挥舞大棒,没头没脑大打出手。茅屋中堂变成了铁匠铺,砰嘭啪啦之声不绝于耳。不消半个时辰,人熊斗得断腿缺臂,头破血流,死伤过半,倒的倒,跑的跑,溜去一空。这场打斗当场打死两只人熊,重伤倒地而不能动弹的有两只,其余俱都负伤,没一只不挨大棒的。

　　天明时,老谎唱着:"唉哟哟,吧哟哟,如今世上稀奇多,狗熊酗酒打群架,九死一伤破脑壳。"出门下山去了。

(田彬搜集整理)

第六辑 | 诳江山与
亲友乡邻

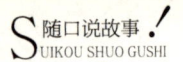

大嫂"舂"儿谎端粑

眼看老谎一年年长大,头脑也随之逐年聪明。农村有这么习俗,每年秋后的"九九"重阳节,家家户户都要打糍粑过节。俗话说:"重阳不打粑,老虎要咬老人家。"山里老人都怕遭虎咬,所以在重阳节打粑成了苗乡的常事。

这天,老谎家的夜饭比寨上哪家都要早,他吃罢夜饭后,就到邻居家里去串门,正巧碰见平时最爱耍老谎开心取乐的大嫂。这时,大嫂正在忙着舂糍粑做夜饭,旁边还有等着要吃糍粑的两个小孩在玩。当小孩子们知道老谎已吃了夜饭,闹着等不及吃粑的噪声越来越响。顿时,老谎突生巧计,也想戏弄嫂子一番,便说:"嫂子,这么晚都没吃夜饭,难怪小孩喊得这般厉害。快来,我给你翻粑,你就快快舂碓吧。"嫂子听说有理,正需要有个人帮忙,就随口"谢过内弟"。

她舂呀舂,当糍粑快要舂好时,老谎要嫂子把碓踏高一些,嫂子点头应允。说时迟,那时快,老谎一手把糍粑抬到簸箕内放着,另一手把一小孩放在碓槽里面,随后迅速把糍粑端跑了。嫂子真是骑虎难下,不知如何是好,抬脚放碓去撵老谎?小孩就有被舂伤的危险!不去撵老谎,糍粑已被拿走,不知他要收到哪里,晚餐可能要待到半夜,真是伤透脑筋。

(石宗琳 龙昌美搜集 麻绍伟整理)

月亮打架

再说老谎把糍粑端着飞跑，路上遇见一个叫老卡的老表顶着一盆蜂糖回家。老卡是个最爱占别人便宜的人，老谎总想借机，戏弄他一下，好让他知道知道厉害。老卡看见老谎走得正急，就忙跟他说："谎表弟，我家人正等我的蜂糖下夜饭，你千万注意别碰着我！"那老表不叫便罢，一叫却给了提醒，老谎急中生计，急促地说："界哪机拨大罢芮底机溪开（苗语，汉译为月亮在天上打架都来不及看），没心思听你讲什么。"老卡听老谎这么一说，觉得月亮打架是从未见过的怪事，也就抬头往天上一看，忘了头上顶着的那盆蜂糖。一不小心，脚被路上突出的岩子绊了一下，只听"咣当"一声，那盆蜂糖就往下倒了一地。老卡猛地连声大叫："拐场了，拐场了！可惜我的蜂糖倒泼了！"老谎看罢笑着快将糍粑去裹着蜂糖吃，嘻嘻嘻地逗笑着说："天上月亮打架，地下糍粑裹糖。难得，难得！"

这时，老卡回想着以往做过许多对不住别人的事而深感内疚，也只好自认倒霉，端着剩下的半盆蜂糖，羞答答地走回家里去了。老谎吃几坨粑以后，把端跑的一簸箕糍粑端回退到大嫂家里。

（编者注："看月亮打架"一则流传范围很广，1987年四川民族出版社出版的《苗族民间故事》里收编谢馨藻整理的资料中，把谎江山戏谎对象写成是一个吝啬鬼财主。这些只是传说的小偏差而已。）

（石宗琳　龙昌美搜集　麻绍微整理）

苗河放闹

因谎江山善扯谎，那些闲暇无事，饱食终日，无所事事的人，都要找谎江山扯谎，以磨时日。

邻寨有个喜欢扯白讲笑的后生，名叫胡图，与老谎是表亲。他吃饱饭就找人陪他扯谈，此外就是邀伴打鱼。有一天，日已衔山，满天红霞。胡图与几个闲杂人坐在间门口的大路边上，扯些贫乏无味的闲谈。当他一眼看见谎江山匆匆从大路上走来，语气一转，忙对谎江山招呼："老表，是人都说你有个谎（网）很大。所以，你才会扯谎。你坐下来吃袋烟，把谎扯出来让大家见识见识"。

谎江山眨了几下眼睛，笑笑着说："胡老表呀，很对不起，现在有急事要赶回去！"

"吃一袋烟，扯一个谎让大家开开心，好吗？"胡图一再要求着。

谎江山表现出很为难的样子，说："实在对不起！今晚，排乍人要在苗河放闹。春夏之交，鱼肥骚动有搞头，我得回去取鱼网赶闹去。改日一定奉陪！"

胡图正是个喜欢打鱼的人，听谎江山这么一说，他的兴趣就转到赶闹打鱼来了。他见谎江山走远了，就喊两个伙计做伴，背着鱼网赶到排乍河边伏下等待。他左等右等，一直等到天亮，仍没有见有人来放闹。弄得他又饥饿，又疲倦。伙计对他说："老哥：可能是谎江山扯谎的……"

两天过后，胡图家里有客，大家正准备吃饭时，谎江山忽然来临，胡图见了，用带有责备的口吻说："谎江山，那天你怎么扯谎！乱说排乍人放闹！害我去等了一夜，冷得要死。"谎江山哈哈大笑说："胡老表，那天你不是要我扯谎吗？我不过是应大家的要求，随便说了一句，你当真去了？"谎江山明知故问。客人们听了，笑得前合后仰。胡图自知上当，"嘿嘿"地陪个笑，还叫谎江山一起吃饭。

（石仕贞　石兴文搜集整理）

谎江山与江湖客

谎江山到梛木寨访友，老江湖客廖金牛会见了他，说："后生家，团转的人都讲你谎东西谎得厉害，我成天闷坐没有味，今晚想见见你的本事。"谎江山应道："哪里哪里，晚辈智浅才疏，岂敢在老人面前充象。"

"不不不，我想讨个乐趣。你若答应了，我才高兴！"

"那好，今晚您老人家想做哪样玩呢？"

"不是想做哪样，我放三斤牛肉在家里，你如果把它谎到手，那我心里就欢喜了。"

"这事好办，晚辈一定让您老人家宽心。"

天麻麻黑，廖金牛提三斤牛肉从街上转来，悄悄挂在屋后园大棕树上。心想：这下你谎江山钻进屋来，莫讲翻箱倒柜，就是挖地三尺也找不出来。

夜至三更，廖金牛俩老呼噜呼噜打卜鼾了。谎江山装成一只馋猫，脚尖落地，轻轻地走到廖金牛屋边，"咪呜，咪呜"地叫。廖金牛的老伴掐了一下金牛的脚板心问："老家伙，馋猫在叫，你把牛肉放在什么地方？莫是馋猫吃了。"廖金牛要醒不醒，说："放，放在后园棕树上。"谎江山探到牛肉的着落，不费吹灰之力就把牛肉取走了。

第二天，谎江山提牛肉送还廖金牛。廖翘起大拇指说："不错，果然有本事。"想：搞这么一次，还不算真本事哩。"后生家，你今明两晚把我家里的大鸡公抱走吧！"

"只要您俩老宽心，我试一试吧！"

这天晚上，廖金牛特别注意，把大公鸡抱到手里，叫老伴坐在火塘边。每人泡一壶茶，上半夜喝茶讲白话，下半夜俩老把大公鸡你传给我，我递给你，一直传到天亮。

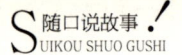

谎江山半夜来廖金牛屋边，从门缝里看了一夜，没有下手。第二天，谎江山刚天黑就躲到屋梁上。廖金牛还是用老办法，俩老传鸡，传到三更天，越传越没有味，眼皮子难免打架了，脑壳勾了，一个递鸡，一个不伸手去接。谎江山从屋梁上来了一个倒挂金钩，就把大公鸡接过去了。

天还没亮，廖金牛惊醒了，忙问老伴"大公鸡呢？"老伴说："我不是递到你手里了吗，怎么问我要？"廖金牛摆一摆脑壳说："这背时的谎江山真厉害！""不不不，哪里算得厉害，比起您老人家年轻的时候，还差一大截哩！"谎江山在外边接住话把，廖金牛哭笑不得。

"后生家，再来一盘吧！今夜你若把我床上的竹垫子谎去了，我就真服你啦！"

"您老人家困到的，我扯走了，那不是失礼了吗？"

"你谎走了，我才喜欢哩！"

"那好，只要您老人家宽心，我再试一盘吧。"

晚上廖金牛俩老进房睡觉前，把屋梁、穿枋、角角落落查看了一遍，关上门，插紧闩。廖金牛对老伴说："困在床上的垫子，那有谎走的。这回呀，不怕谎江山有天大本事，也叫他和尚脑壳——无发（法）。"

大约四更天，廖金牛忽听山羊"咩咩咩"地叫，叫了头遍叫二遍，叫个不断纤。老伴说："老头子，你听，羊儿叫得这么凶哩，是不是有豺狗！""不会的。""是不是没喂饱肚子饿了？""不会的。""老头子，我想起来了，那头花花母羊要下崽了，快去看！""我去看，你就困着莫动，莫让谎江山把垫子谎了去。""放心，我晓得的！"

廖金牛前脚走，他老伴后脚就听到老鼠子"唧唧唧"地在厨房里争食。"背时老鼠子，莫把碗柜里的干鱼吃完了，我要去捡一下。"老伴套上鞋子就往厨房里走。

廖金牛俩老回到房间，竹垫子不见了。谎江山来给廖金牛送竹垫，老人摸着胡子说道："后生家，厉害！真厉害呀！"

（原载《湖南机智人物故事选》 刘黎光搜集整理）

老谎走岳丈

大年初二,老谎走岳丈拜年,晓得大女婿是个童生,此去必定是骑马。二女婿是个土秀才,此去必定坐轿。老谎是个穷光棍,没有资格骑马坐轿,独自骑牛去。

岳丈是个势利老头子,嫌贫爱富,要大女婿和二女婿坐上首,老谎只能坐下首,敬陪末座。岳丈更晓得大女婿和二女婿精通文墨,三女婿老谎是个没喝墨水的土巴佬。席间岳丈提出"斩言子"的游戏,饮酒助兴,有意要使老谎出丑。

岳丈举筷挟起鸡腿对大女婿说:"这是什么?"

大女婿答道:"岳父大人,此乃擂鼓捶也!"

"说得好,数你最有文才!"岳丈夸赞一阵,又用筷子挟起鸡头对二婿说:"这是什么?"

二女婿答道:"岳父大人,此乃凤头也!"

"说得妙,好女婿,鸡头归你吃!"岳丈夸赞一阵,再用筷子挟起鸡爪子对三女婿老谎说:"这是什么?"

岳父嘲笑说:"人穷福气好,这鸡爪子该你吃啰!"

老谎受了奚落,心里盘算主意,定要煞一煞两个姐夫的威风,将岳父戏耍一回。

当晚住宿,大女婿睡内房,二女婿睡书房,三女婿老谎睡磨房。半夜里,岳丈点着灯笼来查夜,看见老谎睡在磨房草窝里,挖苦:"人穷相貌丑,卷起像条狗!"看到大女婿睡在内房龙床上夸赞说:"凤养凤来龙养龙,睡下像条龙!"再看到二女婿睡在书房花床上,夸口说:"父是英雄儿好汉,睡起像神仙!"二女婿偷听到岳丈夸他,洋洋自得哼起诗来:

岳父让我睡房间,上盖棉来下垫棉,

睡到半夜想一想,舒舒服服像神仙。

二女婿刚哼落腔,大女婿接着吟起诗来:

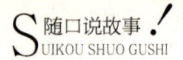

岳父让我睡房中，上盖绒来下垫绒，
睡到半夜想一想，活像天上一条龙。
老谎听了也吟道：
老狗让我睡草窝，神仙没有我快活，
有朝一日当"守备"，管叫岳父舐裤脚。
岳丈听到老谎的打油诗，心里很不是味，从此他将老谎恨透了。

（麻老二讲述　龙炳文整理）

红马换宝衣

老谎睡在磨房草窝里，吟诗骂了岳丈一通，满意地又睡下了。谁知草窝太冷，冻得他浑身打颤，硬是睡不下去了。

冷风从板壁缝窜进来，冷如刀刮，老谎偶然看到磨房里一副大岩磨，就将一扇岩磨扛上肩头，满屋打转，活像"还傩愿"搬师娘一般。

转了好一阵，浑身发热，淌出汗来，此刻，老谎热得难受。恰在此时，天刚麻麻亮，岳丈走进磨房来，老谎见到岳丈，忙说："岳父啊，你老人家做个好事，赶快借我一把扇子扇一扇。"

"大冷天，怎能扇扇子，不怕受凉么？"

此时岳丈看到老谎只披一件又赃又薄的烂棉衣，为什么他要借扇子扇凉？笑呵呵问："老谎，你是怪人，只披一件烂棉衣，反比我穿皮裘袍子还热呢？"

"岳丈呃，别看这件棉衣破烂，这是宝衣呀！"

"什么宝衣？你又在扯谎！"

"岳父呃，你有眼不识宝，这件宝衣热天凉快，冷天热和，世上买不出呀！"

岳丈听了，想到自己年老，冬天进山买山货，风餐露宿，冷得要死。热天出山卖山货，又热得要命，时常中暑。若果得到此件宝衣，那就很如法了。试探的问："这宝衣真的灵么？"

"我救了龙女，这是龙王酬谢的宝衣，哪能不灵呢？"

岳丈打定主意："你这宝衣愿换吗？"

"宝衣谁个舍得换呢？"老谎看到岳父快上钩了，转个口气说："不过，岳父大人要换宝衣，我是不得不换！"

岳丈看到老谎松口了，马上牵出一匹红马来，换下了老谎的宝衣。

岳丈换得宝衣，忙拿宝衣去给老伴细看，很想老伴夸他有本事，能将诡计多端的老谎也骗了。谁料老伴没夸他半句，反将他大骂一通："老傻宝，你真是猪脑壳，怎么拿红马去换这件臭气熏天的烂棉衣呢！"

"老婆子，你有眼无珠，怎能识宝啊！赶快将宝衣洗一洗，明日个我穿它出去买山货。"

第二天，岳丈穿上新洗的宝衣出门，正是数九寒天，北风冷如刀刮，刚走一程路，岳丈就冻僵了，倒在地上，幸好得到路人帮抬回家。

岳丈病倒床上，又气又恼，叫人把老谎叫来，大骂："老谎，这是宝衣吗？混帐，不认错！我就挖掉你的双眼！"

"宝衣不灵吗？"老谎问道。

"灵个屁，差一点将我冻死了啦！"

"这宝衣洗过吗？"

"洗过一次。"

"这就拐场啦！宝衣洗了，宝气散了，这就不灵啦。"

"我不同你哆嗦，赶快给我退出红马！"

"要我退马，照退不误，不过，你将宝衣的宝气洗坏了，你要给我先赔宝衣！"

岳丈偶被老谎反问一句，答不出话来，晓得老谎难于对付，自知上了老谎的大当了。

（龙贵卯讲述　龙炳文整理）

巧取睡裤

话说有一对孤老,很健谈,也很"逞能",人家说谎江山厉害,"谎"了很多人,他(她)俩不相信。谁知,事有巧合,有一天谎江山到他(她)们家串门,老大爷开口便问:"谎江山,人家都说你聪明过人,很多人受骗上当,我不相信,你今晚能不能把我的睡裤取走?"

谎江山听了,忙说:"哪能呢?裤子被您老穿着睡,有天大本事也取不出来!"老谎知道老大爷睡得沉,而老太婆睡得轻,心里有了主意,于是就回家先睡一阵。吃晚饭后,老谎到俩老家扯谈,夜深不休,弄得老太婆生了睡意,先睡去了。而老大爷碍于面子,陪着老谎再聊。聊过三更,老谎求老大爷说:"要取什么都可以,唯独这睡裤被您老穿着睡,无论如何也是拿不走的,求您老放一马,不要说出去就行了。"这时老大爷也打了哈欠,想睡了。他们说到这里,老谎起身拜别,说要回家睡觉去了。其实老谎并没回家,而是躲在俩老家猪栏旁的柴房里等待时机。待到俩老熟睡后,老谎用木棒捅着猪栏里的小猪,使它们相互叫喊,随后老谎又把柴房里的柴苑,时不时地甩一个到茅坑里去。老太婆被闹醒了,因没睡足,听得朦胧,认为是老鼠到猪槽揽食而咬到猪仔,几个猪仔乱窜给丢下厕所里去了,便爬起来看个究竟。老谎就把先前捏的一坨软泥巴拿上,趁机绕到老大爷床上同睡,然后扭动身子挤到老人让他翻身,乘机把稀泥坨从老大爷后背塞到睡裤里,再转身到床下躲起来。之后老太婆回来再睡时,用手摸到稀泥觉得不妙,加上老大爷吃板栗吃多了,肠胃消化不好,时不时地漏出闷屁,弄得被子里面很臭。她以为摸到的稀泥是老大爷屎了,就突然喊道:"老公公!你打脱屎了,把床上都弄脏了,快把裤子解走!"于是他就糊里糊涂地把裹有稀泥的睡裤丢到床下,接着又呼噜噜地睡着了。这时,谎江山拿走睡裤,悄悄溜出房门,高兴极了。

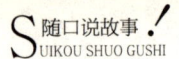

  第二天,俩老起床,发现床上有稀泥,而睡裤不见了,恍然大悟:"睡裤被谎江山拿走了?"这时,谎江山拿着那条睡裤回来,退还给老人,二老见了,对谎江山赞不绝口。

(石昌炽　麻明进搜集整理)

躲进柴篓弄后娘

谎江山母亲早逝,父亲娶了一个后娘。这后娘对谎江山很不好,小时候经常无缘无故地打骂他,没日没夜让他劳动,还不让他吃饱饭。谎江山恨在心里,琢磨着怎样整治一下这凶后娘。

一日,后娘叫谎江山背着大扎篓上山扒柴草。谎江山说:"这么大的背篓装满了我也背不起。"后娘说:"你把柴装满,过后我来背。"于是,谎江山就背着背篓上山。好不容易把柴草找了一大堆,背篓装得满满的。然后,谎江山钻入柴草中等待后娘来背。

太阳快落下山时,后娘果然来了。见柴草扎得满满一背篓,心里很高兴,一弯腰就背着背篓走。可是,后娘觉得这背柴特重,还以为是谎江山扎得紧,不细想,努力地向前迈步,回到家里,后娘已汗流浃背,精疲力尽了,猛地将背篓往地下放。

"啊哟,轻点。"谎江山说着,猛地从背篓里冒出来。后娘听到叫喊,丈二和尚摸不着头脑,不知是怎么回事。当她看见谎江山从背篓里爬出来时,才明白自己上了当,气得眉毛都竖了,嘶声大骂,忙爬起来去打谎江山,谎江山一转身,没影了。

几天后,后娘背着大扎篓上山扒茅草。临行时,后娘对谎江山说"我去弄点草,不重,慢点你来背,我去找牛。"谎江山笑着答应了。

个把时辰,谎江山便上山去背草。走到扎篓边,谎江山用双手去试,茅草不多,却很重,就明白了。他折了一根树枝,要对这扎篓里乱戳。

"唉呀,莫戳,莫戳,我出来。"

"原来娘在柴篓里面,对不起,我是想把草扎紧,没想到伤到您老了。"谎江山嘴里道歉,心里却好笑,从此这后娘再也不敢欺负谎江山了。

(石仕贞 石兴文搜集整理)

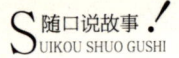

编者注：此条在一些地方是说，谎江山在七八岁时，跳皮地躲在柴篓里，让他亲生母亲背回家，后来他母亲也学着如法戏弄他，被他发现。这都表现了谎江山从小聪明过人，心思慎密。

猫瓢案

巴浪的狗咬死了巴拉的猫,巴拉找上门去索赔,巴浪答应赔偿巴拉纹银五两,巴拉不答应,声称要赔偿纹银二千五百两。一只猫,要赔二千五百两银子,巴浪认为是借机勒索,不肯应承。两家争执不下,巴拉把巴浪告到了县太爷那里。县令把二人传上公堂,升堂审问。原告巴拉禀道:"巴浪纵狗行凶,咬死了小民的波斯猫,依照本朝律令,牲畜犯法,由牲畜的主人承担法律责任。现因狗的主人巴浪不肯负责,拒绝付给小民赔偿费,反与小民争吵,因此上诉。"被告巴浪磕头跪禀说:"青天大老爷在上,小人的狗在山上咬死巴拉的猫,小人并不知情,也没人证实。念在邻里面上,小人承认付给巴拉赔偿金白银五两,巴拉不依,硬要小民付给白银二千五百两作为赔偿,明系寻端敲诈,勒索小人,以此不从。还请青天大老爷明断。"

县令把惊堂木一拍,喝道:"巴拉,猫犬相斗,非死即伤,巴浪既已承认赔你白银五两,就应罢手言和,你却要二千五百两银子,不是敲诈勒索又是什么?按照本朝律令,敲诈勒索应行反诬,你可知罪?"巴拉磕头申诉道:"青天大老爷呀,小民这猫,本非土畜,来处波斯,万金难求,区区五两银子,连一根猫毛都抵不上,算什么赔偿?小民当然不收。索所当值,法理当然,何谓勒索?这明明是赖账拒赔,万请青天大老爷替小民作主。"县令道:"一只波斯猫就值那么多银子,有何凭证?"巴拉说:"青天大爷啊,值啊,值啊,请听小民道来:

"金猫龙,银猫虎,人人送到二千五,小民不肯卖,加我十桌干豆腐。证人就在顺天府。"

县令听了又把惊堂木一拍,喝道:"巴浪,听判!"判云:"猫被犬咬,畜主该赔。猫贵犬贱,有凭有证。抗拒不赔,有违律令。反诬敲诈,罪加一等。重责二十,以惩效尤。所索银两,照数奉赔。从兹算起,五日付清。"判毕,喝令

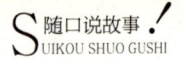

"退堂!"公人把巴浪拖翻打了二十大板,逐出公堂。

那巴浪本是个老实巴交的山农,胆小怕事,畏官如虎。闻听狗在山里咬死了猫,认赔五两白银,息事宁人,谁知事不息反招大祸,挨打回家,哭哭啼啼,老少惊惶,只求速死。

五天,五天哪里去找二千五百两银子?就是五年、五十年,倾家荡产也凑不出啊!越想越怕,越怕越想,心肝俱裂,五内俱崩。趁家里人不备,拿了条草绳走去山里油桐树上一索子吊了,刚好遇到上山打柴的老谎,解将下来,细问寻死情由。巴浪一五一十,说了备细,痛哭不已。老谎听说,不由心头火起,扶起巴浪劝慰道:"大哥不必担忧,这场官司我替你打了,保管无事!"巴浪笑道:"江山兄弟呀,你的情我背了,这场官司打不得呀,你还是让我去死吧!"老谎说:"巴浪呀,岂不闻跑得了和尚跑不了庙,你死了还有儿孙。你死帐在,儿孙遭灾,躲得脱吗?俗话说'是福少不了,是祸躲不过'。你听我一句话,包你平安无事,脱祸求财!"巴浪拜问:"怎么办?"老谎悄悄跟他说了一阵,巴浪转忧为喜,乐乐和和自去回家准备。

第五天头上,巴拉带了一二十个伙家,带着绳索,挑着箩筐,吆吆喝喝前去巴浪家里挑银子。到得大门前边,只见大门开着,巴浪没事一般翘着二郎腿坐在堂屋中间抽烟。巴拉抢进门去,指着巴浪喝道:"银子在哪里?快拿出来!"巴浪不理不睬,闭着眼只顾抽烟。巴拉扑过去拉住他喝道:"你敢赖账!大家跟我进来,有银挑银,没银就拿东西!"把手一招,一二十条汉子一踊而上,抢进门来,乞里匡郎,把摆在大门前阶檐下石蹬上的一把破铜瓢踩得稀巴烂。巴浪跳起来,亮起嗓子大喊:"有人抢劫,抓抢犯呀!"老谎带着三二十名乡邻闻声而至,扭住巴拉一索子捆了,喝道:"清平世界,朗朗乾坤,白昼抢劫,该当何罪!"众家伙一时惊得呆了,醒过来时,正欲动手。巴浪叉手上前和颜悦色地说:"各位请勿躁动,听我巴浪说一句。'冤有头,债有主',这是我跟巴拉的事,与各位无关。我的狗咬了他家的猫,理当赔偿,我不是正坐屋里等他清点。现如今他把我家祖传的宝瓢踩烂,又欲抢劫,犯了王法,岂能宽恕!我今带他去见知县大人,官司自有公断,各位何必惹火烧身,自找麻烦。"邻人也来相劝,众家伙有的说:"各人打扫门前雪,休管他人瓦上霜"。有的说:"事不关己,高高挂起"。有的说:"逢人且带三分笑,莫沾一分是非泥,咱们回罢!"巴拉所带之人一哄而散。老谎一行拥着巴浪,扭住巴拉,骂骂咧咧,纷纷攘攘直奔县衙,击鼓喊冤。县令正跟婆娘儿女在后堂猜谜说笑,听得堂鼓响,急忙换了朝衣升堂坐定,急问:"何人击鼓"?做公人等闻声前来,草草排队站着。诸事粗定,威仪大增,县令胆子也壮起来,开眼细看,原来是前几天为猫狗争斗打官司的两个刁民,抖搂精神拍着惊堂木喝道:"尔等两家,官司已判,何事扰嚷,擅闯公堂,敢是要造反吗!"

巴浪巴拉同时上前跪倒磕头说:"小人冤枉,请青天大老爷作主!"县令喝道:"有何冤情尚未判清,从实说来,刑具伺候。"巴浪正要开口,巴拉抢上前一步说:"巴浪逞强,不服判决,拒付赔偿金,反诬小民,强扭做……"住住住!县令挥手阻止道,"我晓得了,你且住口,我来问他!"巴浪上前禀道:"青天大老爷在上,上次公断小的已然钦服,如期呆在家中坐地等候给他交付赔金。谁知巴拉带着一伙强徒,明火执仗,破门而入不容分说,大肆强劫,把小人祖传的宝瓢砸的稀烂,这叫小人有何面目去见祖宗,一屋老小何以为生,又从哪里找钱赔他的猫?"

"果有此事?"县令伸出脑壳问道。"确有其事!"老谎等众乡邻一拥向前抢着回答。县令又问道:"砸坏何物?现在何处,拿来我看!""砸毁宝瓢现在于此,请大人明察,民等可以作证。""呈上来!"县令道。巴浪双手捧着破瓢,高高呈上。县令接过去反复看了十几遍:一把不知用了几代人的旧铜瓢,把不成把,块不成块,瘪瘪纽纽,残破不堪的连叫化的乞儿手中破瓢也不如,忍不住笑道:"就是这?""他们——"巴拉正要说什么,众乡邻齐声答道"正是!""祖传的宝瓢?""还是小人家中世代相传了千百年的如意宝瓢!"巴浪上前一步哭诉着说:"它可是小人一家老小的衣食父母,三代十几口人的命根子呀,求青天大老爷跟小人作主!"越说越痛,越痛越哭,号啕出声,哀哀不绝。"不哭,不哭,它是何等宝物,如此珍贵?"县令抚慰着问道。谁知那巴浪已经哭晕在地,哀哀欲绝,说不出话来了。老谎上前代说道:"老爷呀,这铜瓢不是那铜瓢,本是王母娘娘御厨勺。先祖传下三千年,石氏门里宝中宝。锅里搅一搅,满屋吃不了;鼎罐搂一搂,萝卜变成肉。人人送到二千六,巴浪不肯卖,还加他几块干腊肉!""果然是

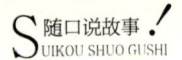

真?"县令问。"千真万确。"众乡邻齐答。"谁能作证?""小人等亲眼所见,亲手得用,亲口得吃,都能证明!"乡邻又齐答。

"啪!"县令猛击一下惊堂木,喝道:"你等听判!"判云:"浪狗咬拉猫,判赔白银二千五;拉众砸浪瓢,判赔白银二千六。两相抵,犹不足。该打巴拉三十板,不许哭。公案已了,快快滚出。如有不服,罚金一万六!"

(田彬搜集整理)

一升麦子和两枚鸡蛋

三年前,老五借了同村王生的壹升麦子。一天,王生遇见老五,喊道:"老五,你还没还我的麦子呢!"老五"啊"了一声道:"王先生,真对不起,穷忙呢,把你的帐给忘了,明天一早准跟你老送去!"

第二天,老五提着麦子去王家还帐,王生拿出帐本来,翻出了这笔帐,取出算盘,三下五去二,二下五除三,噼哩叭啦拨弄了老半天,端过去递到老五面前说:"你自己看看,一共五十三石六斗七升,按市场价折制钱三千伍佰柒拾伍吊八百文。""啊!"老五一声惊叫,口袋掉在地下,几乎晕了过去,良久才苏醒过来,说:"先生不是记错了吧,我借的是一升麦子呀!""是啊,一升。"王生坦然地说,"帐本上记得清清楚楚,一分不差。""那,那,你是怎么算的?""怎么算的",王生问道,"你借是生麦子吧?""是呀,还有借熟麦子的?""这就是了。"王生笑眯眯地说:"我借你的可是上等小麦种子,粒粒饱满,穗长子多,出粉率高。就按一升种子一年收一斗,第二年该收一石是不是?第三年该十石。新年新麦又该收了,本该算一百石,乡里乡亲的就收你五十五石吧!你看合理不?""五十五石!"老五眼前一黑,几乎昏了过去,半天说不出话来。王生慢条斯里地说:"老五呀,为人就讲一个'信'字,人无信不立。看在你老实交巴的,我就没去催,难道就不晓得种子跟钱米不同,它是会生发的呀!我还是按最起码的生成算的呢?如果种一升打不下一斗,你家老小七八张嘴喝西北风去,不要舍不得。'有借有还,再借不难'啊!""可,可我也不是把每年打下的麦子都留下来作种呀!""那是你的事,我管不着。"王生说,"我借给你的是种子!你该晓得,天下大着的,你不借有人借,我总不能留着让它生虫子呀!""你,你你,世上有你这样算帐的!""是呀,是呀,世上有没有我这样算帐的我不管,你喜欢哪家就去哪家借。只是,你借了我的就该还给我!"

"钱在穷人手，要等穷人有。要钱没得，要命一条！"老五耍起赖来。

"咦？你小子拿横绊？别个怕你，老子不怕你！长江大河过了几多几，还怕你这条小小的阳沟！老实告诉你，限你三天以内把麦子交清。过期不还，咱们公堂上见！"

老五回去找到老谎细细说了，请他代打这场官司。老谎问："这些年他借过你们的什么没有？"老五想了老半天，摆摆脑壳说："好像没有，他们那样人家，会跟我们借什么？"

"不论大小，只要是活的，鸡鸭鱼虾，哪怕是一根小草，不死就行。"老谎说。老五想来想去，只是想不出。五嫂说："有了！""什么。""两个鸡蛋！""哎，两个鸡蛋算什么！"老五不解地说。老谎说："好好好！两个鸡蛋不算少。什么时候？""好像是十年前吧。""好极了！"老谎高声道："你说说，做什么的？哪个能证明？"老五如梦初醒，拍着手说："是了，是了，拿去给他三宝取骇！"五嫂也记起来了，说："还是三婆带来的呢。他家婆娘满世界找鸡蛋，就是找不着，三婆就把她带来了，刚好有两个，她全拿去了。""好菜不要多，只要对胃口。两个足矣够矣。"老谎说，"快去把三婆老人家请过来作证，大后天我们带她上公堂。"

三天以后，双方对簿公堂。县太爷升堂喝问："为何事上诉？"王生说："父母老大人在上，小生状告刁民老五赖账不还一案。"接着把案由申诉了一遍，未了说："刁民以穷卖穷，以命相胁，拒不还债，还求父母老大人明镜高悬，伸张正义！"县太爷叫传被告。被告病倒不能出庭，传代理人老谎上堂后斥道："杀人抵命，欠债还钱，公理昭彰。清天白日之下，众目睽睽之间，你竟敢装疯卖苦，赖账不还，有何理说？"老谎上前跪下禀道："大老爷容禀，非是被告赖账不还，他的麦子是三年前自愿给被告抵账的。现今他不但赖账反过来诬告被告，天良丧尽，王法不容，请大老爷给被告作主。""啊——"，"他是拿麦子抵债的。""所抵何债？快快说来！""十年前王生为给小儿取骇，赊了被告老五的两个鸡蛋。七年以后，他找到老五，情愿用麦子抵清欠债，两不亏欠。三天前，他突然到老五家讨账，两家为此争执起来。王生自己理亏，恶人先告状，请大老爷为民作主，依理公断。""他欠老五的鸡蛋钱可有人作证？""有"。"传证人！"三婆上前，如实证明了。县太爷问王生："可有此事？"王生说："十年前，学生委实拿了老五的两个鸡蛋，可并没有说用麦子作抵。今日学生愿照赔他的两个鸡蛋，请父母大人明断老五如数偿清所欠学生的五十五石小麦！"县令把惊堂木一拍，喝道："大胆刁民，竟敢用两个鸡蛋来抵五十五石麦子，敢是欺本县无知么！"老谎禀道："大人容禀，老五的两个鸡蛋低王生的小麦绰绰有余呢！"县令作色道："岂有此理！你且说来，果然在理，本县自有明断！倘然胡说，重责不贷！"

老谎说："大人呀，且听小人代说清楚，老五所抵的只是一升麦子，王某所借，本系一升，何来五十五石！"

"果有此事？"王生当即认了，并将麦种的帐一五一十讲给县令听。县令不住点头道："种一生十，自然之理；借一赔十，也不为过。两枚鸡蛋，抵麦一升，又有何说法？"老谎不慌不忙说出个中道理来。

"我们按照王生的道理来说：那鸡蛋乃是配了的，就是两只鸡，每只小鸡每年抱两抱小鸡，每抱照最低算十二只，第一年两只小鸡共抱二十四只；第二年二十四只抱出五百七十六只小鸡，第三年……"王生没等他说完，哭诉道："父母大人，他明明是在盘剥小生，难道那些小鸡都是母鸡，全部生蛋孵雏？又难道老五十年来把所有的小鸡都畜养在家……"老谎驳道："天宽地广，何处无人，你的麦子可以放债牟利，老五的鸡子就不能货卖生发？"

王生哑口，县令哑然失笑，随口判道："王生老五二人听判：一升麦子，两枚鸡蛋，都是生命，孕育无穷。王生三年，积麦五十五石；老五十年，育雏数十余万。两家都是巨富，理应报效国家，多作贡献。本县判汝二人，各捐纹银三千两，充作义仓基金，积谷备荒，拯民苦难。尔即如数交来，倘有拖延逃避，严惩不贷！"

王生闻判，吓得战战惊惊，扑倒地下，磕头求饶，口口声声，只求拆诉，望父母老大人开恩！老谎在旁边哂笑不已。县令喝道："你是嗤笑本县判的不公么？"老谎悚然道："哪里，哪里，不敢，不敢。大人明断，合法合理，万民饮服，岂敢嗤笑。小人回去，定叫老五尽数捐出二枚鸡蛋，献给义仓。十年之后，恭祝大人功德无量，官运亨通。"王生和县令听说，你看着我，我看着你，两人都说不出话来。

（田彬搜集整理）

拜年礼物知孝心

年边,老谎去河边摸角角鱼,看见一位少年媳妇在洗衣服,捶一捶衣服揩一把眼泪,那不胜凄苦的样子,好像有一肚子委屈,不觉动了同情之心,走过去问道:"妹子,不久就要过年,眼见得即将回娘家看望阿爸、阿妈了,还有什么不开心的事儿,独自在这河边流泪?"少年媳妇看了他一眼,低着头不说话,那泪珠儿却禁不住又滴将下来。老谎关切地说:"有什么为难的,说给我听听,兴许能够帮你点儿什么,何苦闷在心里!"媳妇又看了他一眼,还是低头垂泪不语。老谎又说:"你有什么不能跟外人讲的私房话,难道过几天不能对自己的爸妈说,为什么在这荒郊野外,流水河边自个儿折磨自己?"少年媳妇抬起头来盯了他好一阵子,抽抽噎噎地对他说:"大叔,难为你关心。你能帮我点什么吗?"老谎说:"你说说吧,究竟有什么作难的?需要我帮忙?"媳妇揩揩眼睛,凄楚地说:"新年就要到了,我真不知道怎么给爸妈拜年!""傻姑娘,给自己的爸妈拜年有什么为难的,左右不过给老人家多带些他们喜欢的东西罢了,难道你婆家舍不得,为难于你?""不,不是的。是我自己不知该带些什么东西孝敬爸妈!""这有何难,问问你家公婆,或者左邻右舍大姨大婶不就得了。""不行,我爸交待过我的,别的什么都不用带,就要他喜欢的几件东西就成了!""那还不简单",老谎拍手道:"你就照你阿爸说的带去,有什么为难的!"少年媳妇说:"可是阿爸要的到处都买不到,你说急不急死人?!""你的阿爸就那么苛刻,难道他要你给他龙肝凤胆,玉液琼浆,王母娘娘园里蟠桃果,太上老君炉内还魂丹?""不不不,"少年媳妇说:"阿爸要的都是市上平常物,不过没人识货,找不出罢了。""偌大世界,万千人物,竟没一人认得,无处寻找,我就不信!"老谎说,"只怕是你婆家吝啬,舍不得破费吧!""绝对不是!"媳妇说,"我家公公到处托人满天下买不到,问塾里跑学生只是摇头不知道，贴出榜文悬赏求货，一个多月来，竟没人揭榜领赏，能够责怪他吗！""这就怪了！"老谎说，"难道你家阿爸出哑谜叫你们猜？你且说说，他要你送些什么。""大叔，你能帮我吗？""试试吧，你们不是满天下找不到识货的人吗，多我一个打什么紧。""阿爸说，他只要送给他三样吃的，三件用的，别的什么都不要！""哪三件？"媳妇伸着指头说："吃的第一是无脚团鱼，第二是红心白萝卜，第三是谷梁泪。水里团鱼多的是，无脚团鱼何处求？白萝卜，红萝卜到处有，红心白萝卜市上无，这岂不难死了女儿？人泪、狗泪、猫儿泪，要找也不难，哪里去找谷梁泪？只这三件就叫女儿喊了天。用的三件都是老人家寻常不可少，市上买不出的，更叫女儿累断腿，费尽心。第一是一颗孝顺的心；第二是第二双老人眼；第三是老人家的第三只脚。怎不叫女儿心焦！你说阿爸嫌亲他又不嫌亲，说他恨女儿他偏最疼爱女儿，拜年他出这难题，真猜不透老人家安的什么心？叫人又烦又急又担心！"老谎听了哈哈大笑道："妹子放宽心，这些东西全包在我身上，你去洗衣服，且等我岩洼洼里去摸几条角角鱼儿下酒吃！"

新媳妇一手拉住老谎不肯放："大叔你莫去，我把赏钱送给你，管你吃饱喝足看大戏，请你把这几样东西告诉我，决不失信！"老谎笑笑吟吟："妹子别担心，我是和你说句玩笑话儿开开心。你且过来，我告诉你。不过你要答应我一个条件，严格保密。你若告诉别人，我就不能告诉你，赏钱就拿去给你爸妈买足拜年的礼品。"

"你告诉我吧，我一定保密。若是泄密不忠诚，九死九绝断子孙！"

"你过来吧，我讲给你听，一件一件细记清，保管你，夫妻和睦，父母欢心，白头偕老多儿孙。"少年媳妇走过去，谎江山悄声细语说分明，媳妇桩桩件件记在心，欢天喜地背着衣服回家去了。

新年初三，新媳妇和新郎公一担一背欢欢喜喜去拜年，阿妈接着女儿女婿走进屋，卸下担了，老阿爸开口便问："拜年礼物都按我交待的备办吗？"小夫妇笑着说："请阿爸当面验看，是否合您老人家的意！"老人家先看背篓里：一条龙头拐杖，一副老花眼镜，还有十瓶包谷、高梁酒；再看箩筐里，一头装着又白又细的糯米糍粑，一头装着又光又圆的鸡蛋。喜孜孜地问道："还有一件呢？"

女儿女婿手拍胸膛齐声回答说:"孝心装在孩儿胸膛里,敬祝爸妈新年快乐,百年长寿,万事如意!"老阿爸抚摸着女儿女婿哈哈大笑道:"好孩子,你们真是爸妈的知心人,知心人!"

(田彬搜集整理)

醉汉闹事救乡女

钱乡长看上了张巴佬的女儿帕玉,几次央媒人上门说亲,娶给他的哑巴儿子岩保,帕玉宁死不从。钱乡长火了,暗暗买通人贩子把她卖到下江去,商定某日某时在清水江虎渡口歌场成交。

乡长家女佣祥妈把这件事悄悄告诉了谎江山,请他设法营救。老谎想了一阵,说:"这事急不得,也不能让巴佬跟帕玉晓得,过早走漏风声,万一帕玉做出什么事来,不但救不了她,反而会害了她的。"祥妈说:"那该怎么办?"老谎说:"不要急,你先去把情况搞清楚,随时告诉我,到时候自有办法!"议定之后,各自分头干事。

过了一段时间,一切探得的确,眼看成交时间就要到了,谎江山找到帕玉,问道:"玉姐,后天去虎渡口看热闹吗?"帕玉说:"去呀,大叔也去玩儿?"老谎且不回答,继续问道:"跟谁去?""我们姐妹一大帮呢"。"你们怎么拉在一块去了,是哪个牵的头?""没谁牵头,是钱乡长家女儿帕珠邀约的。她说那天贵州、四川、湖南三省边区的歌郎、歌娘聚会虎渡口,蓼皋歌王田三哥,镇竿歌后廖五妹都去参加歌王争霸赛呢。机会难得,大家都很踊跃,我就答应了。""是真的吗?"老谎说,"真是机会难得,我老头子也去散散心。你们都怎么打扮,可不能给咱们湖广妹子丢人啊!""怎么会呢!"帕玉说,"我们都商议定了,大家统一着装,一致行动哩!""哎哟,果然是年青人想的周到,你们都怎么装束的?""一色的青绉丝头帕,白绸绣花上衣,天蓝绣花裤子,绞股银项圈配白银扁板套圈,蝴蝶穿花四隧子银披肩,二隧子双丝白银裙带,三股丝白银手镯,凤凰盘花大耳环,白麻布裹脚,藏青双经多耳麻板鞋,淡红洋布遮阳伞,单色挑花石榴白纱巾,斜纹篁子花布锁口袋。只有围裙随自己的便,越是精致鲜艳越好,规定每人的裙子颜色不许相同。我本来打算用素净点的,帕珠说,白色不吉利,要我用大红的。我嫌大红颜色太重,就改用淡红带轻粉的了!""啊呀呀,啊呀呀!"老谎赞叹道:"白衣蓝裤粉红裙,胜过天上七仙女!玉姐真是羞杀彩虹妹,气死海龙王了!要得,要得!你们这是去做嫁娘吗!"帕玉双颊微红,似笑非笑,似嗔非嗔地说:"大叔也取笑人家了!我本来是不想去的,好烦心哩,有什么心事逛的!经不住帕珠一再窜掇,不得以跟她们走走。哎,谁知是祸是福,真没意思!"

"姑娘的心也太精细了。青天白日,千人万众的,还会有什么岔子不成?"

"这就难说了,唉!"帕玉长叹一声,感触万千,几乎泪下!

老谎安慰道:"玉妹子,吉人自有天相,你就放心逛去吧,人生能有几青春,桃花流水哪时回!不过,也不得不防,俗话说:'深潭藏鬼怪,岭峻生精灵。'出门在外,眼睛要挂高点,耳朵要放灵点,心要绷紧点,脑子要多打几个转,万万不可一意贪玩啊!""是吗?大叔!"帕玉问。"小心天下过,大意失荆州嘛!"老谎又说:"玉姐儿,你过来,大叔有几句话跟你说。"说着,拉过帕玉,叽咕了一会,临了说:"睛带雨伞,饱带饥粮,见风转舵,遇雨藏身。玉儿呀,谨记谨记,千万果断,果断,再果断!"

这天,正是吉那集日,虎渡口,沙坝上,人山人海,笑语缤纷,花团锦簇,彩伞如云。姑娘们说说笑笑,迤逦而来,就像一群快活的云雀叽叽喳喳地飞向绿色的林海一样。冷不妨,一个烧窑的醉汉闯将过来,撞在帕珠身上,满手黑烟灰,把她雪白的围裙抹黑了一大片!帕珠怒火中烧,一巴掌打在醉汉脸上"背时砍脑壳的"骂个不停。醉汉不跑也不还手,盯着她嘿嘿地只是傻笑。帕珠还要发作,帕玉脑瓜一闪,拉住她劝道:"珠姐,人多马众的,泥沙俱下,鱼龙混杂,别跟他搬见识。来,我俩把裙子换一换,你穿我的,咱们去换!"众姐妹也劝道"人不跟狗斗,算了吧,快换裙子看对歌去!"两人刚换过裙,突然江边人群涌动,一片扰嚷,有人大喊:"掳匪来了,快跑呀!"接着"叭叭"几声枪响,人们叫的叫,喊的喊,顿时骚动起来。这时,一群后生疯牛似地冲进来,推推搡搡地大喊大叫:"红裙妹子在哪里?红裙妹子在哪里?"

姐妹们被冲的七零八落,帕珠跌倒在地上,听得人喊:"在这里咧!"后生撞进来还在高喊:"红裙姑娘在哪里?"帕珠爬起来应道:"我在这里呢,救命呀!"几条大汉冲进跟前,连说:"快,快,跟我们走!"不由分说拉起她就往大河边跑,渡船早在河边等候多时了。人们拉拉扯扯,搡搡推推,把帕珠拥上渡船,呼哨一声,打的打棹,划的划桨,哗哗啦啦,飞渡过江,一乘小轿,不知抬到哪里去了!、

  这一切都是钱大乡长一手策划的,议定以红裙为标记,专意捉拿帕玉姑娘的,谁知被谎江山叫"烧窑"的醉汉闹事把裙换了,没有捉走帕玉,倒把他心爱的宝贝女儿给葬送了。

(田彬搜集整理)

第七辑 | 纪跷甲的传说

·引子

这个纪跷甲

从前,有个搬穿码不转肩的傻家伙,不管做什么事,都是照搬硬套,闹出不少笑话来。

那年,他跟老婆新婚回门之前,老婆叫他到场上扯点布来做新衣服好做客,并交待他扯布要扯厚实的,不要见亮眼。

他到了场上,把所有的布摊的布都看了,对眼一照都有亮眼,就没有扯。最后,在一个纸摊上看到了草纸,抬起一张对着太阳一照,一点亮眼也没有。他就高兴地买了一捆背回来。

回到家里,硬要老婆给他缝新衣,弄得老婆哭笑不得,没奈何,只好给他缝了一套纸衣服。

到了回门的那天,他就穿着纸衣跟老婆走了。夫妻俩走到一丘田边,田里的青蛙"呱、呱、呱"地直叫。他听见了认为是青蛙在向他讨吃,就悄悄把箩筐里的粑粑丢到田里去。青蛙受了惊,就不叫了。他一看好不恼火,骂道:"一挑粑粑都扔送你们了,还赌气不叫了!"骂罢跳下田去想把青蛙都捉住。不料,纸衣被水一浸烂完了,光光的屁股露在外头了。他老婆看见这些,又是气又是恼。没法,只好对他说:"那里人客多,你这样去会丢丑的。你先到红薯洞里去躲躲,等我先到我爹那里去取套衣服来送你穿。"

不料,他老婆刚走不久,就有一路人因为这几天泄肚,恰巧到红薯洞边大便。听到"哗哗"的小声,他认为是老婆为他送饭来了。边说不要把汤倒丢了,边用嘴巴去接,搞得他满脸臭气冲天。好半大,他老婆拿来衣服给他穿,见了他这个模样,真是哭笑不得。就一边捂着鼻子,一边叮嘱他说:"娘家人客多得很,吃菜要注意,莫出丑了,我踩你一下,你就挟一挟菜,我不踩你,你就莫挟。"他听了,忙答应说:"好,这样保险,不会出漏子了。"

上桌吃饭的时候，他就坐在他老婆的身边，老婆踩他一脚，他就挟一块肉，不踩，他就不挟了。后来，不知谁在地上丢了一块肉骨头，有两只大黄狗争抢起来，狗脚不断踩在他的脚上，搞得他挟菜都挟不赢了，干脆把一盘肉都倒进了自己的碗里，边倒边对他的老婆说："这下碗都装不得了，莫踩了。"搞得满屋的客人都捧肚大笑。

又一天，他老婆把织好的一匹白布叫他拿到场上去卖，再买些米回来。恰巧这天布垮了价，他却死记住老婆吩咐要卖的价钱。结果，太贵了没人要，一尺也没有卖脱。

回到路上，他又见青蛙"呱呱"地叫，认为是青蛙要挂账和他买布，于是就说："好，挂就挂。"把布往田中一扔就回家去了。

回到家，他老婆问他布卖脱了没有，他说："我挂账卖给青蛙了。"他老婆听了，骂他道："你把布放在哪里了？明早赶快退回去把布拿回来。"他便立刻行动。

到第二天一早，他才"退"到昨天放布的那丘田里，一看布没见了。这时，正有抬丧的人从这条田坎上走过，孝子都拖着长长的白帕送丧。他见了，不问青红皂白地跑过去就抢人家的白帕子，边抢边说："快把我的布还给我！"别人不给，他硬要，结果被人家打了一顿。

布没找着，他只好走回家来，老婆问他做什么了，他就把经过说了一遍。老婆听后说："碰见人家抬丧，你要跟着哭才对，你这样去打搅人家，怪不得人家打你。"丈夫点点头，记住了妻子的话。

又一天，他出门砍柴去，路上正碰上人家接亲，他见了那么多人跟在一顶花轿后面，便认为又是人家抬丧去埋人，就呜呜地哭了起来。那些接亲的人听见了，觉得兆头不好，跑起去把他捶了一顿家伙。

他挨打回到家里，老婆问清了缘由，又开导他说："别人接亲你哭，坏了人家的彩头，怪不得人家又打了你。"以后碰见人家接亲，你要说"恭喜"才好。

又一天，有家人家烧了屋，围着好多人救火，他不问人家是在做什么，一跑上去就大声地喊："恭喜！恭喜！……"。救火的人听了，气得要死，又给他一顿好打。

他哭丧着脸回到家,老婆听了他说的情况,又告诉他说:"别人失了火,你应该端水去泼。以后,莫再做傻事了。"

没好久,他在场上看见人家打铁,炉火烧得红红的。他便挑来一担水,提起一桶就往炉里浇。这一下惹恼了铁匠,又打了他一顿。

他哭着走回来又告诉他老婆,老婆骂了几句对他说:"别人打铁,你要去帮捶才是,不该去浇水。"他听了,说:"对,下次一定记住。"

这一天他出去玩,在村口看见有两口子打架,他又以为是人家打铁,忙去帮捶。结果两口子架也不打了,两人合起来去打他。

他不知这是什么缘故,又忙回来告诉他的老婆,他老婆说:"别人打架,你要去解交,不应该去捶人家。"他听了,忙说:"有理,下次照办。"

第二天一出门,碰见两头水牛打架,他便赶忙去解交。结果胸前被牛顶了一角,腰排骨被顶断了一根。他老婆服侍了他一个月。伤好后,他老婆又对他说:"碰见水牛打架,要赶紧跑开,切不要拢边。"

又一天,他的老婆出工去了,他走出院坝去看看。走到院坝,正碰上两只大公鸡在打架,他一见就吓着了,赶紧跑开。院坝外边是一条陡坎,他退到边边上,不防"卜通"一声,滚下去了……

(龙炳文搜集　石生智　龙炳文整理)

第八辑 | 纪晓甲的传说
·求知篇

读书的悟性

纪跷甲的阿爸送纪跷甲上学堂读书,纪跷甲不愿意。说:"阿爸,自古以来只有鼎罐煮馍馍,哪有鼎罐煮文章,读书有什么用场!"阿爸说:"儿呀,你哪里晓得,这世上万般皆下品,唯有读书高,谁说读书没用?常言道:聪明不过读书郎。又说书中自有颜如玉,书中自有黄金屋。十年寒窗无人问,金榜提名天下知,怎说没用?你要晓得,为人不读书,好比一头猪,哪有出头之日?你阿爸我,就是因为不读书,不识字,枉有千丘万丘田,老死深山人不识啊!"

纪跷甲听了阿爸的教诲,带了束修礼金,去辰州府入学拜师。先生教他识字。

第一天,教个"一"字。先生说:"一者,天地之祖,万物之母。天地万物总不过是个一字。别看它简简单单地一画,宇宙万物,大小之数尽在其中,大到无穷,小到无有,无不从一开始,又归结到一,学问大得很呢!古往今来,为难从其易,为大从其细,认识了一就认识了一切,把握了一就把握了一切。弟子学好这个一,终生受用无穷。"纪跷甲谨于受教,一学就会。

第二天,先生在"一"的下边添上一画,说:"一配上一就成了二,二比于阴阳。天下万事万物,阴阳而已。单阴不生,独阳不长,阴阳合和,乃生万物。弟子志之。"纪跷甲又学会了。

第三天,先生再在"二"底下添上一画,说:"老子云:一生二,二生三,三生万物。为天地始,万物之母。"纪跷甲又学会了。

第四天,纪跷甲拜辞先生,就要回去。先生挽留不住,只好送别。

纪跷甲回到家里,阿爸问:"怎么回来这么快?"纪跷甲说:"儿子学成,自然回来,何须久留。"阿爸又惊又喜:惊者,儿子学成何快,实在出乎意料;喜者,儿子如此领悟,必有大才,腾飞指日可待。叫他写封信告诉阿舅石万三,一则报喜,二则要他来家相商儿子婚事。纪跷甲爽快地答应了。一连三

天，书信未成。阿爸颇感意外，问："短短几句话，怎么三天还没写成？"纪跷甲皱着眉说："阿舅的名字好难写啊，我用了十多张纸，花了三天三夜，才写了五万三千一百九十六呢！"阿爸大惊："三个字何须如此花费？你是怎么写的？"走过去一看，厚厚一迭信笺纸上，密密麻麻地都划满了杠杠，气得一句话也说不出来。

辰州学字未成，阿爸教纪跷甲远去下江拜师从学，下江开化已久，必有名师。

到得下江，先生还是教识字开头。

第一天，先生说："上古，仓颉造字，象物而图形，造字象形为首。就从'人'字学起。人乃万物之灵，二足而直立，上承于天，下立于地，独立而不仆。其形如'ᚹ'，字如'人'。纪跷甲学会了。

第二天，教"山"字，先生说："山川地理，人之所居。山之为形，巍然而独立，崎岖而不平。高而耸者为峰，绵亘者为岭，高低相形，连绵不绝，其形如'ⱳ'字之为'山'，象其形也。弟子志之"。纪跷甲又学会了。

第三天，教"水"、"火"两字。先生说："老子云：天下之至柔莫过于水。其性善下，注而入川，其形如'ᛉ'，书之为'水'。于火亦然。火性轻而向上，烈而不群。从地而起，上灼于天。其形如'ⱲⱲ'，书之为'火'，不离其形。天下万物，无不具形。图而志之，书面识之，以至于无穷。圣人法之，传于万世！"纪跷甲一点也听不懂，心里暗暗觉得，还是下江先生狠，讲的深，谁也听不懂！又不会了。

学了三天，又拜辞先生回家。阿爸问起识字情况，纪跷甲把下江先生着实夸了又夸，赌咒发誓说自己完全掌握了字的秘密。老阿爸信不过，当即要他写了个"牛"字，纪跷甲画了头牛不像牛，羊不像羊，说是狗又多了两只角，说是猫又少了胡子。当下不说什么，叫他写自己的名字，纪跷甲默神多时，想了又想，画了又画，只是写不出来。又叫他写写他娘"帕多"，纪跷甲又写不出来。老头子狠狠地白了他一眼，气嘟嘟地不说话。纪跷甲火道："不是我不会写，是你们这些名字无名无堂，太不像样，就是孔夫子也写不来呢！"

（田彬搜集整理）

做生意要多才换

纪晓甲读书识字没学成,阿爸叫他去学买卖做生意。纪晓甲找不到地方学,人们告诉他:"求名的要去朝廷,求利的要去市场,学生意买卖只有去城里面找老板。"纪晓甲好容易找到老板拜师学艺。师父说:"做生意无非是买卖,就从买卖学起。买卖买卖,有买有卖。先教你买吧。万物皆有主,不可白拿,必须有东西跟别个交换。用自己手里的铜板去换取自己想要的东西叫做买。"纪晓甲生在大山里,长在大山里,吃的用的玩的喝的,想什么就捞什么,从来没听到什么叫做买的,听说东西还要拿铜板换,感到十分稀罕。既然学了就得听师父的,拿了铜板就去市场上买东西。

市场上东西多得很,五光十色,琳琅满目,转来转去,都不合意。逛呀逛的,走进一条胡同里,看见一个后生在那里站着,纪晓甲问他:"卖什么?"那后生随口便答:"卖响屁"。"跟我一个!""好。"说着就朝他放了个响亮的臭屁。纪晓甲觉得可笑,好玩,又买了几个。听完之后,便把手里的铜板给了他。那人收了钱喜喜欢欢地对他说:"小哥真会做买卖,以后要响屁尽管跟我买!"纪晓甲乐滋滋地告诉了师父。

师父说:"对,就这么办。不过,买东西要买实在的,不能买那些看不见,摸不着,没形没影的东西!"纪晓甲听罢,牢牢记在心里。第二次进市场时正好碰上一个卖喇叭的,在那里嗒嗒地吹,许多人围着看,都说喇叭的声音好,纪晓甲也很爱听。认识他的人劝他买一对,说:"你们家交结广,好事多,用得着的,难得碰上这样好货!"纪晓甲摆摆脑壳说:"师父说的买东西要讲实在,喇叭虽然好听,吹过后就没有了,买它有什么用!""这是地道的广货,上好的铜仁青铜,货真价实,怎说不实在?"人们说。"我喜欢的是它的声音,又不是那个黄铜管儿,再好有什么用!"说着,纪晓甲头也不回地走开了。

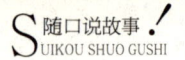

学过买又学卖。师父说:"你送别人东西,人家给你铜板或者用东西跟你斟换就叫做卖。"这天,纪跷甲背了袋大米去场上卖。人家问他:"米怎么卖?"纪跷甲说:"你给我铜板,或者拿东西跟我斟,我就给你米。"人家又问:"要多少钱?"纪跷甲呆了半天,说不出来,人家给了他一个铜板就把米买走了。

师父教他说:"生意买卖就要赚钱,不能蚀本;蚀本生意做不得,老蚀本连裤子都会卖光的!"纪跷甲听了,紧紧捏着裤腰说:"裤子可不能卖,卖了裤子我怎么见人!师父,请你告诉我,怎么赚钱,怎么蚀本?"师父说:"用少的东西,换来多的铜板和东西就是赚钱;花多的东西,换取少的铜板或者东西,就是蚀本。记住:出去的少,进来的多;花的少,得的多。这叫做生意经,做生意买卖,一定要懂得生意经。"

学会了生意经,纪跷甲拜辞师父回家做买卖,跑生意。

这天,纪跷甲赶着五匹马去坪马赶场,正好一位羊客赶着一群山羊过来,羊客问纪跷甲:"马客,马客,马怎么卖?"纪跷甲瞟了客人一眼,说:"你要买马?"羊客笑着说:"打听打听行价,问问罢了,我的羊子还没脱手呢!""告诉你吧",纪跷甲说,"给我铜板和羊子都不管,反正换过来的一定要比我卖出去的多,少一只也不卖!"羊客逗他说:"用我的六只羊子换你的五匹马怎么样?"纪跷甲瞪眼说:"六只换我的五匹?""是啊,六只换五匹,足足比你的多一只呢!"纪跷甲掐着指头算了好一会只是算不清,羊客叫他把羊子一只一只牵过去跟马比,比齐了又加上一只。纪跷甲高高兴兴地把五匹马交给了羊客,赶着六只山羊,哼着山歌小调,高高兴兴地回家。路上又碰着个后生挑了满满一担冬瓜上场去卖,两个啦呱起来,他还是那句话:"换进来的一定要比卖出去的多,少一只也不卖!"后生答应用一担冬瓜斟他的六只山羊。他比了又比,摆了又摆,冬瓜比山羊多出了好几个,就欢欢喜喜地跟后生斟了。

回到家里,他把买卖东西的事跟阿爸说了,吹道:"阿爸,儿子学会赚大钱了呢!"阿爸气得两眼翻白,大半天讲不出话来。纪跷甲瞪着眼看阿爸,拍手大叫:"阿爸,你别这么激动嘛,还有好的在后头呢!"

(田彬搜集整理)

种地讲子息

纪跷甲学做买卖亏了老本，阿爸给他一块地，叫他学种地。告诉他道："种地讲究子息，什么子息大就种什么。"他问阿爸，什么是子息？阿爸说："同样一块地，花工少，收成多，获利大，多赚钱的就是好子息。"

纪跷甲暗暗想："这年月，最值价的是铜钱，有了铜钱就有了一切，什么子息不子息，能挣到更多的铜钱就是子息。"他决心在自己的地里种上铜钱。"一个收十个，十个收一百，一百收一千……种上一块，就能收成千上万的铜板。哈，让阿爸看看我的划算！"

铜板种下去了，每隔几天他就去翻翻刨刨，希望铜板早些长出来，早开花，早结仔，早收铜钱。三天两头，刨过来，翻过去，不见发芽，不免有些焦躁起来。人们告诉他，种子害羞，最怕人偷看，种下去就不要老翻来翻去地拨弄，到时候该怎么它自己就会怎么的，等着收好了！纪跷甲听了果然不再去看，直到秋收打谷，才担着箩筐去收铜板。谁知他走进地里，野草纵横，一派荒凉。刨开看时，连种子也不见了——铜板不知道被谁刨走了！他去告诉阿爸，阿爸骂他不成才，不种阳春种铜板，白送阿猫阿狗一包盐。

第二年，纪跷甲不再种铜板，改在地里种阳春。种什么？他又难住了。想来想去阳春里头就数红薯个头大，决定在地里种红薯。

纪跷甲赶场去买红薯种子，人们告诉他，场上只卖红薯秧苗，从来没有人卖红薯种子的。纪跷甲不信："世上五谷杂粮样样都有种子，红薯怎么会没有种子？没有种子哪里来的苗？一定是哄我的！"转来转去到处找，走遍墟场买不到。有个年青人跟他开玩笑，卖了包野藤杂草种子给他。他拿回去种了，生出许多秧苗来，他又是拔草间苗，又是锄草施肥，秧苗长得格外壮实繁茂，心里乐滋滋的，以为丰收在望，大有赚头了，谁知到秋收挖红薯时，地里密密层层，盘根

错节，全是杂草野藤，一个红薯也没收上。

老阿爸指着他的脑袋直骂蠢宝，世上只有栽红薯，哪有播种红薯的？没吃过猪肉你也见过猪走路；没长眼睛也该长嘴巴，怎么不向老人们问问，哪种阳春是种的，哪种阳春该用栽？老话讲得好："不听老人言，吃苦在眼前。"又说："有手没心累断腿，有心没手饿断肠"……啰啰嗦嗦，唠叨个没完。

太阳升起又落下，月亮落坡又爬坡，转眼第三年的清明节又到了，阳雀声声，又是播种季节。纪跷甲过来吃了哑巴亏，今年决心打个翻身仗，小米籽粒太小，高粱穗子太高，想来想去还是包谷有赚头，子息大。就种包谷吧！去年吃了下种的苦，今年改栽秧苗准没错！

纪跷甲去场上买包谷秧，买来买去买不到。山里人从来不栽包谷，哪来的包谷秧苗卖？没有包谷秧我就栽谷子（稻谷），活人还能叫尿憋死！他找来稻秧栽在地里。看着一片青绿的秧苗，心安理得地哼着小曲儿走了。三伏天，烈日似火，秧苗全晒死了，又是颗粒无收！老阿爸气得心口疼。呼哧呼哧直喘粗气，三天三夜爬不起床。

正是：

人家骑马我骑羊，人家种地我张扬。

东撞撞，西撞撞，没头没脑没主张。

青红皂白浑不论，直把芭茅当大梁。

早忙忙，晚忙忙，不知为谁作嫁衣裳。

荒唐？可笑？烦恼？悲伤？哎呀，我的娘！

究竟为哪桩？为哪桩！！

（田彬搜集整理）

着、着着……多了

纪跤甲有了妻儿以后,家里要他多学做家务。母亲说你妻子带小孩,照顾我这老人已经够受,你要赶快学会做饭炒菜。妻子也说:"你做事磨磨蹭蹭的,我忙没闲心教你。你出去见别家炒菜,要多学着点。"

一天,纪跤甲晚饭吃得早,就到别家走走,想学炒菜了。这时他到一个叫巴成的族兄家,见兄嫂两人忙着在磨房推豆腐,觉得是个好机会。嫂子见他来了也急忙抓夫帮忙,快说:"纪跤老弟你快来替我着豆子,让巴成推得快些。我还要去后屋搬柴来煮豆腐、煮猪饭呢?"他二话没说就上来帮。

巴成有个口吃的毛病,话一出口往往收不住,紧到叫。巴成推磨停住时,纪跤舀豆子往磨盘上的口子倒。由于掺水少了些,巴成示意他加水,他却加豆子。巴成只好口吃地说:"着,着着,着着着……水,"他也就一点两点,再两点三点地加。当那瓢水着完了,巴成还是收不了口,继续念他的"着、着、着……"纪跤很听话地再舀一瓢水来加。巴成口示无耐,只好用手止住他。

好不容易把豆腐推好了。他俩刚把才推的豆腐端倒在火坑生铁三角上的锅里,纪跤要巴成先息一下,说:"巴成哥你推累了,我去水缸找水来。"就很快端来大半木桶水和一个水瓢,到时也是按照巴成哥"着!着着!着着着……"的发话,逐渐把水往锅里倒。巴成一时没收住口,纪跤也一个劲地着水,大半桶水全倒进一小锅菜豆腐里,巴成只好泌走一些豆腐水,不好再说话。

他俩把豆腐煮开后,巴成指着一坛酸汤示意要加在锅里,使豆腐由浊变清。纪跤勤快地把火坑边那坛酸汤端卜,巴成边加火边叫着酸汤。随着"着,着,着,着着着……"的叫声,纪跤甲一下一下又一下,一下一下又一下地着了酸汤,似乎没完没了,幸好被刚拢边的嫂子赶上呵住。之后嫂子又到堂屋灶里生火煮猪饭,纪跤甲继续跟巴成哥学煮豆腐。到着盐时,纪跤甲又快取来盐袋,撕开袋口，按巴成哥的吩咐"着盐。"他先侧着盐袋抖一抖盐下锅，巴成哥又道声："着"，纪跷甲也再抖一下盐。嫂子远看他们还算配合默切，就自顾一边烧她的火，煮她的猪饭。可是，巴成的话又开始口吃了，继续"着！着着！着着着！……"地喊，纪跷甲也把盐袋往锅里抖七八下，一会儿就把一袋盐着去了一大半。可是巴成哥的口吃收不住，纪跷甲也还在继续抖着盐。嫂子在堂屋灶边觉得不对，只好大喊一声："多了！"巴成和纪跷才双双收住。

这时，纪跷甲的妻子在屋坪上拉大噪子，把纪跷甲喊回去了。而在巴成家着盐着多了，把菜豆腐着咸的事，他还不知道。到家以后，妻子数他玩到哪家不晓得回来，纪跷甲告诉妻子："你们不是要我出去，跟别人学炒菜吗？我今天就学会了做豆腐菜。"老婆有点不信，开口就问："那你讲那菜豆腐是怎么做的？"纪跷甲拍着胸膛自豪地说："那要两个人配合喊才行！"那怎么配合呢？"妻子不屑地随便问问。纪跷就得意地说："一个人说'着！着着！着着着……'，又说'着！着着！着着着……'又再说'着！着着！着着着！……'"另一个人说一句："多了！"真好玩。妻子只好白了他一眼。

（石爱东搜集整理）

做菜豆腐要轻巧

纪晓甲到巴成家学做菜豆腐没学到,心里暗下决心,有机会一定要学好。一天他去大姐夫家帮工,姐夫用滤花豆腐招待他。他看着一砣砣的豆腐,水是水,豆腐是豆腐的,不破不烂,不浑不浊,吃着有滋有味,鲜嫩可口,就是那清水似的豆腐汤也别有一种味道,清香满口。就问这豆腐是怎么做的,姐夫当是闲话,笑嘻嘻地只不开口。"你不讲我就不会偷?偷钱偷米是犯法的,偷艺犯什么法!"纪晓甲便留心起来。虽说是艺有巧,其实说巧也没巧,就是一手功夫,就说这菜豆腐吧,姐夫家的也无非在火候跟手脚方面要轻巧点。于是,纪晓甲心里早有了底。回到家里,老婆问他:"姐夫用什么好菜待客?"回答是:"菜豆腐"。"大姐也够吝了!"老婆说,"亲兄弟都舍不得割一刀肉。""才不呢",纪晓甲说:"姐夫家的菜豆腐跟咱们家的不一样,比吃肉还上味哩!"老婆笑道:"还不都是豆浆煮青菜,什么上味下味的!""真的,"纪晓甲争道,"一砣一砣的,清清白白,菜是菜,汤是汤,鲜嫩香甜,好送饭啊!""我不信!""我煮一锅给你开开洋荤!"

纪晓甲可是个办实事的,从来不讲空话,说办就办。磨好豆浆以后,老婆切好青菜就要倒进锅里一块煮。纪晓甲拦住道:"莫成!莫成!豆浆开了再放!"豆浆烧开了,纪晓甲把青菜轻轻倒进锅里,老婆拿过锅铲就要搅拌,纪晓甲又拦住道:"慢点,慢点,让豆浆自己浸进去!"老婆就去烧火,纪晓甲又拦住说:"烧小点,烧小点,别把豆腐冲烂了。"煮了一大阵,豆浆没凝结,豆腐是浑的,老婆要放盐搅拌,纪晓甲还是拦住说:"别动,别动!这一搅岂不稀巴烂了!"说着,取过锅盖盖好,熄火静候。老婆翘着嘴巴说:"一锅菜豆腐,这么讲究,看你煮出什么名堂来!"纪晓甲笑笑道:"等会子你就晓得了!"

约莫半个小时,纪晓甲站起来,揭开锅盖,看着锅里的菜豆腐,笑嘻嘻地对

老婆说："拿个大碗来，让你尝尝新！"老婆扭着屁股不搭理。纪跷甲喜孜孜地去碗柜里取了个大碗，小心翼翼地舀了一大碗，端到老婆跟前，不无得意地说："乖乖，开个洋荤吧，仔细品尝品尝，跟你做的一样不一样？"老婆接过豆腐，尝了一口，没作声。纪跷甲笑咪咪地说："味道如何？喝口汤试试，那才上味呢！"老婆喝了一口，还没咽下去，纪跷甲走上前去看着她甜甜地说道："又香又甜，新鲜爽口吧！"老婆"噗"地一口吐在他的脸上道："甜你娘个屁，跟老娘煮的一模一样！"

"不，不，不可能！"纪跷甲跳起来说，"绝对不可能！不会的！！"

"你自己尝尝看！"老婆说。

纪跷甲接过菜豆腐，"嘟"地喝了满满一口，满嘴都是豆渣，味道甜中微苦，豆味十足。他就"虎"地站起来，走近锅台，用锅铲探了情况，松松散散的，又浑又浊，就是平时自家里做的。

他"哼！"地一声，狠狠地撂开锅铲，恨恨地坐着出闷气："艺，怎么没偷到手？"

纪跷甲几次学做菜豆腐没学会，但他并不灰心。他想，做菜豆腐是难了些，不适合他，也许做其他厨艺会容易些。只要用了心，铁棒磨成针嘛，只要找到好的厨师，他相信会成功的。

（田彬搜集整理）

喂食饿狗取香肠

好机会终于来了,一次,纪晓甲在香山饭庄喝凉水歇息,听柜台里办厨的大师父跟他一位要好的先生传授办厨,就用心地听着。先生说:"你们庄里的香腊肠听说名气不小呢,好像都传到常德长沙去了!""可不是吗",大师父说:"那可是咱们的名牌,皇帝老子都赞扬的!""啊,名不虚传,果然是香山一绝!"纪晓甲听着忽然动了心,挪过去挨着仔细听。两人看着他微微一笑。谈话继续下去。先生问:"是怎么加工的?"大师父说:"那可是咱们老王师父的绝艺,从不外传的。""白讲讲也不可以吗?"大师父瞟了纪晓甲一眼,说话的声音小了下来,纪晓甲跟着往柜台边挪了挪,听得说的是:"五香、桂皮、胡椒、花椒、大蒜头、山苍子、白糖、烧酒加上适量的盐,跟糯米拌匀,放进蒸笼里蒸熟"底下就听不清楚了。过了一阵,又听得说:"妙就妙在这里,要不然这些东西能做得出惊动皇帝的美味来!""你就不能漏一漏"?大师父的声音更小了,小到纪晓甲还勉强能够听得到:"先让狗饿两三天,把粪排干净,再把香糯米饭喂狗吃。"底下再听不清楚了,纪晓甲又把身子向前挪了挪,隐隐约约听得:"把狗打死,掏出肠子来,放在锅里煮熟……""原来是这样!"纪晓甲惊喜过望,乐得几乎喊出声来,再没往下听,高高兴兴地回家了。

回到家里,也不跟老婆和家里别的人商量,就自个儿忙着备办糯米香料等等,打算漂漂亮亮的露一手,给大家一个惊喜呢!一切如法炮制完成,纪晓甲乐孜孜地把兄弟姐妹,三亲四邻请来,说是要让他们尝尝皇帝老子喜欢吃的一样好东西。大家怀着好奇心应邀前来,只见中堂高大的八仙桌上空荡荡的,桌面上摆着一把磨得雪亮的尖刀,正不知道他葫芦里卖的什么药。纪晓甲走过来对大家说:"这是一道香山名菜,皇帝老子点名上贡的,我先吃三截给大家看。刀子放在桌面上,各位请便,一饱方休!"

说罢，抱出一筐箩冒着蒸汽的狗肠来，摆在八仙桌上，说声"得罪！"掇起尖刀，切了一截，那臭气熏得满堂屋的人客捏着鼻子直想呕。纪晓甲闭着双眼，捏紧鼻子，一口吞了下去。"哇"地一声，底下有人吐了起来。纪晓甲直着喉咙，一连吞了三截，随后"乓"地一声扔下刀子，忍不住恶臭熏蒸，跑进茅房"哇哇"大吐了半天。吐毕出来，客人们早已四散一空，只有八仙桌上筐箩里的狗肠还在散发着恶臭，连贪吃的小黑猫也忍耐不住，"喵"地一声跑出院子里去了。

纪晓甲看着空空的中堂，十分婉惜地说："可惜呀可惜，皇帝老子的美食再也吃不着了！"

（田彬搜集整理）

按胡子认公母

纪晓甲长到了成婚年岁，可他还认不来公母，惟恐以后认不来对象，就暗暗想学认公母。

一天，他看见一位白胡子老公公抱着一只小花猫晒太阳，走过去问道："阿公，你抱的是什么？"公公说："小猫呀。""什么猫？""小花猫呢。""是公的还是母的？""啊，你问的是这个。"老公公笑着说："这是一只公猫。"公公看纪晓甲摇头不解，又说："你看，它嘴巴边上长着胡子呢！""长胡子就是公的？"纪晓甲还是不放心。"不错"，公公就摸着自己的胡子跟纪晓甲说，"你看，我这是什么？"纪晓甲看了一眼说："白胡子！"公公说："对了，我有胡子，你叫我公公，你说我是什么？""公的，公的，公的哩！"纪晓甲笑了！

纪晓甲回家问阿姆："阿姆，你为什么不长胡子？"阿姆说："蠢郎，只有公公才生胡子，阿姆怎么会生胡子呢！""你是什么？""蠢宝，连阿姆都不晓得了，还要问！"纪晓甲拍手道："我晓得了，我晓得了，你是母的，母的！我妈，你没有胡子！"阿姆狠狠地瞪了他一眼，笑着说："别多嘴呢！"

纪晓甲家的牛跌岩坎死了，阿姆叫他去场上买头公牛回来好耕春。纪晓甲赶了一场又一场，半个多月都没买到手。阿姆说："你是买什么牛了，这么久了还没买到手。"纪晓甲为难地说："好难啊，我哪里都去羔了（意为走遍了），就是没有公牛卖！"阿姆说："你哄我，我不相信，哪有场上没卖公牛的！""不信你自己去买。"纪晓甲说，"市场上的牛没一头生胡子的呢！"

纪晓甲要买羊喂养，阿姆说："买一只小母羊吧，又不调皮又会下崽崽，也好赚几个油盐钱！"

纪晓甲串来串去，周边四川、湖广的牲口市场都串羔了（意为走遍了），就是没见一只小母羊。卖羊的客人拉着他说："我这里有好母羊，你去看看，价钱合理着哩!"纪跷甲看来看去,总是摆脑袋,不说话。人家说:"你开个价吧,这样的母羊瞧不上,你要买什么羊!"纪跷甲笑着说:"你别哄我,你这羊真是母羊吗?"客人说:"这还能假,你没看见它还带着小羊羔哩!"纪跷甲瞧了又瞧,总不相信。旁边赶场的人都说:"真是母羊,错不了,奶头还熟着呢!"纪跷甲白了一眼说:"我也有奶子呢,你说我是公是母?!"人家不讲话了,他却说:"你们都骗我,把我当白痴,是母羊为什么长胡子?"人家说:"母羊就不长胡子?!"纪跷甲学着阿姆的样子,狠狠地瞪了那人一眼,笑着说:"你妈妈长胡子吗?别多嘴!"气得人家不惹他,嘟着嘴巴走开了。

(田彬搜集整理)

第九辑 | 纪晓甲的传说

·婚趣篇

情浓吐真言

晴日连连，秋高气爽，纪跷甲急急打理秋粮入库，浮想莲台山天高云淡，群峰伏拜，山顶佛庙，香火不断，便生登顶卜算，祈求上苍降福，也令行云拜他为峰之意。一日行程过半，他还纵情岭腰，在那弯弯有水的三十六弯，不计时辰，信游放歌。歌至动情，嗓声激昂，忽惊百米开外壑冲坪里一驹，号出"咧——咧咧——咧——"清亮之声。他随声了望：好匹棕红大马，踏青仰天……。观不多时，纪跷甲更觉有趣：似乎无人看守？信步前往……不料撞上路边两具后生尸首，恰如盗贼相残，五体俱伤，绿蚊吮血，吓得飞速向山顶庙里跑去。

庙里游方和尚，自永绥厅城刚回，具得趣情：守备老爷催赋宝马，号名"千里红棕"，丢失时日，事务耽搁，上峰问罪，惊慌失措。恰其千金幺妹，年方十八，正待出阁，亦因择婿难如意，未得良配。守备两事俱恼，合一榜示四方："日前失千里，现今选贤婿，绥域富或贫，有男壮且精，能料红棕归，即妻以千金。一言诺九鼎，榜贴急招能，揭贴须谨慎，狂徒入狱地"，榜上勾出俊秀女子头像，引得人群聚集，议论纷纷，半月如初……

纪跷甲惊急入庙，口中只念："死贼！棕驹！死贼！棕驹！"来求和尚取惊。和尚联想绥城榜示，胸中已明十分情，"来者定知千里迹！"且闭目养神，实斜瞅那臭衫稀物一纪跷，口中也颂："来人好福像，阴阳合乾坤，且出八吊钱，抱得美人归。"和尚美颂辞，正合纪跷意，忙献八吊锁命钱，恳求和尚神算，指点几多迷津。

依神算点化，纪跷惊恐渐退，笑颜逐开。次日混入城中，揭那守备红榜。众人观知此人模样，年虽二九，不过憨傻之辈，乱衫拂臭，晃脑痴情，手抓榜角，拖地带泥。皆笑无知，且随呈情，料想纪跷受乱棍，还是寻马归来抱幺妹？众人之前，早有信使通情守备。堂中待传，纪跷喜涌心头。多言苦苦修行二十载，形若不人，今时功成，自能神算。具知守备宝驹，为何模样，丢失何方何地。守备听后叫人赏钱八百吊，要问马情。纪跷记住和尚话，要得美女告真情，知是守备变心，嫌此人才生悔意。便也不再开口，不说马丢方位。守备无赖，即领幺妹相见，双方信誓旦旦，出言依榜，必胜九鼎。

　　纪跷具道：神算须在三更，冥冥请师接引，方保万无一失，寻得千里入朝。守备命人为纪跷宽衣，请入后房幺妹隔壁，关照监视。待到三更，纪跷鼾声渐起，兼或手舞足蹈，冥冥有辞。幺妹看得真切，自信神人真算，能心相许。时至东方微明，大家晨起，守备催问，马落何方，几时可寻？纪跷且说："今来午后大雨，不便前行，须待两日之后，秋日艳耀，路干风和，午时寻马，方为最灵"。守备虽急而疑，想想人在掌控之中，但等无妨。不时早晴过后，午雨随来，日夜连泼。待得三日，晨现鱼肚东方明，和风日丽逐人心。守备喜形于色，准备得当，大宴行人。随后放出马群，载人十二，跟着纪跷往那密林莲台，喜牵宝驹红棕，千里归朝。

　　话说寻马之时，纪跷求得幺妹同行。千里红棕且归去，妖艳美女随纪跷。是夜入房上喜床，也效古人考智商。幺妹道："古人有'双手推开窗前月'之说，请君对答下句"。因有和尚告知在先，纪跷也随口答出"一石击破水中天"。幺妹如知对影，兴许好学有成，不胜荣幸，便接口又说："紧紧一把锁，看你如何开？"纪跷确实不知何答，只想和尚神算，就说："这个我不懂，等我和尚来"。幺妹心悦，一拥纪跷而卧。纪跷情浓于水，自是狂翻跟斗，床头床尾，咿咿呀呀。

　　一时半会，两人全无睡意。幺妹且问：

　　"纪跷神哥，值得不？"

　　"八吊钱送和尚，算得美人归家，值得，值得。"纪跷随口便答。

　　幺妹听着不对，遂问缘由，是非自己神算？纪跷具陈闲游莲台山，入庙求和尚之事，好不快乐！并说："大晴落雨衣服汗，老爷丢马我亲眼见。"幺妹哑然，终日惶惶，且乘纪跷不备，自是出门不归。

（龙正贤讲述　麻明进整理）

按叮嘱相亲

纪跷甲去相亲,阿爸再三叮嘱:"第一,姑娘要五官端正,模样儿乖;第二,人要勤快,吃得苦,肯干活;第三,能说会道,知寒着热,会当家。"临行,他阿爸怕他记不着,跟媒人再三致意:"别忘了提醒他!"

到得家门,姑娘正在磨房里扒着礁梁舂米。在在行行的,看见客人进屋,不羞不怯脸不红,不躲不避脚不停,呱哒呱哒地舂得石礁响个不停。果然是把能做肯干的好手!

媒人走过去拉着主人耳语了一阵,老阿妈走过去拉着姑娘扭扭捏捏地回房换衣服,上锅台办饭菜待客。

看姑娘时锦衣绣裳,花带围腰,丝帕缠头,银饰叮当。铜盆大脸,满面桃花。不肥不瘦身材,不高不矮个子。云鬓不乱,留梳垂耳。汗珠微滴,秋波频转。百里挑一莫说,九里三冲难选,是个标致的班头。

上得锅台,只见得灶膛里炉火熊熊,砧板上刀声哒哒,锅子里油炸菜香。手脚麻利,厨道精熟。不一时,菜饭办好,香气扑鼻,色鲜味美。主人陪客就坐,媒人再三敦请姑娘同席用餐。姑娘笑而不答,腼腼腆腆。谈讲之间,语多锋芒,笑不露齿,情理通达,能攒会算,进退有序,不难看出是块当家的好料。

媒人满意,纪跷甲入迷。正是天生的一对,地设的一双,五百年前缘份早定,晤面时相见恨晚。一拍即合,两情相愿。

回家之时,阿爸再三询问,纪跷甲志得意扬,笑靥频开。媒人赞不绝口:姑娘的人才,模样,德行,品性都没讲的!

完婚那天,将姑娘扶下轿来,进屋拜见公婆,扫地挑水,原来是个跛子。老阿爸当即垮下脸来,面带怒容,忿然指责媒人欺骗自己。

媒人说:"新娘子是你家少爷自己相中的,跟我何干,谈何欺诈!"

老阿爸责问纪晓甲,纪晓甲说:"都是你老人家讲的,幸好只跛了一只脚,要是两只脚都跛了,我才背不起她哩!"

(田彬搜集整理)

回门新衣裳

纪跷甲终于讨得了一门亲，新娘子虽然不至于花容月貌、沉鱼落雁，但也聪明能干，把纪跷甲乐得一天到晚憨乎乎地不离她左右，期间出了多少可笑可骂的事自然就不必细说了。转眼三天回门日子到了，纪跷甲吵闹着要跟妻子一起回娘家。妻子看到纪跷甲穿得破旧肮脏且家里也没有一件体面点的衣服，就给纪跷甲说："我这里有点钱，你立即拿到场上去扯块好的白色布料来，我帮你赶制一件新衬衣。"纪跷甲乐呵呵地接过钱就出了门，妻子追到门外大声对纪跷甲交待："记住啊，一定要买上好的布料。""上好的布料，什么样的布料才是上好的布料啊？"纪跷甲问。是啊，什么样的布料才是上好的布料呢？妻子也为难了，要怎么描述才让这个纪跷甲明白呢？有了，妻子灵机一动，说："你选白布的时候，把布料展开挡住眼睛往天上看，缝隙大的看到太阳光的布不是好布，看不到太阳光的才是好布"。纪跷甲说："知道了知道了。"就一蹦三跳地赶场去了。

到了场上，只见人来人往，道路两边摊子上的各种货物琳琅满目，店铺里的商品五花八门……纪跷甲有时虽然傻，但今天他很清醒，所以他对满场的东西都视若无睹，直奔店铺卖布料的柜台而去。那些老板都很热情周到，不厌其烦地给纪跷甲推荐各种上好布料，但所有的老板推荐的布料都不能让纪跷甲满意。其实老板们根本不知道，他们所说的好布料都经纪跷甲悄悄地挡住眼睛对着天空看了又看，却没有哪一匹布料不透出光线的。纪跷甲心里说："哼，都认为我傻，都想用那些差差布来蒙骗我，我才不上当呢！"终于，纪跷甲在一个柜台上的一堆红绿黄"布料"中发现一匹上好布料，你看这布料要多细纱有多细纱，又白又紧密，更让纪跷甲开心的是，当他悄悄地摊开布料遮住脸部的时候，他的眼前一丝光线都看不见。于是，纪跷甲兴高采烈地买了这一匹上好的"布料"回到了家。纪跷甲才跑到房屋边就大声向妻子表功，要妻子快点帮他缝制新衣服。妻子接过

"布料"一看,唉呀纪跷甲啊,媒人牵线的时候是说你傻啊,但也不至于傻到这种程度吧?你看你买的哪里是什么布料,这明明是一卷白纸嘛。这时候重新去赶场买布是不可能的了,也罢也罢,你买什么料子来我就用什么料帮你缝吧。心灵手巧的新婚妻子穿针引线,不一会儿,一件精致的"白衬衫"就完工了。真是人靠衣裳马靠鞍,纪跷甲穿上了白衬衫之后显得特别的精神特别的帅气。

纪跷甲穿着妻子给他缝好的衬衫,乐癫癫地跟在妻子的身后往丈母娘家里赶。纪跷甲家距丈母娘家有三四个时辰的山路,那天太阳很大天气很热,在翻过了两座山坡之后,纪跷甲早已汗流夹背了,白衬衫贴身之处也湿津津软汃汃的了,有的地方甚至开始溃烂了。走啊走,走啊走,怎么这么远呀,纪跷甲累极了要求歇歇再走。妻子说:"不行啊纪跷甲,天气这么闷热快要下雨了,我们翻过这个坡就到了,还是赶路吧!"六月的天小孩的脸,说到下雨雨就下了起来了。豆大的雨点先是东一颗西一粒的,继而就密密麻麻倾盆而下了。纪跷甲的白衬衫经过阳光暴晒汗水浸渍后,哪能再承受得了这暴雨的剧烈冲击,不一会儿就变成一堆纸渣四分五散了。

头一次回娘家新女婿就出了这天大的洋相,妻子很恼火,不想让纪跷甲到娘家去丢人现眼,就让纪跷甲躲在娘家院坝坎下的一堆魔芋叶子地里,自己一个人进了娘家门。在离开之前,妻子给纪跷甲交待:"你蹲在这儿不准动,待一会儿天黑了没人看见,我就给你送饭来"。纪跷甲于是像个听话的小孩,蹲在一堆叶子当中,任山村六月的长脚蚊像轰炸机一样地围着他飞来飞去还是一动不动。

(施新沛搜集整理)

倒泼汤了

话说到纪跷甲身上穿的白纸衬衫被雨淋烂后，无法进丈母娘的家门，被妻子要求躲在魔芋叶子丛中之后。他在长脚蚊的轰炸中左等右等还是不见妻子送饭过来，纪跷甲又累又饿，尽管蚊子恶毒，他还是眼皮沉重，朦胧起来。突然，"沙沙沙"一股温热的液体从头上而至。纪跷甲一个激灵，忙说："小心小心，倒泼汤了倒泼汤了……"话未落完音，上面"啊，有鬼啊！"一个人跌跌撞撞地奔进屋去。原来，纪跷甲的妻子进了娘家门之后，得到了娘家人的热情款待，大家围着她问长问短，又置办了丰盛的晚餐，她早就把躲在外面不敢进来的纪跷甲忘到九霄云外去了。直到母亲内急了，因为山村空旷人少，一般夜晚小解都喜欢到屋外去解决。这次丈母娘原本是和往常一样到院坝边解决问题的，哪知无意中就把纪跷甲这个乘龙快婿给淋了出来。于是大家手忙脚乱地找来衣服让纪跷甲穿上，又七手八脚地热饭热菜让纪跷甲填了饿瘪的空肚。丈母娘家对纪跷甲客气有加，并不因为纪跷甲的狼狈而懈怠他，纪跷甲终于以座上客的身份度过了开心的一夜。

（施新沛搜集整理）

按踩脚挟菜

　　快乐的时光总是过得飞快,不经意之中第二天丰富的早餐就准备好了,纪晓甲眼睛一眨不眨地盯着那一桌子的美味佳肴,喉咙骨节一动一动的咽下了好多的口水。妻子看到纪晓甲这副模样,乘着没人注意忙扯着纪晓甲耳朵把他揪到柴房里,妻子要纪晓甲听话,不然不准吃饭,纪晓甲非常听话地答应了。

　　妻子的要求并不高,只要纪晓甲待会儿吃饭的时候乖巧一点,不要狼吞虎咽的像八辈子没有吃过一餐丢人现眼就行了。纪晓甲怕到时记不住,就问妻子说:"一家人围在一起,我怎么听你的话?你又要给我讲什么?"妻子说:"当着大家的面当然不好直接对你讲。到时我会暗示"。纪晓甲怔住了:"我怕我不理解你的暗示,现在能说明白一点吗?""好,你听清楚了。譬如在吃饭的时候,你要挟菜,我用脚轻轻地从桌子底下踩你一下,你就挟一次,不踩你就莫挟;再踩一下你就挟一口菜,不能快也不要慢。"妻子交待明白,纪晓甲也不住点头答应。妻子和纪晓甲在柴房里训练了好几遍,这时候小舅子来喊吃饭了,纪晓甲和妻子才双双从柴房出来。纪晓甲跟着妻子也围着桌子坐下吃起饭来,他一直牢记着妻子的嘱咐:妻子那边踩一下脚,纪晓甲就挟了一下菜,又踩一脚,纪晓甲就再挟一下菜。两口子配合得很默契,纪晓甲的吃相也倍显温文尔雅、有礼有节。丈母娘一家看在眼里,心里有说不出的满意。

　　说来也巧,当他们吃得正欢的时候,有两只饿狗娘,掉着一排长奶奶,一步一晃地跑过来抢骨头吃,在桌子下面穿来穿去,忙得不亦乐乎!狗脚不时地踩在纪晓甲的脚背上,纪晓甲的那双筷子也跟着不时地在菜盘子里搅动,菜盘和饭碗间成了那双筷子的一条航线。后来那两只饿狗娘,为争一块骨头打起架来了,来来回回地踩到纪晓甲,纪晓甲索性把一盘子菜都往自己饭碗里倒了,使得同桌吃饭的人,一个个看得目瞪口呆。这时的狗还是一个劲儿地踩着他的脚背,纪晓甲好不耐烦地对妻子拔雅说:"菜我都倒光了,你还踩我做什么?"弄得她丈二和尚摸不着头脑。这时,猛听到旁边妻子懊恼着吼一声"纪跷甲,你气死我了,那是桌子底下的狗踩你!你没听见狗争骨头的叫声吗?"纪跷甲迷惑地抬眼一看,只见妻子的五官已经气得移了位,而丈母娘一家和房族亲戚来作陪的共七八个人,正目瞪口呆地看着他们。

纪跷甲知道自己闯祸了,忙把他俩先前在柴房暗示规定说了一通,并充满歉意地解释说自己真的尽力了,就是分不清是人或是狗的脚踩着自己,真没有办法了。说得一桌子的人都笑开了。

（施新沛　石德权搜集　麻明进整理）

看眼神上坐

　　吃过晚饭，妻子拔雅拉纪跷甲到一边，悄悄地对他说："我家里客人比较多，你就坐在不太当道的地方，省得挡人。"纪跷甲爽快地答应了。于是搬着一把椅子，坐在楼梯脚的旮旯里，总算是比较清静了。因为在吃饭的时候，出了洋相，惹得拔雅火气未消。走过来，走过去，总是不时地用眼睛瞪着他。纪跷甲见拔雅瞪着他，也不知所措，就把椅子挪到一边，自己坐在梯子的踏板上。他老婆见状心里更觉不是滋味，于是左一眼、右一眼地继续瞪着他。每瞪一眼，他就再往上一屯（步）坐着，七看八看，纪跷甲把梯屯子爬完了。于是乎，他在梯顶上吼道："十二屯梯我都爬登了，你还瞪眼叫我往哪里去啊！"

（石德权搜集　麻明进整理）

黑夜找糍粑

是夜，满屋的客人有说有笑，拔雅的父母照料周祥，又是递葵花子，又是递泡米花，一时半会"团鱼乌龟"又滚进了火坑里。纪跷甲本来就是爱吃糍粑的人，两个烘熟了的像铜盆似的糍粑进肚后，喉咙管里也还是痒痒的。可是拔雅并没有开口叫他再加餐，自己也就不好意思再明着要吃的了。而他心里打的如意算盘，谁又能晓得呢？

一阵的谈天说地之后，拔雅的一帮姐妹们扫地的扫地，打铺的打铺，大家都准备睡觉了，纪跷甲睡在地楼板火床进房门的右边。时辰到了半夜过，他躲着身子、猫着腰地爬起来了，轻轻地向厨柜移动，东张西望地四处留神。当发现厨柜里有几个未吃完的糍粑，他高兴得差点要喊出声来，就急急忙忙地把它快往衣袋里塞。纪跷甲再一瞅，又发现了"新大陆"，厨柜里边还放着大半罐蜂蜜，他就顺手牵羊地一起带走，想躲到堂屋左侧墙角吞吃了。因是月黑头，一不小心踩着了墙角竖放的薅锄铁板上，锄柄就顺势朝他额门头一棒打来，他猛不防地惨叫一声"哎唷"，当即把丈母娘叫醒了。丈母娘随口问其何故，纪跷甲随口便说："是他们上厕所小便，踩着我的手了。"

纪跷甲得了糍粑，他担心再被发现，就捧着一罐蜂蜜，神不知鬼不觉地躲进茅厕间，准备自由自在地吃起来。他手捏着一个卷折的糍粑，往蜜罐里撸蜜来吃，因瓶口小，他急得一用力，连手带粑一起塞在蜜罐里取不出来。纪跷甲无奈，站在壁头边呆若木鸡，让时间一时一刻地过去。这时外面正在闪电，远处传来雷声，眼看就要下雨了，他更是心急如焚。为了抽脱手，纪跷甲趁着闪电光雷鸣声，望见有一处白点，他以为是石头，好不高兴啊，他就举起手来，朝着白点打去，想把罐子打破取手出来。可怪的是，只听见一个黑影攸地站起来，边跪边喊："雷公劈我啦！""雷公劈我啦！"这时那人又往光脑袋痛处一摸，觉得头上有一种粘糊糊的东西,裹得一头都是。便伸着手指往嘴边一擦,更是奇怪了,"咿!雷公的汗水都是甜津津的。"纪晓甲才知是打着了大姐夫。

(石德权搜集 麻明进整理)

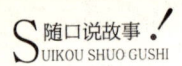

到茅坑里避难

说到纪跷甲听到大姐夫的喊声，更是迷惑不解了，他想大姐夫他事前怎么也会蹲在这儿解手呢？虽然经这一下折腾蜂蜜泼出滑了手，纪跷甲的灾难总算解脱了。可是他心里还是忐忑不安，耽心姐夫会不会折回来追究问底呢？于是他攀沿壁头，摸到猪圈下面茅坑的一点干处，蹲在那里，像趴耳狗跌了茅屎（茅坑），待天亮再作去处。

天刚蒙蒙亮，拔雅第一个起来解便。一泡尿撒下去，猛听见茅坑下面有人在讲话："粑粑没吃完酒又来了。"拔雅心里一慌，吓得六神无主，差点掉进茅坑里去。心想"起来早了，真的碰上活鬼了？"尔后她定了定神，想想这声音是那么熟悉，知道是纪跷甲，便壮着胆子喊道："你这没出息的东西，你出不出来，不然我就舀粪浇你了！"纪跷甲才慢慢地爬出来。

（石德权搜集　麻明进整理）

第十辑 | 纪晓甲的传说

·被打篇

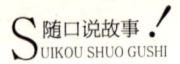

丧葬去唱圆亲歌

纪跷甲跟娘子回娘家，老表们拉他对歌喝酒。纪跷甲从来没见过那种场合，吓得往桌子底脚钻，逗得大伙儿笑疼了肚皮。岳父又羞又惭，扶他起来说："阿郎，浪好的人才品貌，不会吃酒唱歌哪个待人会客，回去好好学一学，下回看哪个敢欺负你！"

回家后，纪跷甲去南山拜师学会客的酒肉歌。一百天后，满师回家。师父对他说：

"徒弟啊，学会了骚酒骚咧（酒歌肉歌），祝贺你天天吃肉吃酒，口福无边！"纪跷甲说："多谢师父，哪里去找酒肉哩？"师父说："有艺何须愁，哪要人来求！""要是没人求呢？"纪跷甲问道。师父笑道："徒弟听着，人走江湖口是路，大路朝天财喜多。人家摆席我吃酒，人家娶亲我唱歌。见人面带三分笑，走遍天下乐呵呵！"

"怎么晓得哪家结婚摆席，喝酒唱歌？"

"出门看天色，进屋看脸色，小心天下过，哪有不晓得"。师父说，"花轿抬得飞，正客贺客一大堆，喇叭吹得的哒响，敲锣打鼓闹纷纷，爆竹噼哩啪啦响不停，有人歌唱有人泣，必定是完婚。三脚两步赶过去，大放歌喉唱圆亲，欢欢喜喜为上宾，四大六小好开心！"

"啊！"纪跷甲如梦初觉，恍然道，"我晓得了！"

回家路上，远远听得前边火铳鞭炮震天响，吹吹打打一片锣鼓唢呐声，一大群人扛着各色旗幡吊挂，簇拥着一个黑沉沉的扎花大柜子，唱唱跳跳、哭哭嚷嚷地迎面前来。纪跷甲心里暗暗欢喜："谢天谢地，出门大吉，果然好口福！"扯起趟子大步迎上去，朝着人们敞开歌喉唱起圆亲酒歌来：

"哎哎——

"万丈高楼从地起，水有源头树有根。上古圆亲哪个起，哪个起头配婚姻？哪个为媒把桥架，哪个脚上系红绳？——"

　　唱得正在起劲，猛不防人群一拥上前抓住他拉的拉，推的推，吐的吐口水，甩的甩泥巴，扭的扭胳膊，揪的揪衣领，一个个气乎乎，火辣辣地扑着跳着向他发火。纪晓甲急得大叫道："别急别急，拉扯什么，我一家一家去，一桌一桌……"嚷嚷之际，"啪！"不知谁一记耳光打在他脸上，喝道："疯子，咱家当大事，送老娘上山，你胡闹什么？还不滚开，讨死么！"一群后生早已等不及了，蜂拥向前，挥拳扬腿，劈头劈脸地打得他发昏。分不清东南西北了，他嘴里还在喃喃地念着："我好意跟你们唱歌，不给酒吃便罢了，怎么动手打人，就不怕不吉利，冲了喜事，断子……"人们越发气上头来，跌起他的肚子……老人们劝住说："一个疯子，癫头癫脑的，理他做什么，打出人命来，白吃官司，把他赶走罢了！"人们骂骂咧咧地，七手八脚把他抬起来扔进茅草寨里，喝道："疯子，到阎王殿给你老娘唱圆亲歌去吧！"

（田彬搜集整理）

对花轿哭丧

纪跷甲将息已了,返回南山把唱歌挨打的事跟师父诉说了一番,师父安慰他道:"徒弟呀,不是我的歌不好,是你自己提猪头找错了庙门呢!""这话怎么讲了?"纪跷甲不解地问。师父笑着说:"这还不明白?人家埋人你唱圆亲歌,能不挨打吗?""这都是你教我的呀!""不错,歌是我教你的,可你是跟我学的肉歌酒歌,不是学丧葬歌呀!""吊丧拜祭不也是吃肉喝酒吗?"纪跷甲争辩说。师父大笑道,"这你就不明白了,红白喜事同样吃酒吃肉,唱的歌子可不一样啊!""有什么不同的?难道还用屁股唱不成!"纪跷甲大叫起来!"弟子记住!"师父郑重地说,"娶亲嫁女唱的是喜庆歌,吊丧拜祭唱的是丧葬歌,两者万万不可混在一块啊!""那么你就教我唱丧葬歌吧!"纪跷甲说。

学满一百天,又要出师了。师父叮嘱道:"徒儿,千万小心,别再找错了门招人打骂啊!"

纪跷甲回到家里,闭门谢客,一个月没敢走出大门。日子一久,也就忘了。这天,闲着没事,踏着鞋子走出家门,迎头撞上一大群打扮得体、穿金戴银的少男少女,拥着一副四人抬的大花柜子,吹吹打打、说说唱唱地走来。花柜里隐隐约约传来凄凄楚楚的悲泣之声,纪跷甲断定准是出丧埋人无疑,一头扑过去抓住木杠大放悲歌地号啕起来:

"唉呀妈哟我的老娘亲!叫你莫去你要去,双脚双手冷冰冰。千呼万喊不答应,好比刀子扎进儿的心!从今后,白天谁人站锅台,晚上哪个守火坑;哪个替我喂猪食,谁人跟我带儿孙;归家不见娘的面,出门不听娘声音;庭院满落枯树叶,宽大的房子冷清清!

娘呀娘,我的亲!日落西山还见面,雁归岭南春又回。你今一去不复返,叫儿依靠谁?头发胀,眼发昏,天旋地转泪淋漓。声声哭喊老娘亲,娘啊娘啊你莫走,孩儿不能没有你,不能没有你!呜呜呜……"

号到伤心处,一跤跌倒在花轿旁边。主人跳起来大喝道:"哪里来的野疯子,号你娘的屁!还不快跟我打走!"送亲的人群闻声而上,拳脚交加,把纪晓甲打的鼻青嘴肿,爬爬跌跌,狼狈逃回家里去了!

(田彬搜集整理)

情歌唱给吊颈女

纪跷甲两次唱酒歌挨了打,再也不唱那堂歌会客吃酒,闷闷地百无聊赖,歌师们教他说:"纪跷甲,成天这么无搭煞,日子怎么过?岂不听得古人说,'草木无情花开艳,鸟兽无知歌声甜。人逢吉事精神爽,何苦磋砣在人间?'人嘛,就靠自己排遣,想讲就讲,想唱就唱,何必折磨自己,连那草木畜牲都不如呢!"

纪跷甲高声道:"哪个讲我疯癫无情,他们不了解我罢了,我才不跟他们一般见识呢!这阵子我正要去学唱情歌,耍风流呢,怎能不讲不笑,不说不唱,白白错过了青春年华,流金岁月!"便跟歌师们学唱情歌去了。

学成问道:"各位师父,情歌去哪个廊场唱?"人们说:"人生世上,何处无情?情至而发,情尽而止,讲究的是一个情字,选什么廊场,论什么高低好歹!"纪跷甲说:"我就跟你们唱!"人家说:"跟我们?你怎么不跟鬼唱去!花花世界,锦绣乾坤,秋千架下,春鼓面上,歌场庙会,瓜田月下,樱桃林中,哪里没有俊俏的后生,哪里没有标致的姑娘?何苦守着我们几个烧焦了的馍馍!"纪跷甲拍手道:"哈哈,我最爱打秋千了,就去秋千场上唱去吧!"

说去就去,他也是惯闯江湖的了,哪里去不得!走到一个去处,前不巴村,后不巴店,近无邻舍,远无庙堂,坦坦荡荡,大路交叉,路边一棵大树杈下,晃晃悠悠地吊着个新装的妇女。"嗬,真会玩耍子,一个人来这里打秋千!妙,妙,让我跟你来两首情歌消遣消遣!"随即仰起脖子唱道:

"轻风吹动杨柳树,艳阳当空正好玩。

哪家阿姐好兴致,十字路头荡秋千?"

妇人并不答腔,晃呀晃的,不睬不理。"好大的牌子!"纪跷甲想道,"让我再逗她一逗,看她动情不动情!"当下接唱:

"我是云头姐是花,红花白云两不搭。

有心来问花大姐,骄阳底下想的啥?"

妇人还是晃呀晃的并不搭理。"莫非是个聋子?我且近前看她一看。"近得身前,纪晓甲禁不住吃了一惊:"好稀奇咧,世上竟有这样打秋千的?"绳子套在脖颈上,舌条吐出七寸长,眼睛鼓鼓见阎王!纪晓甲正发愣间,冷不防脖子已被人扭住,一索子吊上,五花大绑,摔倒在地下。原来是县太爷下乡查案,正好碰上。"哪个耍子,我也是肉长的,就不会痛!"纪晓甲正惊疑间,两个大兵雄赳赳地站在他的身边,一位老爷正色问道:"青天白日,竟敢行凶杀人,是何道理?速速招来,免受皮肉之苦!"纪晓甲惶惶恐恐:"禀大老爷,小人并不认识这位大姐,路过于此,见她吊在树上独自一人打秋千,因此凑趣跟她对歌玩儿,并无杀人之事!"

"大胆!"老爷拍膝喝道,"这个妇人分明是你逼奸不从,将他勒死,移吊在树上的,还敢妄称打秋对歌!众兵丁,将他押回县衙严加审讯!"一行叫人放下女尸,停于树下,兵丁们把纪晓甲押赴县城。

一路上,太爷跟纪晓甲两个争论不休,一个说是逼死人命,一个说是打秋对歌,引得行路人都来观看围听。人们看见押的是纪晓甲,忍不住失笑起来,纷纷议论说:

"原来是那个疯子,唱歌被人打得九死一生好几次了,现如今又被县太爷逮住了,且看如何发落?"

县太爷听得分明,当下判道:

"男犯疯癫女犯傻,

阴阳不通事偏发!

大树之下来相遇,

他跟死人瞎啦呱。

说是该罚本当罚,

要说不罚没干法。

老爷打你三十板,

看你屁股辣不辣!"

(田彬搜集整理)

占赢头

纪跷甲挨板子爬起来，一瘸一拐地唱着歌儿回家。人们笑着打趣说："纪跷甲，今天发得好利市，得了官家的板子了！"纪跷甲笑嘻嘻地说："没什么，白讨了个赢头！"人们说："你什么赢了？""县太爷输给我了！"纪跷甲骄傲地说。"县太爷输什么了？""官司呗，当着那么多人，嗨嗨！""怎么个输法？""他不敢把我押进县衙对簿公堂，还不输么！""是呀，是呀！"人们赞叹着说，"他还赏了你几十大板呢！痛不痛呀？""痛也是甜的！难得的是个赢头。"有的不无嘲笑地说。纪跷甲瞪着眼大声说："打板子么？他是朝我的屁股生气哩！朝屁股生气。"纪跷甲小声地自言自语着，"嘻嘻嘻，县大老爷跟我的屁股生气，有趣，有趣！哈哈哈！"大笑着走开了。

又不知过了几多天，纪跷甲真的看到妇女们荡秋千了，一个二个荡的老高老高，唱呀叫的，闹腾得热火朝天！当下吓得满脸青紫，跑过去扯住秋千架，把人家拉下来，惹得妇女们火了起来，扭住他，伸开巴掌，朝他脸上、身上，噼哩啪啦一阵乱搧，一行"挨枪子儿"，"雷打火烧"，"砍脑壳死的"乱骂。纪跷甲左躲右闪，遮遮掩掩地说："哪个叫你们吊颈，出了人命是要吃官司，挨板子的！"有晓得他是跟吊死鬼唱歌挨板子的，笑道："你不是赢了吗，这会子怎么怕起挨板子来了！"纪跷甲嗫嗫嚅嚅地说："赢是赢了，可是，板子打在我的屁股上，火，火辣辣的，实，实在难、难受，我，我、再，再不想、赢，赢了！"

"哈哈！"妇女们一阵狂笑！

纪跷甲常为一些小事跟人家斗嘴打架，人家把他打翻在地上，踩住胸脯，问他服不服输，他说："你看天还是我看天，谁说我输了！"人家把他翻过来仆在地下，踩住他的背脊叫他认输，他说："你抱地还是我抱地"，又不服输。人家把他吊在树上"坐飞机"，他还是不服输，说："是你飞天还是我飞天？"还是占了上风。人家把他放下来打了一顿,最后放他走了。他说:"让了人情输了理。你们跟我做人情,不是理亏是什么?"人家说:"纪晓甲,你真能,怎么都是你占赢头,我算服了你了!"纪晓甲听了,怨气全消,笑咪咪地唱着歌儿回家去了!"

(田彬搜集整理)

善心救火还招打

纪跷甲学烧窑,柴火生,窑门小,又烟又热,炙得人十分难受,窑师们教他说:"纪跷甲,气闷火热,出气不得,你要打哦嗬唤风,风吹起来就凉快了!""打哦嗬能够唤来凉风解热气,是个好办法!"纪跷甲得到了一个乖,心里热呼呼的,总算不虚此行。

一天,村里有家人失火,大家都去救火,纪跷甲也去了。火场里,浓烟滚滚,烈焰烛天,阵阵热气逼得人喘不过气来。纪跷甲想"唤阵风来解解凉,岂不是好"?便跑去高敞风口处,两手合着喇叭筒"哦嗬嗬——哦嗬嗬——"地高声呼唤起来,碰巧起风,火势复燃。真是风助火势,火逞风威,刮刮杂杂地烧得越旺,渐渐延烧到了邻家。人们发现纪跷甲正在那里打哦嗬呼唤风,顿时火起来:"原来是你小子在捣鬼!"拉着一阵痛打。纪跷甲大喊大叫道:"我看你们热得莫奈何,好意唤风跟你们解凉,你们怎么打起我来,真是'狗咬吕洞宾,不识好人心!'"

事后,老人们教他说:"纪跷甲呀,你的心是好的,可是做得不对呀,见人家失火,你应该提水灭火搭救,怎么打口哨唤起风来,难怪大伙儿要打你了!"

纪跷甲记住了:有人失火要提水搭救。

不久,纪跷甲赶场,路过铁匠铺,看见铁匠师父冒着烈焰赤膊打铁,炉子烈焰熊熊烧得凶猛,以为是失火了,不免善心勃发。急难间,他提起炉边的水桶就往沟里跑去,打来满满一桶水急忙往炉子里噗地浇去,把炉火浇灭了。铁匠师父心头火起,抓住他就打。纪跷甲喊道:"我怕你们把房子烧了,好意相救跟你们灭火,你们怎么反而把我的好心当作驴肝肺,打起我来了,良心何在?天理何存?真是好人难做啊!"铁匠师父听后知晓是这样的人,善生歉意地说:"错怪,错怪!多有得罪!我们是打铁,不是失火,需要的正是火啊!看见失火要相救,看见打铁应该帮助,怎么能把火浇灭呢?你把炉子里的火浇灭了,岂不是坏了我们的生意,叫我们怎么讨吃!"纪晓甲反问道:"怎么帮助你们?"铁匠笑道:"刚才只是戏说,何劳相助。其实你只要帮我们打几大锤就感激不尽了!"纪晓甲连说:"这个易得,这个易得,以后定当鼎力相助!"称谢而去。

(田彬搜集整理)

好意劝架又遭殃

又一天,纪跷甲路过某处,看见一家俩口子打架,男的挥着拳头,女的扬着棒槌,砰砰乓乓的斗得正凶,便从篱笆上扯出一根树条去帮忙。俩口子大怒道:"我们打架,干你啥事,怎敢来讨野火,打起我们来了,不教训教训你,你也学不得乖!"便停下来扭住他狠狠揍了一顿。纪跷甲挨了打,心里很不服气,冲着俩口子忿忿地说:"过路时看见你俩个噼哩普噜打不赢,想必还有要紧生意赶着做,好心好意出手帮你们,你们不但不领情,反而搁下工夫来打我,这是何意?"俩口子笑道:"我们俩口子斗嘴动了气,一时动手,哪个要你帮什么忙来了!""你俩像在打铁,我来帮助的。""呸!"夫妻俩唾道,"活见鬼,我们打什么铁了!真是个疯子!""哦!"纪跷甲"哦"了一声,过了好一阵子才说,"我还以为你们俩在打铁呢!"俩口子忍不住笑道:"你看我们像打铁的吗?嘿嘿。告诉你,打铁的你可去帮忙;打架的,只能劝解,劝解,懂得吗?就是说,好言相劝,拉开他们就是了!"

纪跷甲又得了一个乖。

还有一次,纪跷甲打田坝子过,看见两头水牛在田里打架,许多人围着看热闹,有的喊着"啲——量,啲——量!"逗趣助威。纪跷甲心里想:"好没良心的!打架不去劝解,反而煽动逗弄,莫非他们也跟我以前一样,错把它们当作什么了?这回我非教教他们不可!"想着想着跳下水田里,拉着两头牛劝道:"算了吧,算了吧,有话好好商量,何必伤了和气。冤家宜解——"话没说完,早被激怒的水牛顶了一角,差点儿没把肠子挑出来!亏得人多势众,钩开水牛把他救了过来,否则,连小命儿都搭上去了!事后,人们告诉他:"畜牲不懂事,劝什么?看见它们打架只有远远地避开,躲起来,免得受到它们伤害,怎么能拉着劝解的!"这一回,纪跷甲算是真的记住了。

纪跷甲被水牛顶伤刚愈不久，老婆在院子里翻晒稻谷，纪跷甲掇了把凳子坐在屋檐下歇凉看谷子，一群麻雀叽叽喳喳地飞过来啄食稻谷，啄着啄着便打起架来。纪跷甲吓得直打颤，连忙跑进屋子里，牢牢关上大门，一头钻进被窝里蒙头躲起来。太阳落坡的时候，老婆上坡回家，谷子不见了，以为是纪跷甲收了，心里暗暗喜欢纪跷甲学得乖了呢！谁知纪跷甲还钻在被窝里悚悚地发抖，稻谷不知道什么时候叫小偷偷去了。

（田彬搜集整理）

第十一辑 | 纪晓甲的传说

·学乖篇

不吃她那碗

纪跷甲结婚后，他母亲怕媳妇嫌他儿子憨笨而反悔，事事要求纪跷甲要勤快、要忍让，不准与媳妇拌嘴。嫁像他这样个头脑的人，磕磕碰碰是不可避免的，他妻子还是认定了"嫁鸡随鸡，嫁狗随狗，嫁个石头抱着走"这条乡俗，几个月后怀了孕。母亲对他要求更严，纪跷甲觉得又多了个人管他，很不舒服，加之寨上嫂子们经常拿他扯白，笑话他一个大男人让一个拐脚女孩管得服服帖帖，没有一点大丈夫的威严。这让他经常生气唠叨：怀个孩子她就不大做事。心里虽然听母亲的话，疼爱妻子，可嘴边不时挂着什么"听她指挥，真是的"的怨言。

当妻子生了一个胖小子以后，纪跷甲和母亲心里都乐开了花，母亲赶紧杀鸡打蛋给月婆子吃，还叮嘱他："鸡蛋、鸡肉是给媳妇补身体的，你不能去挟她那碗。"前几天吃饭时，纪跷甲一边用眼睛盯住妻子吃的那些鸡和蛋，一边静静吃着自己的酸汤下包谷饭，也不说什么，妻子起初由于身体差也懒得讲他。这样过了些天，纪跷甲在外面与隔房几个嫂子聊天，嫂子们知道纪跷甲的底细就故意惹他寻开心。一个嫂子说："纪跷甲兄弟，这几天没听到你唠叨了，是不是你老婆坐月，你每天都可搭老婆吃鸡吃蛋啰？""哼！还说吃鸡吃蛋，汤都没给我喝一口。"纪跷甲叹了一口气，那嫂子又说："哎呀，你妈只晓得整天让你苦做，你老婆的鸡汤都没喝上一口，真可怜。"听到这一句，纪跷甲不高兴地数落着："我妈每天早上都给我老婆端一碗鸡蛋，中午和晚上又给她吃鸡肉，剩下也不给我吃。可我要听从我妈，只看不吃。"

嫂子们看到纪跷甲好惹，你一言我一语逗得更开心．"你妈偏心，你老婆整天在家睡懒觉还有鸡蛋、鸡肉吃。你每天苦得要命就吃些酸菜、萝卜……"纪跷甲不知怎么回答，就说："是我妈不让我吃我老婆那碗鸡蛋鸡肉的。"嫂子们更觉惹着好笑，有一个就开导开导他："是不能吃她那碗！可是你可以装两碗，让

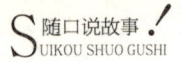

她吃一碗，你吃你的另一碗，不就对了吗？真傻！"这话好像提醒了纪跷甲，他忙笑着说："是的，是的！"于是他突然急冲冲地赶回家了。

他一推开家门，就看见老婆在啃鸡腿，他就看傻了，舌条在嘴边打转。妻子见他生了口馋，想到几天来纪跷甲都没吃自己的鸡肉、鸡蛋，对自己还真好，就生了怜悯之心，主动给他一碗鸡汤喝。纪跷甲喝到鸡汤以后，觉得味道真是好，好想也有鸡蛋吃。可想到母亲不让他吃妻子那碗，就犯傻了。有一天，他母亲忙着出门有事，煮蛋着多了水，舀到碗时一碗装不下，就装了两碗。回头见他站在灶边看，就叫他："端一碗去给你妻子吃。"他母亲就转身走了。妻子吃完那碗蛋，就叫他把碗收去，之后便躺下了。这时还剩一碗蛋在灶台，他就想起嫂子们的话："只要不吃他妻子那碗，母亲就不会骂"，"吃你的另一碗就没事。"这样，他就端着灶台那碗来吃，边吃边自言自语道："好吃，好吃，母亲不会骂的。"

打那以后，他就想吃自己的一碗鸡蛋，就要学煮蛋。他知道自己学不会炒鸡肉，可想想煮蛋还是能做，就主动向母亲学煮鸡蛋。几次以后，他母亲看他会了，就安心由他给他妻子煮蛋做早餐吃，每天自己早早做工去了。纪跷甲也天天早上做两碗蛋，一碗端给妻子去吃，一碗留着自己在灶台吃。不多久，一篮子鸡蛋就吃光了。他母亲发现后问他："是不是每天都吃了媳妇的鸡蛋？"他认真地说："我没有吃她那碗，我是吃我自己的一碗。"母亲只好茫然地用手指推他的脑袋，叹了一声："你呀！"

（石爱东搜集整理）

水开了再放米

纪跷甲结婚之后，对妻子十分依恋，日子过得有滋有味的。转眼妻子十月怀胎一朝分娩了。待胖小子呱呱坠地，接生婆打理清楚之后，妻子就要纪跷甲捉了一只大公鸡到娘家去报喜。苗家农村，在报喜报忧方面是有规矩的，比如报丧是不准进屋的，只能在屋外大声喊主人出门，在门外讲。生子报喜的规矩是要提一只鸡去，生女带母鸡生子带公鸡，人家一看到带鸡来就知道是生产了，且一眼就知道是生龙还是生凤了。纪跷甲提着大公鸡，边走边重复背诵着妻子的交待：家公家婆，衣裤鞋袜，家公家婆，衣裤鞋袜……山区小路崎岖不平，纪跷甲只顾牢记妻子要他捎给岳父岳母的话，不想被脚下一突出的石头猛一绊，纪跷甲被迫往前一冲再紧跑几步后扑倒在地，大公鸡被摔得"咯咯咯"乱叫。纪跷甲"哎哟，哎哟"痛了半天才好不容易爬了起来，忙乱了好大一阵子终于把大公鸡捉住了。一路上"哎哟，哎哟"地朝岳父母家里拐去。

丈老人看见纪跷甲到来，很是高兴，边搬起板凳让纪跷甲坐，边问他有什么事。这时的纪跷甲，嘴里除了"哎哟，哎哟"再也吐不出一个字了，妻子的交待也早就被那一跤甩到九霄云外去了。幸好那只大公鸡及时地挣扎起来，老丈人看见了大公鸡，想起了怀孕多时的女儿，便明白是什么一回事了。于是叫回了窜门去的老婆婆，两人手忙脚乱地撕破旧衣服、旧被子给外孙当尿布，又装了一大袋上好的大米让纪跷甲带回去。在送纪跷甲出门时，岳母再三叮嘱：煮饭的时候一定要等水开了再放米噢，这样子才好。

纪跷甲人虽然傻呼呼但特听话，他牢牢记住了岳母大人的话，足不停步地翻山越岭往家里赶。走着走着，纪跷甲突然看到路边田埂下有一口"咕咕"翻涌着的水井，呆呆地看了起来。这时又累又饿的纪跷甲，想起了丈母娘"水开了再放米"的话，不由自主地打开了米袋子倒了一些米进去。纪跷甲幻想着热气腾腾、香气扑鼻的白米饭，禁不住口水一点一点地往外流。可是左等右等，不仅没有等到饭香扑鼻，而且水井里的米也越来越少了，最后一粒米也看不见了。纪跷甲不服气，又多多地倒了一些米，他就不相信，这么开得翻滚的水不可能煮不出饭来。但是米还是被水冲得翻来涌去，最后又不知去向了……如此几次，一大袋子的大米就这样无影无踪了。

　　傍晚时分，纪跷甲才磨磨蹭蹭地回到了家门口。妻子看到两手空空的纪跷甲，就知道他肯定又在做糊涂事了。经问，原来是纪跷甲把娘家送来的大米在半途的水井中煮了"饭"，外公外婆准备的尿布也被纪跷甲丢在水井边忘了拿回来。在苗家，女人生小孩坐月子，据说要吃娘家的米所煮的饭才恢复得快。可是这个该死的纪跷甲却把娘家送给大人的米和送给小孩子的尿布都弄丢了，气得妻子眼泪大颗大颗地落下。妻子因而在坐月期间对纪跷甲不理不睬，心想一满月就带儿子回了娘家，并对纪跷甲宣称她再也不会回来。

（施新沛搜集整理）

岩头压蛋才保险

纪晓甲自己体质好，消化能力强，吃什么都有胃口。老婆快临产了，行动不便，吃喝都由他办。为了节约细粮给老婆在月子里补身体，一段时间以来，他天天从地窖里取红薯当正歺吃，把包谷、大米、小米留着。连续吃的时间长了，不免乏了胃口，屁也放得多。他老婆听烦了要他变着法儿来弄，煮起吃、焖的吃、烧来吃、煎炒吃、生着吃，都反复轮遍了，就找些果菜掺和调调味口把肚子填饱。由于隔年的红薯藏久了，就会有烂的，他削掉烂的地方时觉得很可惜，尽量把能吃的都留着吃，这样就不免闹了肚子，一天跑几次厕所。

那天他早早到丈母娘家报喜，忍不住漏了几次闷屁，一会儿时间就要去厕所。丈母娘知道他泻了肚子，在打发他带米、鸡、蛋等物回家时，给他说煮饭时水开了再放米、鸡是陪饭的，之后还针对他闹肚子的事特意作了交待："这会儿回家路途远，你个男的背满背篓的东西又不习惯，手里还要拿只鸡，何况这项来你又拉肚子。若在途中需要休息或方便时，要把背篓放好，把鸡捆在背带上，一定一定要找块岩头压住，莫让鸡跳动时把背篓牵倒滚出蛋来！"纪晓甲一边认真地点了点头，一边回答说："记住了，记住了。"

纪晓甲背个一背的米和蛋左颠右摆，虽然只有大几十斤重，不如挑个百把斤担子安合，一路上肚子总是不舒服。在崎岖的山路上爬坎过河，走了一程又一程，路还只走一小半，累了还不上算，就是忍不住那咕噜咕噜闹着的肚子，非得方便方便了。他在山路上找个平点的地方放下背篓，按丈母娘说的把鸡索子捆在背篓带上，还要找块岩头来压。可是，要把岩头压住鸡还是压住蛋呢？他抠了抠脑袋回忆着……。总是想不起来，好像丈母娘没讲清楚，又好像自己没听明白。他想了想，若是压在鸡上，鸡会叫的，万一把人引来背去可不白搭了；或者大风把背篓刮倒，圆圆的鸡蛋也会到处滚掉。想来想去，他还是觉得把岩头压在鸡蛋上面稳当点。因为压住了蛋,蛋就不会滚,就算鸡弹跳拉着背篓,背篓被重重的岩头压了也不会倒。这时,他肚子闹得忍不住了,那鸡又扑打着翅膀用力弹了脚杆。他很担心拉滚了鸡蛋,于是就快搬那块大岩头压在背篓里的鸡蛋上,急忙解了外衣盖好,就飞快地找个背点的地方方便去了。

等他方便以后,感到舒服极了。回来看到鸡嗝嗝嗝地在那里拉扯着捆背篓的索子,背篓仍然稳稳地伫立在那里,得意地笑了笑,自言自语道:"还是岩头压在蛋上才保险。"可是,当他取外衣来穿搬掉岩头时,看到半背篓鸡蛋全压破了,蛋液流得满背都是……,不觉呆住了。

(石德权搜集　麻明进整理)

鸡是陪饭的

话说老婆坐月子,纪晓甲去请丈母娘,丈母娘给了他一袋大米、两只鸡等物,他把大米在路上"煮"了,而鸡呢?丈母娘说:"这鸡是拿去跟月婆子陪饭的。"

纪晓甲回到家里,老婆饿了,叫他煮饭,他说了一遍刚才在路上"煮"米的事以后,老婆见他是个浑人,讲不清,没奈何自己做饭吃了。吃饭的时候,纪晓甲把两只鸡提出来,抱着时不时往老婆面前伸一伸,晃一晃。老婆骂道:"着鬼了,把鸡往我跟前一伸一缩的,看不把饭弄脏了,还不快去宰来煮了跟我下饭!"纪晓甲说:"阿姆交待了的,大米煮饭跟你吃,鸡是跟你陪饭的,怎么能杀吃呢!"弄得老婆哭笑不得,只不住地对他说:"好,你学乖了,学乖了。"他得到老婆的夸奖,偷偷地笑了一天。

(田彬搜集整理)

王木匠做淂粗糙

纪跷甲结婚那年，寨上的同年家里竖新房子，纪跷甲跟老婆同去上扁额祝贺。同年亲自到席上为亲友们一一敬酒致谢，并致谢词说：

"在下不才，一搭帮祖宗保佑，二搭帮众位亲友扶持帮衬，竖了这幢小房子，三搭帮江西王木匠艺道不精，做得粗糙不大好看，请大家千万不要笑话！"

老婆轻轻撞了撞纪跷甲的膀子说："看，人家同年哥多么乖巧，讲的多么好听！你以后要学乖点，让我省省心。"纪跷甲说："这有什么？我早都记下了，二回我们请客，我也会讲的！"

一年后，纪跷甲的老婆坐月子，吃满月酒时大宴宾客，屋里屋外摆了十五六桌，纪跷甲提着酒壶到席上给客人敬酒。敬酒时，他也乖乖地讲了篇谢辞：

"在下不才，一搭帮祖宗保佑，二搭帮众位亲友扶持帮衬，生下了这个孩子——"宾客们听了暗暗吃惊道："想不到纪跷甲今天讲得出这样话来！"正赞叹间，只听纪跷甲往下讲："三搭帮江西王木匠艺道不精，做得粗糙不大好看，请大家千万不要笑话！"屋里屋外忍不住"轰"地笑出声来。纪跷甲睁着眼睛四处看望，不晓得大家在笑什么。

散客后，老婆埋怨他怎么讲出这种话来，纪跷甲厉声说道："同年当天不就是这么讲的吗？我哪里又讲的不是了！"

这话不听还好，一听，老婆气不打一处来，心想终有一天，一定要跟纪跷甲离婚。不然的话，必定要受他一辈子气的。特别是打这以后，人们常拿"搭帮王木匠做得粗糙"一句话到处寻开心，弄得纪跷甲老婆招架不住，觉得在这里已无地自容了，赌着闷气竖眉毛瞪眼睛地对纪跷甲说："要你学乖你学不乖，我实在没脸见人了？"便气嘟嘟地带着孩子回娘家去。

（田彬搜集整理）

抓小偷

纪跷和邻居的房子远离寨子,人手少,他老婆又被气回娘家,小偷时常光顾。纪跷甲时时想着老婆要他学乖的话,下决心抓住小偷。

邻家失窃,主人气忿地大骂:"准是那个狗狼养的野畜牲干的,抓住了非把他的狗脚杆打断不可!"

大雪天,邻居家的腊肉和糍粑又被小偷窃走了,大家说:"一定跑不远,快去看脚印,准能追得上!"纪跷甲急去失窃家的前前后后仔细看了好几遍。人们问他:"怎么样?"纪跷甲摆摆脑袋不做声。人们又问:"你说话呀,看清了强盗的脚印没有?"纪跷甲又摆摆脑袋,还是不作声。人们嚷嚷道:"我就不信,这么深的雪,强盗没留下脚印,难道他会飞不成!"纪跷甲说:"脚印是有了,可那都是人的脚印呀,就是没见盗贼的狗脚印!"这叫人们反而不解地问他:"强盗的脚印是怎么的?"纪跷甲睁着眼瞪住人们说:"不是说盗贼是狗娘养的野畜吗,它的脚印——"人们忍不住"轰"地笑出声来。纪跷甲在一边呆呆地发愣,不知道人们笑什么呢!但他知道,他自己还是没有学乖,没学到"聪明"。

纪跷甲找不着小偷,就只有守。可要是碰上了该怎么抓呢?他犯傻了,就想着练抓牛,和牛较劲。他抓住牛尾巴使劲往后拖,怎么也拖不住。人们告诉他:"放开尾巴,抓住鼻子!"纪跷甲还没放住手,牛就挣脱跑了,一下摔了他一个大跟头。邻居王大哥跑过去,抓住牛鼻子把牛牵了回来。纪跷甲直道谢,王大哥告诉他说:"抓牛要抓鼻子,别抓牛尾巴。凭它怎么狠的牛,只要抓住了鼻子,它就乖乖听话,再也跑不脱了!"纪跷甲也乖乖地点头。

一次,小偷钻进纪跷甲院子里偷东西,给纪跷甲抓住辫子,左挣右挣挣不脱,急得直嚷嚷。墙外边一个小偷问道:

"抓住头发还是抓住鼻子了?"

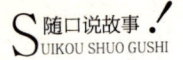

墙内这小偷答应说：

"抓住头发了！"

墙外小偷就说：

"抓住头发不打紧，小心鼻子！"

纪跷甲听着，才猛然想起抓牛的技巧，于是他放下辫子去抓小偷的鼻子。结果小偷乘机跳墙逃脱了。

（田彬搜集整理）

梦话退小偷

话说妻子回娘家不再回来的消息不久就传遍了附近的山村,于是小偷就注意光顾纪跷甲的家了。和妻子结婚以后两人辛辛苦苦置办的不少东西,就这么被小偷今天搬一点明天抬一样的越来越少了。纪跷甲心痛呀,这些小偷经常来偷我家,抓住又被骗跑了,还不是欺负我傻嘛。如果自己聪明一点,小偷就不敢来偷了,于是纪跷甲下定决心要去学聪明。经过再三打听,纪跷甲终于打听到邻村私塾石先生是这一带最聪明的人,他教的学生有好几个都考中了秀才,纪跷甲决定和石先生去学"聪明"。

纪跷甲来到石先生家,吞吞吐吐地说明了来意。石先生"叭哒叭哒"地吸着长烟杆,偏着脑壳眯起眼睛看了纪跷甲半天都没有搭腔。这时一只小猫一摇三摆地走了过来,石先生面对着小猫慢吞吞地说:"你来啦!"纪跷甲听到石先生开口了,马上跟着学了起来:"你来啦?"小猫绕着石先生转了一圈,又对着纪跷甲"喵喵"叫了几声,屁股一搭就坐在石先生脚边的地上。石先生还是一副对纪跷甲爱理不理的样子,仍只顾吸着他的长烟杆,他看到小猫坐下了就随口说了一句:"你坐下啦!"纪跷甲鹦鹉学舌般地跟着学:"你坐下啦!"小猫很温顺地朝着纪跷甲"喵喵"地叫着,不时用前爪抓抓胡根摸摸脸,石先生还是不看纪跷甲一眼,只是眯着他的双眼调侃小猫:"你洗脸啦!"而纪跷甲仍是一本正经、毕恭毕敬地跟着学:"你洗脸啦!"也许是那时那刻的氛围太沉闷让小猫难受吧,不一会儿小猫就站了起来,朝门外走去。石先生看到小猫走出大门外了,也跟着站了起来对小猫说:"你走啦!"纪跷甲又学着石先生的神态,望着小猫的背影说:"你走啦!"

纪跷甲从石先生家回来,又累又饿,胡乱炒了一点现饭吃,就和衣而睡了,边睡还边温习白天到石先生家学得的"聪明"。半夜三更时,纪跷甲睡得很香,还不时地说了几句梦话。在万籁寂静之中,一个得了甜头的小偷又神不知鬼不觉地爬上了纪跷甲家的围墙。他正准备溜下来的时候,突然清清楚楚地听到纪跷甲说:"你来啦!"小偷猛地一惊,坐在墙头上正不知所措,听到纪跷甲又接着说:"你坐下啦!"小偷想,真是倒霉,这个傻子今天竟然这么精,他肯定是看到我了,怎么办呢?小偷急得抓嘴挠腮,正拿不定是继续去偷还是撤退的时刻,只听见纪跷甲又说:"你洗脸啦!"小偷吓得差点从墙头栽下来:这个纪跷甲不但不傻,反而很精明,他把我的一举一动都看得清清楚楚,赶紧跑吧,否则可来不及了,小偷想着就跳到围墙外溜之大吉。在撒腿就跑的时候,小偷还清清楚楚地听到纪跷甲说:"你走啦!"

从此之后,小偷再也不敢光顾纪跷甲的家了。

(施新沛搜集整理)

学乖接妻归

想起自己新婚回门、妻子坐月生子以来各方面的傻事,气得老头子卧床不起,不久也就离开了人间,想起新婚生活后把老婆拖得够操心、够累,孩子满月后她就打着包裹回娘家去了。想起家里屡遭窃贼而家产空空和到石先生家学聪明退小偷等等,纪晓甲在家足足呆了十多天。老娘望着这木偶般的儿子,想来正是自己养的也就无可奈何,还是忍着心里的疼痛,把多年积攒的三百两银子放在褡裢袋里,要他出去学乖、学聪明。

纪晓甲独个儿茫然地上路了。他步履蹒跚,向大路上走来,恰巧碰上一个去赶集的年过半百的老叟,便上前相邀同行。他俩一见面,老叟就不时地逗着他取笑开心。初夏的太阳,虽不是那么酷热,走在大路上,也渗出汗水来。二人正好走进一片树林子。突然,纪晓甲听见了一种"哆哆哆,哆哆哆!"的响声,便出口问道:"伙计,那是什么声音?"老叟答道:"啄木官,啄哆哆,啄到里头有吃喝。"纪晓甲说:"知道了,我给你五十两银子。"老头子喜出望外,一下子被憎住了。心想,我本来是赶集做生意的,这笔生意划得来,不拿白不拿,二话没说,就把它收到衣兜里去了。

他俩迈出了树林子,路上一些猪屎狗屎的,正嗅来一帮绿蚊子。纪晓甲问:"那些是什么飞来飞去的?"老叟说:"蚊子奔狗屎,见人来了就飞走。"纪晓甲说:"记住了,又给你五十两银子。"老叟笑得把眼睛眯成了一条线,继续带着他信步朝前走去。

他们俩走到一条绿荫道,绕着一个池塘而行,纪晓甲又发问了:"这个人人圆圆的是什么东西?"老叟说:"好个池塘未得鱼。"纪晓甲应诺着,"啊,我再给你五十两银子。"

他俩顺着池塘,来到一条小河边。河中流水潺潺,两岸绿草如茵。他们准备过河去，硬是找不着浮桥，于是就沿河走去，在一狭窄处发现了横卧在水面上的一根大树干，人们是从这儿过去的。老叟带着他小心翼翼地过河去。纪跷甲问："这条横卧着搭在水面上的又是什么东西？"老叟脱口说道："一根独木桥，实在难过。"纪跷甲说："晓得，我又给你五十两银子。"老叟笑得合不拢嘴，继续带着他往前走。

河对岸的旷坪里，一只老母猪带着一群猪仔，在那里拱地找食吃。老母猪见他们来了，抬起头来盯着他们，眼珠子咕噜咕噜地转动，嘴巴吧嗒吧嗒地拍打着，口沫飞溅，着实有点吓人。纪跷甲一步闪到老叟的背后便问道："那黑白相间的，一身油毛发亮的是什么东西？"老叟顺口说："老猪娘多口多嘴，这里一嘴那里一嘴。"纪跷甲说："记住了，我再给你五十两银子。"

老叟带着纪跷甲沿河而行，在河边碰着一群牧童，将要赶着早牛回家。草场那边有两只牯牯羊，正有劲有劲地顶头打架，大概也是吃饱了草食，在那里锻炼身体吧！你看它，双方开始是比雄。把身上的毛"嘟嘟嘟"地斗比来，摆开要打架的架式；然后又把两头并拢，比角，试看谁的长与短，最后两只羊正式地对打了。先是把前蹄提起来，紧贴着身子，两只后脚用力着地支撑。尔后，两边居高临下，两头猛地一碰，一次又一次地发出"砰、砰！"的响声。纪跷甲问老叟："它们俩是在干什么的？"老叟说："羊子打架四脚开，一仗（状）不了一仗（状）来！"纪跷甲心领神会地说："我记住了，再给你五十两银子"。

纪跷甲付了钱，再往褡裢袋里一摸，什么也没有了。出门时，老娘给的三百两银子，不到半天工夫，就开销得精光了。袋子里没了银子，只好悻悻地和那个陌生的同路人分道扬镳。老叟也不知道他闷葫芦里卖的什么药，所以他俩也就不告而别。纪跷甲是个不大出门的人，今日来了大半天就像猫进口袋似的，分不出南北东西，也只好慢慢地顺着那个老叟带着他走过的路往回走。

他一个人纳闷地往回走，走着走着，遇到叉路，他就记不起来是哪条道了，就干脆来个姜太公钓鱼，走直的。一走走到他老婆的寨子去了，才醒悟过来。看见他丈母娘家里聚着许多人，热热闹闹的。实际上就是他老婆回来了，作媒的也就多了，加上左邻右舍几个凑合的老娘们，一大屋人。恰在这个时候，纪跷甲赶到了。丈母娘见着他，本来就不顺眼，这一下人多了，不觉气从胆边生。于是就叫人把大门关上，一家人不声不响地在里面用餐。纪跷甲走到门前，一边拍着门板一边喊："啄木官，啄哆哆，啄到里头有吃喝"。里面一听"咦！纪跷甲真的学会乖了。"老娘也就叫女儿去开门，让他进来。

一屋子人见纪跷甲走进门来，都站起来离桌走去。恰在那个时候，纪跷甲脱口说道："蚊子奔狗屎，见人来了就飞走。"大家听纪跷甲的一席话，也不知深浅，都愕然了。纪跷甲自个儿走到饭桌边，看了看桌上的菜肴说："好个池塘未得鱼。"在场的人都不吱声，只有丈母娘领会他的意思，上前去递给他一支筷子，有意思地刁难他。纪跷甲拿着一支筷子，不停地在碗边敲打着说："一根独木桥实在难过"。他丈母娘心想：这个纪跷甲从哪里学得乖了，便马上给他一双筷子，叫他和大伙儿一起围拢来吃饭。

一席谢媒提亲的丰盛酒席，被纪跷甲搅浑了。他丈母娘不管怎么样，哑子吃黄连，扪到心里苦。大家都在吃饭，她在一旁喃喃地嘀咕着什么。此时，纪跷甲猛地眼睛一眯，又发话了："老猪娘多口多嘴，这里一嘴，那里一嘴。"一句话塞得她哑口无言。

席散，主人送客。纪跷甲兴高采烈地带着拔雅回家了。将要走出村口，他猛地回头对拔雅说："我忘了一句还没有讲，你在这儿稍等一下，我去去就来。"纪跷甲一鼓作气地跑回来，当着众人的面，对丈母娘说："羊子打架四脚开，一仗（状）不了一仗（状）来。"这一下着实把他的丈母娘给吓倒了。心想，女儿跟定他了，你还敢取回来吗？

从此，他老婆也就真的嫁鸡随鸡，嫁狗随狗，嫁送岩头抱起走，安心地和纪跷甲过日子。他俩学着哥嫂，勤劳致富，勤俭持家，生儿育女，敬老爱幼，也和农村普通的农家一样，过着安逸的生活。

（石德权搜集　麻明进整理）

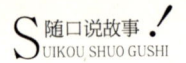

臭锄头还想整我

纪跷甲是个爱面子的人，平日里做客走亲，吃饭就像一只小猫，从来不加的，回到家里一进门就喊饿，只要是吃得的，无论生冷霉馊，抓起来就往嘴巴里塞，活像一只从阿鼻地狱里逃跑出来的饿鬼！

端午那天，纪跷甲又跟老婆孩子走岳丈家，正巧又碰上做粽粑。煮好以后，丈母娘送了一篮到他跟前说："阿郎，吃吧，新鲜粽粑粘上蜂糖，又香又甜，好补人呢，拿几个尝尝。"纪跷甲推辞道："好腻好腻，我不喜欢吃这种糯东西的！"丈母娘说："刚刚煮出来的，软和和的，半点不腻，正好吃呢！"纪跷甲再三推辞说："我家每年煮粽粑我都不吃的，吃一口心里就作翻！"老婆说："妈，他吃不得就莫吃吧！"丈母娘放下篮子说："既然这样，那就算了吧，粽粑就收在堂屋后头的那间房里，什么时候想吃就自己去取吧！"

晚上，人们都睡着了，纪跷甲躺在床上还在想："我这一辈子还没有安逸地吃过一餐粽粑呢，到底是个什么滋味，真的很香吗？"有心取一个来尝尝，又怕人家说孩子都有了，还躲着偷吃粽粑的笑话。夜深了，人们都睡熟了，他还是翻来覆去睡不着。他又想到他家几年来都没有煮粽粑，就是别人送几个也让着老人吃，自己还没粘边，如果这时不能得到这粽粑吃，也许以后就吃不到了，才悄悄爬起来，摸摸索索蹑进放粽粑的小房间里。那夜又是黑不隆冬地什么也看不清，他好容易摸到粽粑篮子，提起来正要取着吃，不料一脚踩在瓦罐旁边的锄头脑壳上，锄头把弹过来重重地打在他脑袋上。他手一松，一篮粽粑倒在地上。他丢下篮子调头就跑，又是"砰砰"几锄头把打得他头昏脑闷眼发花，大喊"阿姆饶命，我只吃了一口！"岳父岳母闻声起来，点燃松香一照，纪跷甲倒在地下，双手抱着脑袋，还在那里哀哀讨饶呢！笑也不是，骂也不是，安慰也不是，"阿郎，阿郎"的不知怎么说好！

第二天天亮，纪晓甲起来时还想着粽粑没吃上的事，心想有机会再到丈母娘家时，有了粽粑还是要偷着吃它一岁。因而不由自主地走到了堂屋后的那间房里。可是刚到那里往房角一看，发现结婚初回娘家夜里弹打他的那把锄头，还在那里横着，他气得赶快把锄头收藏起来，然后快速跑开，并边跑边骂："臭锄头还想整我！"

（田彬 麻明进搜集整理）

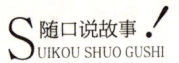

头戴鼎罐防蚊子

　　过年了,由于老婆还坐月子,拜年嘛,只有纪跷甲自个儿去了。丈母娘见他来了,心底里还是喜欢的,就煮了绿豆汤着白糖,拿过年的糍粑给他吃,这样一家人吃得都很开心。纪跷甲偏偏嘟着嘴巴,说他胃的消化还没好完,糯性的糍粑、汤圆也不能多吃,丈母娘就炒现饭下肉丸子给他撑肚子,吃得也很少。

　　糍粑是他特有的喜好,汤圆又有白糖着,他晚饭吃得很上胃口。由于吃得少,到了半夜就饿得慌。他又悄悄爬起来,在厨房找到了盛汤圆的鼎罐,双手将罐子抱起来就喝。他快喝完汤圆时,昂着头仰着面,这时罐子斜倒扣在自己脑袋上面。由于罐子圆噜噜的有些重,边缘又沾了汤水有点滑,恰巧猫赶着老鼠从灶边过,猛撞到了墙角。惊着他手一颤抖,不小心让罐子顺势把头全罩住了。幸好汤圆差不多被它喝完了,所剩不多,没灌进鼻子里去。但那罐口刚好与他的头一般大,下巴牢牢地被扣住卡在罐里,他把罐子旋来旋去拉着,那头怎么取也不好取下来,白费了他九牛二虎之力弄一阵。脑壳被扣在罐子里时间长了,他当时不仅觉得很累,还有些眩晕起来……加上猫还在厨房里转悠,时不时地叫着,他生怕惊动丈母娘起夜查看,就只好顶着罐子到睡处去想办法。

　　纪跷甲翻睡时,后脑袋在硬硬的罐子里枕着,更加难受,就一直两手不停地将卡在头上的罐子来回转动,由于脑壳压了罐子,手又更加不好用力,弄到五更鸡叫还是没有解脱。那时候,他两眼也无比发睏,不知不觉地睡着了,罐子还在头上套着……

　　纪跷甲自己折磨了大半夜,第二天早上一下起不了床。他丈母娘起床后在厨房里找鼎罐煮饭,半天找不着,问了大家都说不知道。大家一阵嚷嚷,总算把他嚷醒了,刚好听到丈母娘的问话,就闷声闷气地回答说:"鼎罐在我这里。"丈母娘走近一看,觉得太惊奇了,就问他:"怎么把个鼎罐扣在你头上呢?"他说:"你家蚊子多,我用鼎罐把头盖住保护头咧。"寒冬腊月的,往哪来的长脚蚊呢?丈母娘百思不得其解,好笑地摇摇几下头,帮助纪晓甲把鼎罐取下来。

(石德权搜集 麻明进整理)

大门立碑耀门楣

妻子接回家后，大家一心操持，日子过得还好，纪跷甲趾高气扬起来，想做些光宗耀祖的事。纪跷甲看见许多坟山前边都立着碑，问道："坟山前头竖着块大石板，干嘛用的？"人家告诉他："这是有钱人家给自己祖上立的碑，为的是标榜自己先人的德行人品，事业功绩，光耀门楣的。"

"那么光彩吗？"纪跷甲不相信。

"当然啰！"人家说，"竖碑立传，名垂千古，永不磨灭，怎的不光彩？"

纪跷甲听了，怦然心动："立块碑就能永垂不朽，我也立它一块！"

他家房子重装壁板以后，就瞒着家人请石匠刻了一块高八尺，宽五尺的大石碑备用。这岩匠是专门刻墓碑的，问知他的名字，就在选好的岩碑上面刻着："千古流芳"四个小字和"纪跷甲先生老大人墓"九个大字。纪跷甲求人选个好日子，把这石碑立在自己家大门口。来往宾客，过往人等见了无不捧腹讪笑。老婆也埋怨地说："不要脸的，把块碑立在大门口，逗万人笑话，羞死人了！"纪跷甲正色道："竖碑立传，名正言顺，千古流芳，万里传名。别个还求之不得哩，有什么羞的！"老婆想想，纪跷甲的本意是好的，就是做得不对，叮嘱他以后做事要考虑清楚，莫再让人生太多笑话就行了，要他把门前的碑搬走，也就不跟他计较了。

（田彬搜集整理）

风光祖坟竖旗杆

纪晓甲想着立碑不成,被大家笑话不断,心想还是要想办法重新做件光彩的事。他看见一家大院里竖着根雕花画草的旗杆,问道:"旗杆高上不挂旗子,立它做哪样子?"晓得的人说:"竖旗杆哩,做哪样!你也是不晓得吧,只有举人老爷家里才能竖旗杆呢。跟打马游街一样,扬名显亲,光宗耀祖,荫庇后人,了不起啊!""他家谁举过人了?举了几个?""哈哈,你真不晓得?举人是什么,还几个哩,一个就是祖宗有德了!他家太公乾隆年间中的举。听老辈子说,竖旗杆那天,整整烧了三担爆竹,皇帝老子都亲自上彩呢!"

"就那么光彩?"

"你没听人讲过'身在深山没人识,一举成名天下知'吗?中了举可了不得哩!"

"啊——"纪晓甲哑然沉思:他家太公只举了一个人就那么光彩,在院子里竖旗杆。阿爸说我家太公连打糍粑的大石槽都举过的,在校场里一次就连举了三个人呢!怎么就没人跟他竖旗杆?我何不在他坟前竖起旗杆来风光风光!

说干就干,纪晓甲果然请木匠做了根雕龙画凤的大旗杆立在他太公墓前。竖旗杆那天,大宴宾客,足足放了三个时辰的鞭炮哩。

正是:你举人,我也举人;

你竖旗,我不竖旗;

一样名声,为咋的?

坟墓跟前立一杆,

前无古人!

众人见状,无不交头接耳,查问纪晓甲祖上出的什么举人?妻子也多次追问他。他想大家都是拿他寻开心,就是不跟任何一个人开口讲,他们也拿他没办

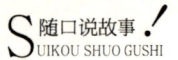

法。而是当别人问他时,就对自己悄悄说:"太公举过了三个人!"不亦乐乎。

(田彬搜集整理)

第十二辑 纪晓甲的传说
·见识篇

闭眼守梨

纪跷甲在院坝没守住稻谷。妻子告诉他:"那是你睡到房里去了,别人没有看见你,就壮着胆子把东西偷去了。以后守东西就不要离开,坐在那里不动,人家就拿你没办法。"

"坐在那里不动",纪跷甲心想是的,容易办到。

纪跷甲家门口有一棵梨树,树上的梨子又大又甜,每当梨子成熟的时候,邻家的孩子们便上树来偷梨子吃。这个时候,纪跷甲便掇了把椅子来坐在树下看守。孩子们一来,他便喊着:"我看见你们了,我看见你们了!"孩子们也拍手大叫:"我们看见你了!""我们看见梨子了!"纪跷甲把眼睛一闭,问道:"你们还看见吗?"孩子们叫道:"看不见了,看不见!莫闭,莫闭,我们什么都看不见了!"纪跷甲拍手笑道:"我偏要闭,我偏要闭,看你们怎么偷梨子?"孩子们嚷嚷着求道:"纪跷甲叔叔,请你不要闭了,我们不偷了,睁开眼睛让我们回去吧,我们再也不偷了!"这时,纪跷甲便把两只眼睛紧紧闭起来,得意地说:"我就要闭,我就要闭,看你们怎么回去!"

就这样,孩子们叫叫嚷嚷着,爬上树去,摘了梨,回家去了。满树的梨子,就在纪跷甲的看守下不翼而飞了!

(田彬搜集整理)

亲嘴是爱

老婆怀孕了，纪晓甲自然高兴，可是他不知道怎样表现给老婆看。有人就给他出主意，你老婆还没生下小孩，你抢先买只小狗带着，体现爱心，老婆见了就会少些烦心。于是，纪晓甲就买只小狗带着。

纪晓甲家里喂的那只小狗，毛茸茸的挺乖挺可爱，纪晓甲走哪里它就跟着去哪里，纪晓甲坐着，它就偎在旁边咿唔咿唔直叫唤，一天到晚寸步不离。纪晓甲爱透了，可又不知怎么照顾它，怎么再跟它相处得更好？一天，纪晓甲下到街上，看见一个婆婆抱着小孙子亲嘴，不解地问道："婆婆，怎么抱着娃儿亲嘴呢？"婆婆说："大哥，你也是不晓得，我这宝宝，对我可亲热呀，一口一个婆婆叫不停，我去哪里他就跟到哪里，又乖又听话，他爱我，我爱他，不亲他亲谁？"纪晓甲就想到怎么和他的小狗相处了。于是他坐下来就抱着小狗亲嘴，亲热得跟孩子似的。老婆说："臭狗烂屎，又脏又臭，真着不得！"纪晓甲笑嘻嘻地说："这小狗对我可亲热哩，又乖又听话，它爱我，我爱它，不亲它亲谁！"

一天，纪晓甲捧了个烤红薯，吧咕吧咕地吃得正香，怀里的小狗抬头盯着他的嘴巴呜呜直叫。纪晓甲把嘴巴凑过去，小狗跳起来把他的嘴巴狠狠地咬了一口，痛得他赶快把小狗一撂撂到大门外院子里去了，"咧咧咧咧"地叫了半天。

（田彬搜集整理）

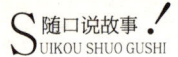

煮草烧被灭虱子

老婆挺着个大肚子，行动很不方便。纪跷甲养的那只小狗上蹿下跳的，确实可爱。但纪跷甲一到床上来，小狗也跟着来了，踩上踩下的还是难得招呼，老婆就让纪跷甲自己铺床另睡一处。

小狗和他睡的时间长了，纪跷甲床上长满了虱子，老婆也不好动，就叫他把铺床的稻草抱去烧了，纪跷甲说："不行，阿妈总是用开水烫，从来不兴用火烧的！"老婆说："那是被子，哪有用开水烫稻草的！"纪跷甲固执地说："我讲不行就是不行，你不烫我去烫！"说着便去煮了锅开水，把稻草抱去放进锅子里煮，翻了几翻，满锅的稻草煮得稀巴烂，不能用了。老婆说："怎么样？白花了这许多柴火和手脚，早听我的一把火烧了，多省事！"纪跷甲想着也是，火烧了的确省事多了，就记得牢牢的。

后来，被子上也长了虱子，爬成了线线。老婆叫纪跷甲去烧开水，折被子放进锅里烫。纪跷甲瞪了老婆一眼说："你别逗，这一次我再不会上当了！"说着便去火塘里架起了大火，把铺床的稻草和被子都抱过去放进大火里烧了。老婆大叫道："死鬼，发昏了怎么的？把被子也烧了！"纪跷甲瞟着老婆拍手哈哈笑道：

"痛快，痛快！多省事呀！有本事你再长出虱子虱孙来，我才服了你了！哈哈！"

（田彬搜集整理）

为骡子减负

纪晓甲和老婆骑着骡子去拜年。纪晓甲抱着礼品包骑在前头,老婆抱着孩子骑在后边。人多礼重,老骡子负重难行,步履蹒跚地一步一喘,看来是驮不起了。

走了一程,一个人对纪晓甲说:"你们三个人加上一大包东西,老骡子驮得起吗?给它减减负吧!"纪晓甲点点头说:"对,对,我这就给它减负!"说着把骡背上的礼品包解下来,背在自己背上。

又走了一程,老骡子还是呼哧呼哧地喘着粗气,步履艰难驮不动。又一个人对他说:"你的骡子驮不动了,它会累死的,给它减点负吧!"纪晓甲连连答说:"好,好,谢谢你了!"又把老婆怀里的孩子接过去自己抱着。

又走了一程,老骡子累得更厉害了,一步一拐地喘不过气来。第三个人对他说:"老骡子快累死了,快下来吧!"纪晓甲喘着粗气说:"我已经给它减两次负了,它还驮不动,要死它就死吧,再减,只怕连我也要累死呢!"赶着骡子继续往前走。

又走了一程,眼看就要到家了,老骡子实在走不动,吐着血,倒在地下死了。纪晓甲走下去抚摸着死骡子说:

"老伙计,你只驮孩子妈一个,担子够轻的;我背着那么重的礼包,还要抱孩子,比你重多了,累死的该是我,怎么是你呢?看起来是你的寿数尽了!天命如此,怨不得我啊!"

(田彬搜集整理)

套牛不能占便宜

纪跷甲跟老婆独立门户自己安心过日子了,岳家送给小俩口一头耕牛,纪跷甲硬是不要,说:"穷人莫靠亲,冷死莫向灯,过日子得靠自己,怎么能要亲戚家的东西!"后来,还是老丈人改说是跟他合伙,两家各一半,才收下了。

入春,纪跷甲赶牛去翻地,一连三天还没架上犁头。老婆感到十分奇怪:"这牛就这么犟,三天还架不上犁?"就跟着他去地里看。原来纪跷甲把牛轭套在牛的一只肩膀上,套来套去套不着,禁不住"嗤"地笑出声来:"世上哪有这样套牛轭的,怪不得!让我来套给你看!"说着提起牛轭往牛脖颈后边突起的高骨前一套,再在脖项下系上绊颈绳,把轭牢牢套在牛脖颈上了。正要喊纪跷甲去挂犁头,谁知纪跷甲紧皱眉头,高叫"不行,不行!我们家只有半边牛,你怎么把岳父的半边牛也套上了?快解开,解开!"跑过去,解了绊颈绳,卸下牛轭,往原来那只肩膀上套去。老婆说:"这样套不住,要套在正中高骨下边!"纪跷甲说:"不行,只能套在自家的一边,怎么能占自己岳父母家的便宜呢?"两个人各说各理,争执不休,谁也说服不了谁。犁,终于没能架上。

老婆说:"纪跷甲呀,你就依我的套上吧,阿爸不会怪罪你的!"

纪跷甲坚持说:"不行,不信守诺言,占人家便宜的事,我宁死也不干!"老婆奈何不了她,以后翻地犁田这些工夫,就只好硬着骨头自己去做,不让纪跷甲瞎掺合。

(田彬搜集整理)

黄豆？红豆？

老婆看纪跷甲做事特认真，不兴转弯，从来说一不二，就难得惹他。可她想到纪跷甲套不了牛，春也种不成，就说要纪跷甲先去做更重要的事，自己找父亲来帮着教自己翻地。

就要播种了，家里还没有黄豆种，老婆叫他去自己娘家找两升黄豆做种。临行再三嘱咐："记住：要黄豆，不要红豆。黄的是大豆，红的是马豆。我们缺的是大豆种子，马豆种子我们有了。"

交待清楚，纪跷甲担心记不住，怕要错了种子，就一边背着口袋走，一边念着"黄豆，黄豆"地走去。他翻过小坡，穿过松树林，涉过小溪，越过坝子，走到岳丈家门口，推开大门，举步正要跨进去，丈母娘喊道：

"阿郎来了，什么事？"

纪跷甲听到喊声才抬起头，一不小心，脚触在门坎上，登时楞住了，记不清要找什么豆种，他看到脚趾头流血，就"红豆，红豆"地大喊起来。岳母扶住他说："莫急，莫急，慢慢讲，慢慢讲！"纪跷甲直着喉咙还在喊。岳母说："听见了，听见了，你要红豆。歇歇吧，阿姆送你红豆！"

晚上，纪跷甲背着马豆种回家。老婆说："不是叫你去找大豆种吗，怎么又背马豆种来了？"纪跷甲喘着气说：

"哎哟哟，我在大门口触着脚的时候，你怎么不讲呢！那时脚还流着红红的血呢！"

（田彬搜集整理）

山里的瓜变味了

盛夏酷暑,太阳火辣辣的,烫人难受,人们都去瓜棚里买西瓜。纪跷甲还从没见识西瓜,外出时看到外地人抱着青青圆圆的西瓜,津津有味地生吃着。那些瓜很像家里的冬瓜,自己觉着不可理解,就不住地直摆脑袋。人们劝他买一个解解凉,他总是笑笑说:"喂猪吃吧,我才不敢吃呢!"人们看他不相信就切一块叫他尝了,果然清甜凉爽,暑气顿消,比吃凉粉过瘾多了。回到家里连叫老婆"摘几个瓜来解凉!"老婆拿几个黄瓜递给他,他不要,给他摘了个大南瓜来,他也不要。老婆瞅着他直瞪眼,不晓得他中了什么邪!

纪跷甲见老婆不解,就自己去园里摘了个大冬瓜来对老婆说:"快去拿菜刀来,杀个瓜给你解解渴!"老婆笑咪咪地只是不动。"吃生冬瓜解渴,你热发昏了怎的?神经病!"纪跷甲笑道:"老婆老婆,你真是个山里人少见多怪,妇道人家头发长见识短。场上人们争着买呢,官家小姐,老爷太太们哪个不是吃生的,刚才我就尝了一块,真的爽透了哩!"又说:"谁说冬瓜生吃不得?"

老婆接过话说:"才懒得理你,吃了你就信了!""我不信!"纪跷甲说着杀开冬瓜,切了一大块递给老婆,老婆只是笑嘻嘻地瞪着他,唯不动口。

"怕什么?看我的!"纪跷甲笑着切了一块往自己嘴巴里塞,巴咕巴咕嚼起来,刚一咽进喉头就吐了出来,连连大叫:"怪事,怪事,这冬瓜怎么到山里来就变了味儿了!"

(田彬搜集整理)

蒙耳的爆竹不响

纪跷甲去吃酒,正碰上放爆竹,噼哩啪啦一片声响,震耳欲聋。正没去处,只见许多人都转身把耳朵蒙着,他也转着身用手把自己的耳朵蒙上,顿时声音没有了。"啊,原来是这样!"纪跷甲惊奇地发觉,"蒙住耳朵爆竹就响不起来了"。雷雨天,他把耳朵蒙上,大雷变小,小雷全消失了。

自此以后,逢人便夸学到了消声术,能够让火炮不发声音。人们不相信,说:"你敢打赌么?""赌什么?""三斤肥肉怎么样?""赌就赌!"纪跷甲笑道说:"只是到时候可不兴赖账啊!"两边就这么说定了,当下便去爆竹店里买了几颗大纸炮来当场演示。纪跷甲悄悄用棉花把耳朵扎起来,一手拿纸炮,一手拿着火子,当众点燃火线,"砰"地一声,纪跷甲没有听到爆竹声,可两根手指当场炸断了!

(田彬搜集整理)

鬼拿去了

纪跷甲经常闹笑话,什么也学不好,时不时的自己还要受伤见血,特别是用开水给孩子洗澡烫死孩子以后,妻子也甩手出门,再也不回来了,弄得是人亡家破。他想也想不通是怎么原因,以后该怎么做?就去找老寨长讨教。老寨长告诉他:"听巫师说你家住在路口边,是鬼经常出没的地方,你学什么,鬼就缠你什么,总做不好。"纪跷甲就问寨长该怎么办?寨长说你家里要祭鬼才行。

巫师请鬼已毕,宰猪羊设俎酬鬼。刀师到处找不到菜刀切肉,急得团团转。纪跷甲问帮工,帮工说:"你看案桌"。纪跷甲找到案桌上,没有。问香蜡师,香蜡师说:"你去碗柜里找找看"。碗柜里没有。问火工,火工说:"莫非掉在柴房里了"。纪跷甲找到柴房里,没有。问厨手,厨手说:"兴许在锅里"。锅里还是没有。

哪里都找遍了,就是找不着,巫师催了好几遍,纪跷甲心想大家在祭鬼时不会骗他,按他们说的都没找到刀,他们大家也都没有了主意。突然间,他就想到了鬼,眼前一亮,自认比别人乖巧,就对大家说道:"哪里都找不着,莫非鬼拿去了!"巫师小心地说:"还是再找找吧,哪里就被鬼拿了。"大家又找了一阵子,就是找不着。纪跷甲拍着腿发火:"背时砍脑壳的,硬是被鬼拿走了!"

鬼听见了,气咻咻地说:"刀师自己把菜刀藏在砧板底下,反来诬陷我们,谁希罕他这一餐了,咱们回去吧!"就一哄而散了。

这话被半路上一个来祝贺的客人碰上听到了,便问起鬼来,鬼们气忿忿地把纪跷甲诬赖他们的事说了一遍,还说:"这样吝的人家,就是抬了八人大轿来接我们,也是去不得的。"

那客人到来时,人们还在喋喋不休地怨神怨鬼,他就对大家说:"不要找了,不要找了,鬼都回去了,酬了也不灵。"就把路上碰见鬼的事跟他们说了。

刀师去案桌上，挪开砧板，菜刀果然压在底下呢！"

　　通过这堂祭鬼以后，纪跷甲也没有什么转运，他当然不知所以然。后来人们说："不查清事实真相，诬赖鬼都不服，何况纪跷甲是酬鬼时还在怨鬼呢？"因此，苗乡但凡请鬼酬鬼之事，有多大怨忿都千万不能怨鬼，否则人们就当他是纪跷甲。

（田彬搜集整理）

编辑手记

编这本书时我就在想，世界上最古老、最富斗争生存史、居住最分散的民族中，苗族堪称代表。至今苗族在文明社会中仍占有重要地位，与维系其永恒生命力的崇尚意识及上层建筑密切相关。在古代，苗族就出现了巫、史、卜、賨、医的分工，司事的头人被称五老或五师，共同支撑本民族立体多向运动的社会形态，使其既有唯心论，也有唯物论，既有天命观，也有非天命观，既有一元论，也有多元论，表现出丰富多彩的文化现象。其巫、卜现在多看成是唯心论、一元论，其实巫、卜是对始祖的崇拜，是原始社会信仰、天文、历算、概断、占事之源，早期就形成的原始巫教、鬼教和后来的崇尚神教、道教，司事祭祀，是南蛮非天命观意识文化的基础。而史、賨、医属唯物论，也是三元论。掌管史教、生产的史、賨后来与巫、卜相互斗争，一部分融入天命观的道教，一部分则发展为生成哲学三本论，用唯物宇宙观来对待社会事物。巫医同源，苗医能效，发展分崇巫助、方剂、生成三本，在苗区长期共存至今。司史的苗族尊老，一部分注重升华为司事历史观念、道德礼仪的理老，往往几村几寨才有一位，很是难得；大部分则是司事具体的人文教育，以具体的事项告诫子嗣行事为人，这大多由各村各寨的长老自行担当。因而，苗族社会流传了大量富有哲理、教育于民的生动故事。

《谎江山的传说》、《纪跷甲的传说》正是苗族幽默故事的典型代表，在湘西（花垣县是我国苗语支西部次方言的标准语区）为中心的广大地区，承传得相当广泛，几乎家喻户晓。谎江山是机智的化身，出身贫寒，从小勤学好问，能说会道，聪明伶俐，凭借超群的智慧，与强暴对着干，一生善事无数，关心人民疾苦，为大家造福，深得世人信赖和拥戴，俗称"老谎"。由于时代变迁，他的名字在各资料中稍有区别：如幌江山、翻江山、反江山、反架山等，但其传说故事都是以"谎"技出现，在此都用"谎江山"一名。而纪跷甲则是一个以傻来突现幽默的代表，亦是贫苦出身，为维生计，也是好学心善，耿直不阿，多凑益事，但由于生性憨呆，行事或生搬硬套，或弄巧成拙，引起笑话连绵。其苗语姓名叫跷秀、跷奚，因他行为"憨傻"（苗语称"甲"），人们常叫他为纪跷甲，也有蔑视他叫做丐枭甲的。

谎江山、纪跷甲是苗区老人茶余饭后教育人们的典型人物：一个机智英勇可钦，一个憨傻幽默可笑。其故事以榜样和戒事两相潜移默化地司益于民于嗣，已使我等从小受益匪浅。如今幸得集结编纂，对书稿每每扪心酌句，似乎常常感触故事内容及主人翁的社会地位更近于民，端思苗区人文崇尚对象的喜好，不但不捧强权、不拜英雄（苗区对死于非命的人都是惧而避之），而且侧重相传平民中的智士、愚人的动人故事，侧重反映抗挣山区那恶劣环境的有益事态，侧重彰显苗族平民的民本意象……略知斯人心性言行，偶感人们或许应当在社会意识方面加以考量？深究苗族社会及其发展的状态，兴许会觉察神秘精深的动因所在，作为今后服务苗区探索出有益举措的一个小引子，即是相当有益的事了。

两辑故事在民间流传多而广，本人早有搜集。许多志士随着党的十一届三中全会以来对民族民间文化日益重视，乐于整理推出散见于省内外各种书刊，为收取资料、编辑传说，提供很多方便;特别应提出的是田彬老人献上了许多故事手稿;初编集子已由花垣县相关部门支助印刷面世多年。在此一并表示深深诚谢。

早在2009年，本书以《苗族幽默故事选》小范围面世之后，民间多有反响，因原书成稿匆忙，错漏亦多，不再理会。近来，幸得刘昌刚先生细加品读，认为这些故事的教育意义不仅限于苗族民间，更重要的是对广袤社会都大有益处。加上他精力畅旺，我们便重拾原稿，加以复查补漏，辑出此书。唯寄发挥其能，以酬读者之欢。

麻明进

二〇一九年春